# Les Gardiens de la lumière

Saga LA FORCE DE VIVRE

Tome I, *Les rêves d'Edmond et Émilie*, roman, Montréal, Hurtubise, 2009

Tome II, *Les combats de Nicolas et Bernadette*, roman, Montréal, Hurtubise, 2010

Tome III, *Le défi de Manuel*, roman, Montréal, Hurtubise, 2010

Tome IV, *Le courage d'Élisabeth*, roman, Montréal, Hurtubise, 2011

Saga CE PAYS DE RÊVE

Tome I, *Les surprises du destin*, roman, Montréal, Hurtubise, 2011

Tome II, *La déchirure*, roman, Montréal, Hurtubise, 2012

Tome III, *Le retour*, roman, Montréal, Hurtubise, 2012

Tome IV, *Le mouton noir*, roman, Montréal, Hurtubise, 2013

*Un p'tit gars d'autrefois – L'apprentissage*, roman, Montréal, Hurtubise, 2011

*Un p'tit gars d'autrefois – Le pensionnat*, roman, Montréal, Hurtubise, 2012

# Michel Langlois

# Les Gardiens de la lumière

tome 1

## Maîtres chez soi

Roman historique

Hurtubise

**Catalogage avant publication de Bibliothèque et Archives nationales du Québec et Bibliothèque et Archives Canada**

Langlois, Michel, 1938-

  Les gardiens de la lumière

  L'ouvrage complet comprendra 4 v.

  Sommaire : t. 1. Maître chez soi.

  ISBN 978-2-89723-200-9 (v. 1)

  I. Titre. II. Titre : Maître chez soi.

PS8573.A581G37 2013              C843'.6             C2013-940716-2
PS9573.A581G37 2013

Les Éditions Hurtubise bénéficient du soutien financier des institutions suivantes pour leurs activités :

– Conseil des Arts du Canada ;
– Gouvernement du Canada par l'entremise du Fonds du livre du Canada (FLC) ;
– Société de développement des entreprises cultuelles du Québec (SODEC) ;
– Gouvernement du Québec par l'entremise du programme de crédit d'impôt pour l'édition de livres.

*Conception graphique :* René St-Amand
*Illustration de la couverture :* Alain Massicotte
*Mise en pages :* Andréa Joseph [pagexpress@ævideotron. ca]

Copyright © 2013, Éditions Hurtubise inc.
ISBN : 978-2-89723-200-9 (version imprimée)
ISBN : 978-2-89723-201-6 (version numérique PDF)
ISBN : 978-2-89723-202-3 (version numérique ePub)

Dépôt légal : 4e trimestre 2013

Bibliothèque et Archives nationale du Québec
Bibliothèque et Archives Canada

Diffusion-distribution au Canada :
Distribution HMH
1815, avenue De Lorimier
Montréal (Qc) H2K 3W6
www.distributionhmh.com

Diffusion-distribution en Europe :
Librairie du Québec/DNM
30, rue Gay-Lussac
75005 Paris FRANCE
www.librairieduquebec.fr

*Imprimé au Canada*
**www.editionshurtubise.com**

# Personnages principaux

**Bérard, Guillaume (Bill)**: époux de Lorraine Cormier.

**Bérard, Mélanie**: fille de Bill et de Lorraine, et jumelle de Milaine.

**Bérard, Milaine**: fille de Bill et de Lorraine, et jumelle de Mélanie.

**Bourgeois, Marc**: naufragé.

**Bourque, Eugène**: curé, séjourne au phare.

**Cormier, Alfred**: fils d'Ernest et de Claire.

**Cormier, Aline**: sœur de Wilfrid et ancienne religieuse.

**Cormier, Desneiges**: fille de Wilfrid et de Rose.

**Cormier, Émile**: fils de Laurent et de Jeanne Longpré.

**Cormier, Ernest**: fils de Wilfrid et de Rose, et mari de Claire Lafrance.

**Cormier, Fabiola**: fille de Wilfrid et de Rose.

**Cormier, Laurent**: fils de Wilfrid et de Rose, et époux de Jeanne Longpré.

**Cormier, Lorraine**: fille de Wilfrid et de Rose, et épouse de Bill Bérard.

**Cormier, Wilfrid**: gardien de phare, époux de Rose Vigneau.

**Denis, Florence**: tante de Jeanne Longpré.

**Hébert, Louis**: naufragé.

**Lacasse, Isabelle**: naufragée.

**Lafrance, Appoline :** tante de Claire Lafrance.

**Lafrance, Claire :** institutrice, épouse d'Ernest Cormier.

**Longpré, Jeanne :** institutrice, épouse de Laurent Cormier.

**Paradis, Isidore (Zidore) :** conteur.

**Vigneau, Rose :** épouse de Wilfrid Cormier.

*Les habitants de l'Anse-aux-Fraises :*

**Arseneault, Gabriel :** propriétaire de chiens.

**Blanchard, Anita :** sage-femme, épouse de Côme Gaudet.

**Bouchard, Eudore :** pêcheur, époux d'Eulalie Galienne.

**Bouchard, Réal :** fils d'Eudore Bouchard.

**Bourgeois, Rose-Aimée :** épouse de Maxime Richard.

**Fougère, Aurélie :** sage-femme.

**Galienne, Eulalie :** épouse d'Eudore Bouchard.

**Gaudet, Côme :** pêcheur, époux d'Anita Blanchard.

**Hébert, Télesphore :** laitier et boucher, célibataire.

**Latour, Elphège :** pêcheur, époux d'Hortence Léger.

**Léger, Hortense :** femme d'Elphège Latour.

**Richard, Firmin :** fils de Maxime Richard.

**Richard, Maxime :** aubergiste, époux de Rose-Aimée Bourgeois.

*Les habitants de la Baie-des-Anglais :*

**Béliveau, Noël :** pêcheur.

**Bérard, Bill :** pêcheur, époux de Lorraine Cormier.

**Bourque, Martin :** aubergiste.

**Cyr, Gertrude :** épouse de Wilbrod Giasson.

**Gaudreault, Stanley:** pêcheur, ami de Bill.

**Giasson, Wilbrod:** pêcheur, époux de Gertrude Cyr.

**Lavoie, Baptiste:** pêcheur.

**Leblanc, Philippe:** marchand de différentes fournitures.

**Savoie, Boniface:** pêcheur.

**Savoie, Horace:** trappeur, fils de Boniface.

*Autres personnages mentionnés:*

**Ferdinand:** pêcheur.

**Harvey, Jacques:** gardien du phare de l'Île d'Entrée aux Îles-de-la-Madeleine.

**Laflamme, Albert:** gardien du phare du Rocher-aux-Oiseaux.

**Rosario:** gardien du phare de la Pointe-Heath.

# Personnages historiques

**Curley, Martin (1869-1895):** Fils d'un millionnaire américain, il quitte la Californie en 1894 après une querelle avec son père. À pied, au cours de l'automne, il se rend de Québec à la Côte-Nord. Il meurt en tombant d'un toit à la baie Hangara, en 1895. Son père loue un vapeur pour aller chercher sa dépouille.

**Huard, Victor-Alphonse (1853-1929):** Fils de Laurent Huard et d'Ursule Thérien, il naît dans la paroisse Saint-Roch de Québec le 28 février 1853. Il étudie au Séminaire de Québec et est ordonné prêtre le 13 août 1876. Il devient professeur au Séminaire de Chicoutimi en 1875. Il est le compagnon de voyage de monseigneur Labrecque à Anticosti et sur la Côte-Nord en 1895. Il relate les péripéties de ce voyage dans *Labrador et Anticosti*. Il retourne vivre à Québec en 1901. Il y meurt le 15 octobre 1929 après avoir laissé de nombreux écrits.

**Labrecque, Michel-Thomas (1849-1932):** Originaire de Saint-Anselme-de-Dorchester, il fait ses études au Séminaire de Québec. Il est directeur du Grand Séminaire de Québec, quand, en 1892, il est élevé à l'épiscopat par monseigneur Elzéar-Alexandre Taschereau, archevêque de Québec. Il devient évêque de Chicoutimi, poste qu'il occupe de 1892 à 1927. C'est comme préfet apostolique du golfe du Saint-Laurent qu'il entreprend une tournée des paroisses du golfe et se retrouve à Anticosti en 1895. Il prend sa retraite le 2 janvier 1928 et réside à l'Hôtel-Dieu Saint-Vallier de Chicoutimi où il meurt le 3 juin 1932.

**Martin-Zédé, Georges (1864-1940):** Fils de l'ingénieur Georges Martin, il naît en 1864 dans une famille d'ingénieurs et de savants, ayant pour aïeul paternel Pierre-Émile Martin, inventeur des fours pour la cémentation des aciers, dits « fours Martin », et pour aïeul maternel l'ingénieur Gustave Zédé, constructeur du premier sous-marin. Après avoir fait des études de droit, il réalise son goût des grands voyages en visitant l'Égypte, la Palestine, la Syrie, la Norvège et le Spitzberg. Ses relations amicales avec le grand industriel Henri Menier en 1895 l'amènent à devenir le directeur général d'Anticosti de 1896 à 1926. Il participe à la guerre de 1914 comme officier interprète auprès des troupes britanniques. Il reçoit la Légion d'honneur et la Croix de guerre. En 1926, au nom des héritiers Menier, il vend l'île d'Anticosti et retourne en France où il meurt en 1940. Le journal personnel qu'il tient tout au long de ses séjours à Anticosti s'avère un document des plus précieux.

**Pope, La famille (1840-1899):** La famille Pope fut gardienne du phare de la Pointe-Sud-Ouest de 1840 à 1899. Edward Pope, le premier gardien, arrive à

Anticosti en 1840, venant de l'Île-du-Prince-Édouard. Il meurt le 2 juillet 1871 à l'âge de quatre-vingt-deux ans et son épouse Grace, le 10 juillet 1873 à l'âge de quatre-vingts ans. Edward succède à son père comme gardien du phare et meurt à l'âge de soixante-dix ans, le 29 juin 1893. C'est Herbert qui lui succède mais il meurt prématurément en 1899. Grace, la fille aînée, est chargée du télégraphe en 1895. Cette famille pratique la religion méthodiste et leur fille, Grace, fervente de l'Armée du Salut est une grande amie des « squatters » de Fox Bay.

**Vigneau, Placide (1842-1926) :** Fils de Vital Vigneau et d'Élise Boudreau, il naît à Havre-aux-Maisons, aux Îles-de-la-Madeleine, le 29 août 1842. Le 9 janvier 1865, il épouse à la Pointe-aux-Esquimaux (Havre-Saint-Pierre) Louise Cormier, dont il a un enfant ; puis le 23 novembre 1869, au même endroit, il épouse Victoire Doyle, et de ce mariage naissent sept enfants, dont trois atteignent l'âge adulte ; finalement le 27 juin 1887, à Natashquan, il épouse Suzanne Chevarie qui lui donne elle aussi un enfant. D'abord pêcheur, puis capitaine de navire, il devient gardien du phare de l'Île-aux-Perroquets près de Mingan de 1892 à 1912. Il écrit beaucoup et laisse une œuvre importante touchant l'histoire de la Côte-Nord. Il meurt le 1er mars 1926 à la Pointe-aux-Esquimaux.

*Autres personnages mentionnés :*

**Allison, le père :** Propriétaire d'un terrain à Anticosti lors de l'achat par monsieur Menier en 1895.

**Bradley, le nommé :** Propriétaire d'un terrain à Anticosti lors de l'achat par monsieur Menier en 1895.

**Bureau, Joseph (1837-1914) :** Arpenteur, cartographe et explorateur forestier, né à Saint-Raymond-de-Portneuf. Il est chargé en 1895 de faire l'exploration d'Anticosti pour l'acheteur Henri Menier, afin de déterminer le potentiel de l'île.

**Combes, monsieur :** Journaliste français accompagnant messieurs Despecher et Zédé à Anticosti en 1895. Il remet un rapport très circonstancié sur la minéralogie, l'histoire naturelle, la géologie, la géographie et l'histoire de l'île dont il fait une étude étendue sur place et, aussi, à la bibliothèque de Québec.

**Despecher, Jules (1815- après 1895) :** Cet octogénaire français est en visite à Anticosti en 1895. Son rapport favorable sur les richesses et les possibilités de développement de l'île incite Henri Menier à l'acheter.

**Gamache, Louis-Olivier (1784-1852) :** Fils de Michel-Arsène Gamache et de Marie-Reine Després, il épouse, en 1808, Françoise Bacelet de Rivière-Ouelle. Il s'établit sur l'île d'Anticosti (dont il prétend être le seigneur). Son épouse lui donne neuf enfants. Elle meurt en 1836. Il épouse en deuxièmes noces Catherine Lots de Québec dont il a trois enfants. Ses exploits divers comme matelot et capitaine de vaisseau finissent par faire de lui une figure légendaire d'Anti-costi. Il meurt à l'île en 1854.

**Jolliet, Louis (1645-1700)**: Fils de Jean Jolliet et de Marie d'Abancourt, il naît à Québec le 21 septembre 1645. Il fait ses études au Collège des Jésuites à Québec, est tonsuré le 10 août 1668, mais renonce à la prêtrise. Il se rend en France en 1667, revient au pays en 1668 et se fait marchand et explorateur dans l'Ouest jusqu'en 1673. Il épouse Claire-Françoise Bissot à Québec le 7 octobre 1675. Ils ont six enfants. En mars 1680, il devient seigneur de l'île d'Anticosti. Il y meurt en 1700.

**MacDonald, le père**: Propriétaire d'un terrain à Anticosti lors de l'achat par monsieur Menier en 1895.

**Robinson, Edward J.** : Représentant et liquidateur de la compagnie propriétaire de l'île en 1895.

**Setter, capitaine (   -1894)**: Ses héritiers étaient pro-priétaires de terrains à Anticosti lors de l'achat par monsieur Menier en 1895.

**Stockwell, Francis W.** : Homme d'affaires anglais, il achète Anticosti en 1884 pour la somme de cent sept mille dollars. Il fait faillite et revend l'île à la Société anglaise connue sous le nom « The Governor and Company of the Island of Anticosti ». Cette compa-gnie vend l'île à Henri Menier en 1895 au prix de cent vingt-cinq mille dollars.

**Wakeman, commandant**: Capitaine du croiseur *La Canadienne* du gouvernement fédéral.

# PREMIÈRE PARTIE

# LES CORMIER

## (1893)

# Chapitre 1

# La lumière

— Qu'est-ce qui se passe ?

Laurent Cormier se pencha au-dessus de la plate-forme et se mit à crier pour attirer l'attention de son père qui, au bas de la tour, se dirigeait vers la maison. « Il devient dur de la feuille ou bien le vent l'empêche d'entendre », se dit-il, car son père poursuivait son chemin. Les cris des goélands n'aidaient pas non plus. Il s'époumona :

— P'pa ! P'pa !

Wilfrid s'arrêta, leva la tête, regarda vers le sommet de la tour et, malgré la brunante, vit Laurent gesticuler comme un forcené. Se rendant tout de suite compte de ce qui faisait autant s'agiter son fils, d'un mouvement de la main il lui fit signe qu'il avait compris. La lanterne ne brillait pas à sa pleine capacité. Il entra dans la maison et ordonna à Ernest qui s'apprêtait à souper :

— Va préparer le canon, la lanterne est presque morte. Ne tire pas tant que je ne serai pas revenu. Peut-être bien que ce ne sera pas nécessaire.

Son fils ne se le fit pas dire deux fois. Laissant tout en plan, il sauta de sa chaise, sortit de la maison et se dirigea d'un pas décidé vers un petit bâtiment de pierre au toit de tôle qui s'élevait au bord de la falaise entre des arbres rabougris. Il en ouvrit les doubles portes et y pénétra. Quelques secondes plus tard apparut dans l'ouverture la bouche d'un canon dirigé vers la mer. Pendant ce temps, le gardien était retourné au phare et montait lentement les cent vingt marches menant à la lanterne. Depuis maintenant treize ans qu'il avait remplacé son père à ce phare et durant la vingtaine d'années qu'il l'avait secondé auparavant, combien de fois n'avait-il pas monté et descendu ces marches ? Elles en étaient même usées au milieu. Il songea que trente-sept ans plus tôt, il aurait accédé au sommet de la tour à la course et sans même se fatiguer, alors que là, il n'en était pas encore au mitan qu'il commençait à chercher son souffle. Quand il eut rejoint la plate-forme dominée par la lanterne, il trouva son fils Laurent qui l'attendait avec impatience.

—P'pa, j'ai vérifié. Y a trois des cinq lampes d'éteintes. J'aurais pu les rallumer.

—Je sais, mais tu connais ma consigne. Tant que je serai gardien de ce phare, c'est moi qui verrai à réparer des troubles majeurs comme celui-là. Je n'ai jamais confié mon travail à d'autres et ça ne commencera pas aujourd'hui. Les lampes ne sont pas mortes pour rien, il doit y avoir des saletés dans le kérosène. As-tu vérifié la jauge ? Est-ce qu'il y en a suffisamment ?

— Y en a à plein !

— Dans ce cas, il va falloir que j'examine chacune des lampes.

Il fit le tour de la lanterne et s'empara des lampes défectueuses. Il remédia immédiatement au problème en nettoyant le conduit d'alimentation. Quelques minutes plus tard, les lampes de nouveau allumées, le phare projetait son rayon fixe, éclairant aux deux tiers la côte et brillant au large de façon à être aperçu par beau temps jusqu'à une distance de trente milles comme le lui avaient confirmé les habitants de Sheldrake et de Magpie sur la Côte-Nord.

— Tu peux descendre, maintenant, tout est en ordre. Dis à ton frère de rentrer le canon, je vous rejoins dans cinq minutes pour le souper.

Laurent déboula les marches en vitesse. Son père le suivit à pas mesurés. Il se revoyait des années plus tôt. Le temps était bien révolu où il pouvait faire tout en un tournemain sans que ses muscles lui rappellent son âge. Il soupira. « Tu commences à te faire vieux, Wilfrid. Heureusement que les garçons sont là. Quelques années encore, et je leur cède la place. Il faut que je songe à faire autre chose. Mais quoi ? » Il était parvenu au bas de la tour. Ses deux fils revenaient de la cabane au canon.

— Tu l'as bien rangé ?

— Inquiétez-vous pas ! lança Ernest d'un ton décidé. Il est dans son nid et prêt à tirer au besoin.

Ils pénétrèrent dans la vaste maison de pierre à deux étages où ils passaient le plus clair de leur temps quand ils n'étaient pas dans le phare ou bien à la chasse ou à la pêche. C'étaient des hommes solides parés à toute épreuve, levés tôt et couchés tôt. La mère Cormier les attendait dans la salle à manger. Sur la table fumait un potage dont l'arôme avait envahi toute la pièce.

— Ça sent bon, m'man, dit Laurent, en respirant profondément. En plus, j'ai faim comme un ours.

— T'es pas le seul, reprit son frère. En parlant d'ours, tu ne sais pas ce que m'a conté Télesphore à matin, quand il est venu livrer le lait ?

— Quoi donc ?

— Y a rencontré une mère ourse avant-hier du côté de l'Anse-aux-Fraises. Heureusement qu'il avait son fusil parce qu'il n'aurait pas pu me raconter son histoire ! Elle lui a couru après. Y a eu juste le temps de tirer sans même pouvoir viser. La bête s'est écrasée au beau milieu de la route, et il paraît qu'en s'effoi-rant, elle a soulevé un paquet de poussière.

— Ses petits ne devaient pas être loin ?

— Elle en avait deux. Ils la suivaient, mais le coup de feu les a chassés dans les bois. Ferdinand, qui était dans les parages avec sa charrette, est arrivé quelques minutes plus tard en compagnie de deux autres hommes venus voir ce qui se passait. À quatre, ils ont hissé la mère ourse dans la charrette. Télesphore a dit qu'il se ferait un trophée de sa peau.

Leur père était passé par la cuisine en arrivant à la maison. Selon son habitude, il dégustait sa gorgée de rhum avant de manger. Debout près de leur chaise, tous attendaient qu'il prenne place à table. En passant, il se tourna vers sa femme et l'invita d'une voix douce :

— Assieds-toi, Rose, et mange ! Ce n'était pas la peine d'attendre. Y a-t-il des messages ?

— Rien, sinon qu'on nous annonce de la brume pour demain.

— Ce qui veut dire qu'il nous faudra tirer du canon, conclut-il. Qu'en penses-tu, Ernest ?

— Y a rien de pire que ça. Il m'empêche de dormir. Le maudit canon ne tire pas tout seul.

Son père le regarda en secouant la tête.

— Il faut ce qu'il faut. Tu en as la charge et nous sommes là pour ça. Quand la lumière ne sert à rien, on est quand même tenu de signaler les récifs aux navires. N'est-ce pas ce à quoi sert le canon ? Justement, tu as entendu, on nous annonce du mauvais temps pour demain. Il faudra le garder prêt.

— Vous inquiétez pas, dit Ernest vivement, j'y verrai comme d'habitude. Rien n'empêche que j'ai hâte qu'on nous installe un sifflet de brume. On aura moins de surveillance à faire.

— Ça viendra en son temps. Si on en avait un, on l'apprécierait déjà moins, parce que c'est très dérangeant.

Ils avaient fini leur soupe. Leur mère était passée à la cuisine d'où elle revint avec un rôti de porc et des patates jaunes baignant dans le jus. Leur père s'empara de la miche de pain déposée au milieu de la table. De son couteau, après y avoir tracé une croix, il en coupa plusieurs tranches qu'il distribua à ses fils et à sa femme avant de se servir lui-même. « Le pain que le bon Dieu nous donne, avait-il l'habitude de répéter, c'est à moi votre père de le partager. » Ses enfants tout comme son épouse respectaient ce rituel. C'était un homme bon et juste, soucieux du bien-être de tous ceux et celles qu'il croisait. On le considérait d'ailleurs comme un sage et on lui avait confié la tâche de juge de paix sur l'île, tâche qu'il accomplissait à la satisfaction de tous.

Les garçons mangeaient avec appétit. Soudain, Ernest demanda :

— M'man, où sont les filles ?

— Elles ont soupé plus de bonne heure à soir. Elles préparent le trousseau de Lorraine.

— Ça sent le mariage ! s'exclama Laurent. Bill me semble un bon gars pour elle, un vrai bon pêcheur à part ça. Dommage qu'il reste à la Baie-des-Anglais plutôt qu'à l'Anse-aux-Fraises, on les verra moins souvent.

Lorraine, qui avait besoin d'un conseil de sa mère, venait de paraître. Laurent lui dit :

— Grande sœur, on parlait justement de toi. Tu devrais être correcte avec Bill. Le mariage est enfin décidé. Pour quand au juste ?

— Dans un mois d'ici.

— Youpi ! s'exclama Ernest. J'vas toujours ben pouvoir danser à mon goût.

— Si le curé le veut bien, intervint Wilfrid.

— Qu'il le veuille ou pas…

— Je t'interdis de parler de même, trancha son père. On doit obéir au représentant de Dieu.

Ils terminèrent le souper en silence. Pourquoi, chaque fois qu'il était question de se divertir, le curé avait-il son mot à dire ? Pourquoi également, dès que quelqu'un en position d'autorité était impliqué, Wilfrid ne souffrait-il pas que ses fils trouvent à redire ? Laurent, tout comme Ernest, se le demandait bien. L'aîné ne semblait pas trop s'en faire avec ça, mais le cadet rouspétait pour tout et pour rien. Les deux frères avaient des tempéraments et des caractères différents. Laurent faisait les choses lentement avec patience sans rechigner, tandis qu'Ernest trouvait toujours que tout n'allait pas assez vite à son goût. Il rouspétait, mais finissait cependant par faire son travail quand même. Toutefois, à la maison, quand leur père intervenait comme il venait de le faire, le silence gagnait la place, semblable à une brume opaque sur la mer. C'était ainsi que les choses allaient et ils savaient que c'était peine perdue de vouloir les changer.

# Chapitre 2

# Le séjour du curé

L'été commençait à battre de l'aile. La brume enveloppait de plus en plus Anticosti. Certains matins, on ne voyait pas à trois pieds devant soi et le canon se faisait entendre. Le vent se levait parfois au cours de la matinée, balayant la brume de son souffle puissant. Mais, le plus souvent, au grand dam d'Ernest, elle ne décollait pas de la mer. Il devait alors s'occuper de tirer du canon toutes les vingt minutes, ce qui le clouait au phare et lui mettait des fourmis dans les jambes. Il arrivait qu'il faille attendre jusqu'à trois ou quatre jours pour que le ciel se nettoie. Laurent et lui se relayaient alors, jour et nuit, afin de faire retentir la détonation tonitruante dont les navires au large captaient l'avertissement.

Au cours de cette période juste avant l'hiver, comme il le faisait chaque année, l'abbé Bourque s'amena au phare et installa ses quartiers au deuxième étage de la maison pour y passer un bon mois. Ce fut pour lui, comme toujours, l'occasion de se faire recevoir comme un roi et de visiter ses fidèles dispersés par toute l'île. Selon son habitude, il rencontrait d'abord les familles de l'Anse-aux-Fraises où une chapelle était en construction, puis se faisait mener le long de la côte vers les pauvres demeures de ses ouailles encore assez tenaces pour s'accrocher à leur coin de pays malgré une terre plutôt chiche, pour ne pas dire ingrate. L'abbé aimait séjourner à la maison du phare. Tout comme lui, Wilfrid représentait l'autorité sur l'île. Il s'occupait des besoins matériels des gens tandis que lui, leur pasteur, voyait aux choses spirituelles.

Le curé n'était arrivé que la veille, que déjà se présenta le vieux bonhomme Jomphe réclamant sa présence à sa cabane afin d'y célébrer la messe.

— Odile est si malade, monsieur le curé, que ça pourrait bien être sa dernière.

— Qu'en dit le docteur ?

— Y est pas venu depuis des semaines. Y paraît qu'y est à Québec pour le moment et qu'on devrait nous en envoyer un autre. Y faudrait pas qu'on passe l'hiver sans docteur.

— Comment la soignez-vous ?

— Ma fille Clémence connaît un peu les herbes. Elle lui donne des infusions, mais ça fait guère effet.

— Je vais voir ce qu'il en est à propos du docteur, promit le curé. Demain, j'irai vous dire la messe.

— Vous êtes bien bon. Dieu vous bénisse et vous le rende multiplié par cent !

Dès après le déjeuner servi par madame Cormier, le pasteur se fit conduire par Laurent à l'Anse-aux-Fraises. En attendant que le presbytère soit bâti, il y recevait son monde chez Maxime Richard, qui faisait office, en quelque sorte, d'aubergiste de la place. L'abbé se servait du salon pour accueillir les gens et d'une chambre pour entendre leur confession. Une des premières personnes à venir le rencontrer ce matin-là fut mademoiselle Longpré, la nouvelle institutrice : un beau brin de fille qui, à coup sûr, ne manquait pas de faire tourner bien des têtes. Le curé l'accueillit aimablement, mais non sans s'enquérir, puisqu'elle était nouvelle à l'île, de l'endroit d'où elle venait.

— Saint-Cyprien, dans le Témis, dit-elle d'un air décidé.

— Le Témiscouata, je suppose ? compléta le curé d'une voix quelque peu agacée, avant de s'informer : Où est Saint-Cyprien, au juste, plus près de Trois-Pistoles ou de Cabano ?

— À peu près à mi-chemin entre les deux.

— Qu'est-ce qui vous a amenée ici, mademoiselle ?

— Il y avait une place d'institutrice, je l'ai prise.

— Comptez-vous rester longtemps ?

— Tout dépendra. Si je me plais à l'île, peut-être bien des années. Après tout, ici ou ailleurs, vous savez, pourvu que j'enseigne.

Le curé la regarda un moment, puis demanda d'une voix mielleuse :

— Il y a quelque chose que je peux faire pour vous ?

— Oui ! Me confesser.

Il se retira avec elle dans la chambre avant que Laurent ne puisse s'informer à quelle heure il devait revenir le chercher. Laurent avait entendu toute leur conversation et la jeune femme ne le laissait pas indifférent. Quand ils réapparurent, mademoiselle Longpré d'abord, et le curé ensuite, Laurent remarqua qu'ils semblaient profondément troublés tous les deux. Il demanda à l'abbé :

— Faites excuse, monsieur le curé, mais quand est-ce que je dois revenir ?

Le prêtre semblait distrait ou préoccupé, car Laurent dut lui répéter sa question.

— À cinq heures ! répondit brusquement le curé.

— Je serai là comme un seul homme.

Laurent sortit de chez Maxime Richard en même temps que l'institutrice.

— Puis-je vous laisser quelque part, mademoiselle ?

Elle lui sourit tout en lui répondant :

— Merci. C'est aimable à vous, mais la maison d'école est à deux pas d'ici.

— C'est là que vous logez ?

— En effet. Le logement de l'institutrice s'y trouve.

— Vous êtes notre nouvelle institutrice… Bienvenue à l'île ! Vous me voyez heureux de faire votre connaissance. Vous devez vous sentir bien seule, dans cette petite école.

—Pour le moment! Mais quand les classes vont débuter avec une quarantaine d'enfants, j'aurai une grosse famille. Êtes-vous de l'Anse-aux-Fraises?

—Non, je reste à la lumière de la Pointe-Ouest. Tiens! J'y pense. Vous pourriez venir nous rendre visite. Je vous ferais voir la bâtisse et la lanterne. De même, vous dîneriez avec nous autres. Ma mère est une vraie bonne cuisinière. Vous allez vous régaler. Mes parents seront heureux de faire votre connaissance.

—Vous allez vite en affaire, vous! lança-t-elle en riant franchement. Il faut d'abord me laisser m'installer.

—Si vous avez besoin d'aide, mademoiselle, n'hésitez pas! Faites appel à Laurent Cormier.

Elle le regarda d'un air taquin, renversa la tête pour lui adresser un sourire et se permit une réflexion très directe.

—Vous ne pensez pas que cette rencontre pourrait nous mener trop loin?

Quand elle constata que sa réplique semblait l'avoir étonné, elle redoubla ses rires, ce qui le fit sourire à son tour. Décidément, elle lui plaisait bien. La regardant droit dans les yeux, il lui répondit:

—Je ne demanderais pas mieux que ça se passe ainsi.

Elle ne promit rien pour la visite, mais laissa entendre que dès qu'elle serait mieux installée, elle irait volontiers les voir.

—Mais ne comptez pas trop sur moi pour monter dans la tour, ajouta-t-elle. J'ai peur des hauteurs.

—Il n'y a rien à craindre, s'empressa de dire Laurent, l'escalier est à l'intérieur. Ce n'est pas pire que de monter au deuxième ou au troisième étage d'une maison. Si vous êtes décidée, sachez que je viendrai mener l'abbé Bourque ici tous les matins vers les huit heures et le chercher tous les jours de cette semaine, à la fin de l'après-midi. Je serais bien heureux de vous montrer là où je vis. Vous pourriez venir avec moi un matin et passer la journée avec nous autres. Mes sœurs aussi seront heureuses de vous connaître.

—Vous avez des sœurs?

—Trois : Lorraine, Desneiges et Fabiola.

—Et des frères?

—Un, Ernest, notre nichet.

—Votre nichet?

—Oui! Le cadet.

Répondant à l'invitation de Laurent, elle promit d'aller au phare un bon matin.

# Chapitre 3

# De la belle visite

Deux jours passèrent avant que l'institutrice n'arrête Laurent pour lui dire que le lendemain, elle se rendrait volontiers au phare en sa compagnie.

—Vous dînerez avec nous autres?

—Avec plaisir, si ça ne dérange pas.

—Au contraire. Ce sera un honneur de vous recevoir. Mes sœurs attendent déjà votre visite. Lorraine se marie dans deux semaines. Qui sait? Vous aurez peut-être une invitation au mariage. À demain, donc!

Il pleuvait quand, le lendemain, Laurent conduisit le curé à l'Anse-aux-Fraises. Fidèle à sa promesse, la jeune institutrice l'attendait sur le pas de la porte de l'école. Il avait pris la précaution d'apporter une couverture. Il l'en enveloppa quand elle s'assit près de lui dans la charrette. Elle se montra ravie de pouvoir se rendre au phare malgré la pluie.

—Par les journées de pluie et de brume, l'informa Laurent, nous tirons du canon pour signaler aux vaisseaux la présence des récifs. Ne soyez donc pas étonnée d'entendre une détonation à chaque vingt minutes. Vous devez d'ailleurs l'avoir déjà entendue depuis le matin. Elle est produite par une cartouche de fulminate que nous faisons exploser dans la gueule d'un canon. Vous me voyez fort désolé de cette pluie. Il sera bien inutile de monter dans la tour. Tout ce que nous y verrions ne serait qu'un rideau de pluie sur fond de nuages gris. Il faudra vous reprendre par beau temps si vous voulez jouir de la vue du sommet de la tour.

— J'espère que je ne serai pas un embêtement pour vous et vos parents, dit-elle, en hésitant. Je ne suis guère habituée à une grande famille. Je ne suis qu'une petite orpheline élevée par sa grand-mère… C'est elle qui m'a appris à lire et à écrire. C'est elle qui m'a donné le goût d'enseigner. Il est vrai aussi que j'adore les enfants. Ils sont la seule grande famille que j'ai eue jusqu'ici.

— Si jamais vous vous mariez, je suppose que vous voudrez avoir beaucoup d'enfants…

— Une trâlée, moitié filles, moitié garçons, autant que possible.

— Je n'hésiterais pas à vous faire ça, osa Laurent.

Il la vit rougir, puis, changeant subitement de propos, elle demanda :

— Demeurez-vous à Anticosti depuis longtemps ?

— J'y suis né. Mon père a succédé à son père comme gardien. La tradition risque de se poursuivre encore longtemps dans la famille. Si les choses se passent comme prévu, dans une couple d'années d'ici, je serai comme lui gardien de la lumière.

— Gardien de la lumière ? questionna-t-elle, d'un air étonné.

— Oui. C'est comme ça que les gens de par icitte désignent les gardiens des phares. Ils ne disent jamais le phare, mais bien la lumière. Et la nôtre est celle de la Pointe-Ouest.

Tout en bavardant de la sorte, ils longeaient le fleuve par la berge. On entendait le ressac des vagues tout près et, de temps à autre, les cris d'oiseaux que leur arrivée dérangeait.

— C'est bien des oiseaux que nous entendons ? demanda-t-elle.

— En effet, confirma Laurent. S'il n'y avait pas cette brume, nous en verrions des centaines. Ce sont des courlis, comme ceux que nous venons de faire envoler, ou encore des istorlets ou des moyacs, quand ce ne sont pas de simples goélands comme ceux dont nous entendons justement les cris assourdis par la brume.

— Vous les reconnaissez à leurs cris ?

— Comme tous les oiseaux qui nichent sur l'île, ou y passent au printemps et à l'automne.

Ils étaient parvenus à destination. Laurent aida l'institutrice à descendre de la voiture en lui tendant la main. Elle aboutit presque dans ses bras. Il la fit entrer dans la maison.

— Attendez-moi ici. Je reviens, le temps de mener le cheval à l'écurie.

Quelque peu intimidée de se retrouver dans cet endroit qu'elle visitait pour la première fois et où elle ne connaissait que Laurent, elle se blottit d'abord sagement près de la porte, puis, s'enhardissant, elle s'intéressa aux photos dont le mur était couvert. Laurent ne tarda pas à la rejoindre. Il la surprit occupée à examiner les portraits. Il expliqua :

— Vous avez là l'histoire du phare et de ses habitants depuis nombre d'années.

En raison de la pluie, la pièce était sombre.

— Je peux vous faire de la lumière, si vous le désirez.

— Ne vous donnez pas cette peine.

— Mais au fait, je suis impardonnable ! Si je sais que vous êtes la nouvelle institutrice, ça ne me dit pas votre nom. Qui dois-je présenter à mes parents ?

— Jeanne Longpré.

Il l'invita à le suivre. Quittant l'entrée qui servait en quelque sorte de hall, il la conduisit dans la pièce opposée où se trouvaient d'un côté le salon et de l'autre la cuisine. Lorraine fut la première à l'accueillir. C'était une jeune femme de son âge, mais de forte stature, habituée aux travaux durs et quelque peu rude dans ses manières. Mais elle savait compenser par la douceur de sa voix.

— Bienvenue ! dit-elle d'un ton enjoué. Laurent nous a vanté votre beauté et, ma foi, je dois admettre qu'il n'avait pas tort. Venez que je vous présente ma mère et mes sœurs. Quant à mon autre frère, Ernest, notre nichet, il n'est certainement pas loin du canon.

Il s'en occupe aussi bien que de notre cheval Oliver et surtout de son chien Romulus. Notre père, pour sa part, à l'heure qu'il est, se trouve sans doute dans le phare pour voir à ce que les lampes ne lui jouent pas de mauvais tour ce soir. Il devrait revenir d'ici quinze à vingt minutes. Maman est à la cuisine, mais elle a très hâte de vous connaître. Vraiment, je suis enchantée que Laurent vous ait invitée.

—Et moi, heureuse de l'avoir rencontré. Il n'y a pas encore une semaine que je suis sur l'île. Imaginez-vous quelle joie c'est pour moi de me retrouver chez vous! Vous serez ma famille chanceuse, moi qui n'en ai pas eue.

Lorraine s'étonna:

—Vous n'avez ni frère ni sœur?

—Je n'ai pas eu ce bonheur. J'ai perdu mes parents alors que j'étais toute petite et je n'ai jamais connu ce que c'est que de vivre dans une vraie famille.

Tout en parlant et conviée par Lorraine, elle avait gagné la salle à manger où les attendaient Desneiges et Fabiola. Les deux préadolescentes vinrent la saluer en ne manquant pas de faire la révérence, ce qui amusa Jeanne. Elle leur dit:

—Vous êtes amplement en âge de fréquenter l'école. Est-ce que j'aurai le plaisir de vous y voir?

—Tout dépendra si papa n'a pas décidé de nous envoyer pensionnaires, expliqua Desneiges, d'une voix hésitante.

— Il en est fortement question, précisa Laurent. Mais tout cela, nous le saurons après le mariage de Lorraine.

— Votre frère m'a dit que la célébration est toute proche ?

— Dans moins de deux semaines. L'abbé Bourque doit la présider.

Laurent remarqua que les traits de Jeanne s'étaient contractés quand sa sœur avait évoqué le nom du curé. « Que s'est-il passé ? », se demanda-t-il.

Mais leur père arrivait et vint aimablement saluer l'institutrice, ce qui coupa court aux interrogations du jeune homme.

— Je suis fort heureux de vous connaître, mademoiselle. Laurent a eu une bonne idée de vous inviter chez nous. Vous savez que la lumière est comme un aimant. Elle attire tous les nouveaux arrivants sur l'île. Nous avons de la sorte le plaisir de connaître tout le monde. Sur une île comme la nôtre où la population ne dépasse guère quatre cents personnes, tout ce qui touche l'un ou l'autre nous atteint de quelque façon. Nous formons une grande famille, chacun luttant de son mieux pour gagner son pain. Les bonheurs des uns font ceux des autres et c'est la même chose pour les malheurs. Votre arrivée nous réjouit d'autant plus que nous savons qui en seront les bénéficiaires : nos enfants. Bienvenue, mademoiselle ! Mettez-vous à votre aise. Nous nous sentons honorés de vous compter à notre table.

Chez les Cormier, quand la météo et les impératifs du phare le permettaient, le repas de midi comme celui du soir était un moment sacré. Ils ne se mirent pas à table tant que Rose n'apporta pas de la cuisine la soupière qu'elle déposa sur la nappe. Rose s'approcha pour saluer Jeanne à son tour. Les enfants attendirent que leur père soit assis pour en faire autant. Galamment, Laurent tira la chaise de mademoiselle Jeanne, ce qui fit sourire ses sœurs peu habituées à le voir agir de la sorte. Quand ils eurent tous pris place, la soupière fit le tour de la table, chacun se servant soi-même.

— Vous savez, mademoiselle, qu'ici il ne faut pas faire de manières, fit remarquer le gardien. Le plus important, c'est que nous soyons ensemble. Chaque fois que nous sommes tous réunis autour de cette table, la vie nous comble. Elle se chargera bien assez tôt de nous séparer. Serais-je indiscret de vous demander ce qui vous a poussée à venir enseigner à Anticosti?

Elle rougit avant de répondre d'une voix presque inaudible.

— Une peine d'amour.

— Je vois, enchaîna le gardien, que je viens de commettre bien malgré moi une indiscrétion. N'y voyez pas, mademoiselle, mauvaise volonté de ma part. Vous saurez sans doute oublier ici vos malheurs et vous ne mettrez guère de temps, j'en suis persuadé, à retomber sur vos pieds si ce n'est pas déjà fait. La vie, vous savez, est comme un arc-en-ciel. Ça prend de la pluie et du soleil pour nous permettre d'en apprécier les couleurs.

Vous verrez bien vite qu'Anticosti sait récompenser celles et ceux qui y vivent. Vous a-t-on dit combien d'enfants fréquenteront l'école cette année ?

— Près de quarante.

— Eh bien, lâcha-t-il d'une voix enthousiaste, vous aurez de quoi vous occuper ! Parmi ces enfants, vous aurez le plaisir d'enseigner à mes filles Desneiges et Fabiola.

À ces mots, les deux fillettes se regardèrent et poussèrent un soupir. Il leur jeta un coup d'œil bienveillant et poursuivit :

— Je ne doute pas qu'elles sauront s'avérer des élèves modèles. Si je tiens à ce qu'elles restent encore avec nous cette année, c'est parce que leur sœur Lorraine va nous quitter. Rose aura besoin de leur aide. L'an prochain, on verra. Mais d'ici là, il passera encore bien des navires le long de la côte.

Pendant qu'il parlait, la soupière, qui avait fait le tour de la table, était arrivée devant lui. Il s'empressa de servir leur invitée.

— C'est une soupe de poisson dont vous devriez vous régaler, dit-il vivement. Si jamais, dans votre école, vous manquez de quoi que ce soit, vous serez grondée si vous ne nous le faites pas savoir.

Quand ils furent tous servis, il récita le bénédicité et ce n'est qu'ensuite qu'ils se permirent de commencer à manger. Jeanne les imita tout en jetant un coup d'œil discret autour de la table. Elle comprit que le père jouait le rôle du patriarche et que ses enfants ne pouvaient parler à tort et à travers. Le gardien s'adressa à Laurent:

— Comment comptes-tu occuper notre invitée cet après-midi?

— Si elle le désire, je lui ferai voir les dépendances. Ça ne donnerait rien de monter à la lumière, le temps est trop bouché. Ensuite, Lorraine a promis de lui montrer son trousseau et maman veut lui apprendre une recette qui devrait lui être utile.

— Ça vous convient, mademoiselle?

— Bien sûr! Je suis curieuse de voir en quoi consiste le travail dans un phare. C'est le premier que je visite.

— Vous passerez donc l'après-midi avec nous. Laurent vous ramènera en allant chercher monsieur le curé.

Se tournant vers son fils, il ajouta:

— Pendant qu'elle sera avec Lorraine et ta mère, j'aurai besoin de toi pour un travail là-haut.

— Comptez sur moi!

Ils terminèrent le repas en parlant de choses et d'autres. Ils en apprirent un peu plus sur l'institutrice qui, après avoir étudié chez les sœurs à Québec, était revenue enseigner durant deux ans dans son village avant de se retrouver à Anticosti pour ce début d'année scolaire.

— Qui vous a fait savoir qu'on cherchait une maîtresse d'école?

— Une annonce dans le journal.

— Connaissiez-vous Anticosti?

— Vaguement, de nom, comme la plupart des gens.

— Ça ne vous faisait pas peur de venir vous isoler ici ?

— Oh non ! Quand on enseigne dans un petit village, on passe l'année toute seule avec les enfants. On finit bien par connaître un peu leurs parents lorsque l'un ou l'autre nous invite le dimanche, mais le plus clair de notre temps, on est seule.

— Promettez-nous, mademoiselle, dit le gardien d'un ton affable, de nous rendre visite au moins une fois par mois.

Elle sourit et Laurent, qui n'avait d'yeux que pour elle, fut fasciné de voir se dessiner des fossettes sur ses joues. Puis, il fut aux anges de l'entendre répondre qu'elle ferait tout son possible pour venir.

— Et durant le temps des fêtes aussi, précisa le gardien. Il n'est pas pensable que vous le passiez seule dans votre école.

Quand, en fin d'après-midi, Laurent ramena Jeanne à l'Anse-aux-Fraises, elle avait les mains pleines de ce que Lorraine et la mère Cormier lui avaient donné. Elle tenait précautionneusement un foulard et une paire de mitaines sur lesquels trônait une magnifique tarte aux pommes dans un plat d'étain. « Je suis comblée », ne cessait-elle de répéter, pendant que Laurent, heureux comme un roi, la reluquait à tout bout de champ avec au fond du cœur un bonheur plus grand que tout ce qu'il avait connu jusque-là.

# Chapitre 4

# Le conteur

L'automne s'installait sur l'île avec sa brume et ses journées humides. On se levait le matin comme si on avait habité un nuage. Le froid cru transperçait jusqu'aux os. Il fallait déjà enfiler des lainages. Certains jours, le soleil grignotait les nuages et y faisait un trou. Aussitôt, tout devenait éblouissant. La brume s'effilochait. Le ciel retrouvait ses couleurs et Ernest rentrait le canon. Malgré l'habitude, chaque fois qu'on entendait la détonation, sans même s'en rendre compte, on sursautait.

La brume avait de bon qu'elle ramenait souvent au phare Isidore Paradis, le conteur. Nul plus que lui ne savait remplir une soirée d'histoires à faire peur, de récits à faire rire ou pleurer. Wilfrid se montra étonné de ne pas le voir surgir comme il avait coutume de le faire. Au souper, que partageait avec eux l'abbé Bourque, il s'informa :

— Avez-vous vu Isidore dans l'une de vos visites ?

—Non. Il est vrai que je ne me suis pas encore rendu à Fox Bay. J'irai cette semaine. Lui et le vieux Duchesne doivent sûrement attendre ma visite. À mon retour, ce sera le grand jour pour Lorraine.

La jeune femme leva le regard. Ses yeux brillaient de plaisir.

—Vous allez vivre à Baie-des-Anglais?

—Chez Bill. J'ai hâte surtout de mettre de la couleur dans la maison.

—Vous comptez avoir beaucoup d'enfants?

—Ceux que le bon Dieu voudra bien nous donner.

Wilfrid intervint:

—S'il n'en tient qu'à elle, monsieur le curé, dit-il d'une voix amusée, elle en aura certainement une vingtaine.

Lorraine protesta:

—P'pa, je vais débuter par un comme tout le monde. Vous avez donc hâte d'être grand-père!

—Il commence à être temps, si je veux connaître mes petits-enfants.

Il se tourna vers son épouse.

—J'en connais une qui va souvent aller rôder du côté de Baie-des-Anglais.

Effacée comme toujours, Rose ne répondit pas, mais le grand bonheur qui illuminait son visage parlait pour elle. Se tournant vers le curé, le gardien poursuivit:

—Je saurai bien lui donner congé, promit-il. Il n'y a rien qui arrête une grand-mère quand il est question de ses petits-enfants.

Le curé les ramena sur terre :

— Pour le moment, ils ne sont pas encore faits. De marier un pêcheur, Lorraine, ça ne te fait pas peur ?

— Pourquoi donc ?

— Les soirs de brume ou de tempête, si jamais il tarde à rentrer…

— Je ne pense pas à ça, monsieur le curé, répondit-elle en esquissant un geste de la main comme pour repousser quelqu'un ou quelque chose. J'ai toujours pris mes bonheurs de chaque journée et c'est ce que je compte continuer à faire une fois mariée.

Ils en étaient là dans leur conversation quand Ernest, doué d'une ouïe de chat, déclara :

— Il y a quelqu'un à la porte.

Son père lui fit signe qu'il pouvait se lever de table et il se précipita vers l'entrée. Il en revint une minute plus tard avec nul autre qu'Isidore Paradis, mieux connu sous le nom de Zidore.

— En parlant de la bête, s'exclama le gardien en riant, on lui voit la tête. Nous commencions à nous inquiéter de ne pas avoir ta visite après cette série de soirs de brume.

— La côte est longue jusqu'ici et il y en a d'autres qui aiment bien mes histoires.

— Assieds-toi et mange ! Avant de nous régaler de tes menteries, remplis-toi d'abord la panse.

— C'est pas de refus, d'autant plus que j'ai marché pas mal avant d'arriver ici. Je vois que je ne suis pas le seul en visite. Monsieur le curé, bonsoir, dit-il, en retirant son chapeau. On vous a attendu dans notre bout. On était bien étonné de ne pas vous voir arriver.

—Je m'apprêtais justement à vous rendre visite.

—Ça sera fait pour moi, mais Jonas et Martin ont hâte de vous rencontrer. Ils ont sans doute une barge de péchés à vous raconter.

—Mais la tienne, ta barge, se moqua le curé, j'ai hâte d'en entendre parler.

—Une barge? Voyons donc, monsieur le curé, vous allez voir que mes péchés sont des bien petits poissons, vous ne pourrez guère vous en régaler. Vous allez commencer votre carême avant le temps.

Sa réflexion les fit tous rire, y compris le curé. Assurés de passer une bonne soirée, ils étaient très heureux de l'arrivée de ce conteur-né. Ils attendirent qu'il ait fini de manger, puis se réunirent tranquillement dans le salon éclairé par les flammes d'un vaste foyer. Tout était en place pour une soirée où, assurément, le rêve permettrait de décrocher de la réalité.

Monsieur le curé s'installa devant le foyer. Ernest et les filles se tenaient tout près de l'âtre pour profiter à plein de la chaleur. Laurent s'assit avec Lorraine de l'autre côté pendant que leurs parents prenaient place près du curé. Un silence inhabituel pesait dans la pièce. Tout le monde attendait patiemment. Il ne manquait plus que le conteur qui se fit désirer un moment. Il s'était retiré dans un coin et on eût dit qu'un peu comme un sportif se réchauffe par quelques exercices avant de s'attaquer à la partie, il faisait un entraînement quelconque pour se préparer l'esprit. Il creva le silence en lançant d'une voix profonde :

— Me voici, me voilà ! Qui a des oreilles pour entendre, entende ! Qui a un nez pour sentir, sente ! Qui a deux yeux pour voir, voie ! Qui a des mains pour toucher, touche ! Mais qui a une bouche pour parler, se taise !

Pour eux tous, le rêve commençait.

# Chapitre 5

# Anticosti

« Vrai comme je suis là, Anticosti est un ogre. Cette île mange les embarcations aussi bien qu'un écureuil avale des noisettes. On a beau y avoir construit quatre phares, ça n'empêche pas les navires et les barques de toutes sortes d'y faire naufrage. Vous ignorez, j'en suis sûr, le nombre de vaisseaux qui, récemment, sont venus terminer leur règne sur les récifs d'Anticosti. Pas moins de dix par année depuis dix ans : sept steamers, soixante-sept voiliers, quatorze bricks et brigantins et dix-huit goélettes. Vous pensez que c'est beaucoup, que j'exagère ? Détrompez-vous. Ce que je raconte est la vérité vraie. »

Wilfrid fut tenté de l'interrompre par une boutade concernant sa vérité vraie, mais il se retint pour ne pas briser le silence attentif qui se glissait dans la place comme une ombre. D'une voix pleine de trémolos, Zidore poursuivit :

« Ah ! Mes amis, si nous connaissions l'histoire de tous ces marins, de toutes ces femmes et de ces malheureux enfants qui dorment le long de la côte de l'île, après le naufrage de leur embarcation, nous aurions raison de nous demander si ce n'est pas la terre même du malheur. »

Reprenant sa voix de narrateur, il enchaîna vivement :

« Laissez-moi vous raconter un des pires naufrages survenus dans le passé. Ceux qui en furent victimes en 1690 l'avaient bien mérité. Ils avaient osé, en montant vers Québec, s'arrêter à ce qui s'appelle aujourd'hui la Baie-Gamache que vous connaissez tous, pour y détruire tout ce qui y avait été alors installé par le sieur Jolliet, premier habitant de ces lieux. Ils tentèrent vainement de prendre Québec où ils furent reçus par le gouverneur Frontenac avec ses fusils et ses canons. Vaincus, ils partirent de Québec la mine basse et les voiles tristes. Pour leur malheur, comme si quelqu'un de leur escadre devait payer pour le massacre perpétré quelques semaines plus tôt sur l'île, arrivés dans le golfe, ils se butèrent à un mur de brume. Ne me demandez pas comment la plupart des trente-deux vaisseaux de la flotte parvinrent à regagner la mer, je ne saurais pas vous le dire. Mais l'un d'eux avec soixante-sept hommes à son bord se perdit corps et biens, et vint se fracasser contre les récifs d'Anticosti. »

Le conteur s'arrêta quelques secondes pour chasser de sa gorge le chat qui semblait vouloir s'y installer, puis il poursuivit :

«Vous savez comme moi qu'il n'est pas bon de se frotter à Anticosti, surtout en certaines périodes de l'année.»

Prenant un ton pathétique, il s'écria :

«Ce navire s'y échoua à la fin d'octobre. N'entendez-vous pas les cris des malheureux marins, contraints de passer l'hiver en ces lieux inhospitaliers ? Leur vaisseau s'étant fracassé en pleine tempête, ils ne parvinrent à sauver en fait de nourriture que des rations de deux biscuits, une demi-livre de lard, une demi-livre de farine, une pinte et quart de pois et deux petits poissons par homme pour chaque semaine qu'ils séjournèrent en ces lieux.

«Se servant de quelques épaves, ils les utilisèrent pour se construire une hutte. Mais bientôt, le froid et le manque de nourriture aidant, le scorbut se mit de la partie, éclaircissant leurs rangs d'une quarantaine d'hommes en quelques semaines, en commençant par le chirurgien. Des hommes restaient de garde pour veiller à ce que personne ne vole de rations. Quand, enfin, le printemps montra le bout du nez, cinq des matelots survivants se servant d'une chaloupe sauvée du naufrage prirent la mer vers le Cap-Breton. Au bout de trente-cinq jours de souffrances, ils parvinrent à Boston. On expédia aussitôt un navire de guerre qui rapatria la poignée de survivants encore à Anticosti. Seulement dix-huit de ces malheureux survécurent à ce naufrage.»

Son récit fut suivi d'un long silence que Wilfrid rompit :

— Il n'y a pas longtemps, j'ai trouvé deux canons rouillés sur la grève. Je ne serais pas surpris d'apprendre qu'ils ont appartenu à ce vaisseau.

— Pourquoi pas ? approuva le curé. Souvent, comme pour nous rappeler de tels malheurs, la nature nous restitue des vestiges des naufrages. Nous sommes bien petits dans la main de Dieu.

— À qui le dites-vous, monsieur le curé ! La nature est pas mal plus forte que nous autres.

— Ce naufrage, d'ailleurs, n'en est qu'un parmi bien d'autres, rappela le conteur. Si vous le voulez, je peux vous raconter celui, plus près de nous, du *Granicus*.

Avant qu'il ne se lance, le gardien pria les plus jeunes de gagner leur lit. Il voulait leur éviter d'entendre ces horreurs. Ernest, Desneiges et Fabiola partis, Isidore, après s'être raclé la gorge, commença à parler presque à voix basse.

— Ce que je vous raconte là, ce n'est pas moi qui l'ai vécu, mais bien le capitaine Giasson des Îles-de-la-Madeleine, tel qu'il l'a rapporté à notre ami Placide Vigneau, lequel a bien voulu m'en faire le récit que voici. Si vous avez le cœur trop tendre, bouchez-vous les oreilles, vous allez entendre une histoire d'horreur que je ne ferai pas durer trop longtemps, parce qu'il y a mieux à dire ou à faire.

« Toujours est-il qu'un jour de 1829, le capitaine Giasson étant forcé de relâcher à l'île avant la noirceur afin d'y refaire sa provision d'eau, découvre sur la grève une chaloupe renversée. Il appelle, sans obtenir de réponse. Il retourne à sa barque, s'empare d'un fusil et se dirige vers une hutte s'élevant non loin de là. Il trouve une robe de soie et des vêtements de bébé. En examinant la robe, il y voit du sang et constate qu'elle est percée de trois coups de poignard à hauteur du cœur.

« Ses compagnons et lui décident d'abandonner leurs recherches. Mais un nommé Bourgeois leur fait remarquer qu'il y a peut-être des survivants de ce nau-frage et du massacre qui s'est ensuivi. Ils se risquent donc à ouvrir la porte de la hutte et là, l'horreur leur saute en pleine face ! »

S'arrêtant, Zidore avait les yeux exorbités, comme s'il voyait la scène devant lui. Il reprit d'une voix à peine audible :

— Le sol est jonché de débris humains dont un cœur, mais pire encore, pas moins de six corps privés de leur tête, de leurs bras et du bas de leurs jambes sont suspendus au mur, retenus là par des crochets. Des lanières de chair ont été prélevées sur les cuisses de chacun de ces malheureux.

« Refermant brusquement la porte, les hommes se concertent. Il est évident qu'ils sont face à un affreux cas de cannibalisme. S'avisant qu'il pourrait y avoir des survivants à ce massacre, ils poussent de nouveau la porte afin de fouiller davantage la cabane. Au-dessus de l'âtre, ils découvrent deux marmites pleines d'eau dans lesquelles flottent des bras et des jambes. Dans un coffre, ils trouvent des lanières de chair humaine mises à saler comme du lard ! Assurés que cette boucherie n'est vieille que de quelques jours, ils tiennent leur fusil prêt à tirer quand ils poussent la porte d'une troisième pièce. Et là, ils aperçoivent, couché dans un hamac, un homme tout habillé qui semble dormir. Ils s'en approchent avec l'idée de le tenir en joue et d'obtenir de lui des explications à toute cette scène d'horreur. C'est alors qu'ils constatent que cet homme, sans doute l'auteur de cette tuerie, ne respire plus. Près de lui, sur le plancher, ils voient un bras dont la chair a été rongée jusqu'à l'os, et tout près dans un chaudron, un bouillon fait de sang. »

Les paroles du conteur avaient causé une vraie commotion dans l'assistance. Un silence de mort régnait dans la place, troublé uniquement par le bois qui crépitait dans le foyer. On eût dit que tout le monde avait cessé de respirer. Zidore avait la tête penchée, il releva les yeux lentement et poursuivit :

— La noirceur étant proche et en ayant assez de ce triste spectacle, les hommes retournent à leur barque et décident de poursuivre leurs recherches le lendemain. Après une nuit affreuse où ils ont bien de la misère à fermer l'œil, ils retournent sur les lieux du massacre afin d'inhumer les corps de ces malheureux. Ils constatent que le mulâtre de six pieds aux larges épaules occupant le hamac ne porte aucune blessure. Ils en déduisent qu'il est mort des suites d'une indigestion. Prenant leur courage à deux mains, ils récupèrent tout ce qui est chair humaine dans la hutte, creusent une grande fosse dans laquelle ils vident le tout pêle-mêle. Ils lancent le corps du mulâtre par-dessus. C'est alors qu'ils entendent les cris d'épouvante de deux de leurs compagnons les priant de venir voir ce qu'ils ont repéré dans un abri tout près de là.

« Huit cadavres éventrés gisent sur le sol, accompagnés de vingt-trois têtes bien comptées. Il leur faut tout leur courage pour traîner ces corps et ces restes humains, et les enterrer dans la fosse commune. Ils rassemblent ensuite le journal de bord de cette barque baptisée *Granicus*, tous les papiers trouvés dans les vêtements de ces malheureux. Le journal de bord leur apprend que ce navire a fait naufrage à cet endroit l'automne précédent. Le journal se termine le 28 avril 1829. Le capitaine y laisse entendre que si les choses continuent comme elles se passent, il craint que leur séjour en ces contrées ne finisse par un massacre. »

Le conteur se tut. On eût dit que son histoire avait eu raison de tous les auditeurs. Les deux femmes pleuraient. Ce n'est qu'au bout d'une dizaine de minutes que le curé, reprenant ses esprits, proposa une prière pour ces pauvres victimes. Puis, quand il fut seul avec Wilfrid, il lui confia :

— Une pensée m'est venue pendant le conte d'Isidore.

— Quoi donc ?

— Heureusement que nous sommes là. Ne sommes-nous pas un peu tous les deux les gardiens de la lumière ?

— J'en conviens fort bien, monsieur le curé, rétorqua Wilfrid, mais rien n'empêche qu'il y en a plusieurs qui font naufrage quand même…

# Chapitre 6

# Le mariage

En prévision de son mariage, trois jours avant l'événement, Lorraine attacha un chapelet à la corde à linge. Laurent la taquina :

— Crois-tu vraiment que de suspendre ton chapelet va attirer le soleil et qu'il fera beau samedi ?

— As-tu une meilleure idée ?

— Si tu suspendais plutôt une de tes jarretières !

Elle lui tira la langue. Il fit semblant de suivre du regard un oiseau dans le ciel. Quand il vit qu'elle regardait en l'air, il dit, le plus sérieusement du monde :

— Tu ne sais pas ce que je viens de voir ?

— Quoi donc ?

— La langue d'une sorcière.

Elle avait dans les mains une épingle à linge qu'elle lui lança. Il l'attrapa et fit mine de lui pincer le nez avec. Quand il fut à deux pas d'elle, Lorraine se pencha vivement et avant qu'il puisse l'éviter, lui donna un bec sonore sur la joue. Elle savait qu'il n'aimait pas être embrassé. Elle l'avait si souvent fait quand il était plus petit. Mais depuis qu'il était devenu un homme, elle se gardait bien de lui marquer ainsi son affection.

— Tiens, p'tit frère, pour te calmer les esprits. Je suis heureuse de me marier, mais Dieu sait que vous allez tous beaucoup me manquer, et toi surtout.

Ne voulant pas laisser paraître son émotion, Laurent tenta encore de la pincer. Elle ne réagit pas. Il cessa aussitôt ses manigances.

— Toi pas là, ce ne sera jamais plus pareil à la maison.

— C'est la vie, constata-t-elle. Mais ton tour viendra, surtout si tu continues à t'intéresser à l'institutrice.

Elle vit qu'elle avait touché un point sensible.

— Jeanne... murmura-t-il.

— Avoue que tu l'as toujours un peu en tête !

— L'as-tu seulement invitée au mariage ?

— Bien sûr ! Qu'est-ce que tu crois ? Je tenais à ce que tu aies quelqu'un avec qui danser. Écoute ta grande sœur, p'tit frère. Celle-là, ne te la fais pas voler par un autre.

Laurent leva les yeux au ciel et soupira.

— Elle a dit que c'est une peine d'amour qui l'a menée ici.

— Raison de plus pour ne pas la perdre de vue. Un amour perdu est souvent bien vite remplacé par un autre. Sais-tu pourquoi ?

Laurent ne répondit pas tout de suite. Puis, il lança en manière de taquinerie :

— Non, mais je sens que ma savante sœur va me l'apprendre.

— Et comment que je vais te l'apprendre, espèce d'ignorant! Là où il y a de l'amour, il ne fait jamais nuit.

Laurent la regarda tendrement.

— Grande sœur, tu vas vraiment me manquer.

Pour ne pas laisser voir à quel point il était ému, il lui tourna le dos et se dirigea en vitesse vers la maison. Quelques minutes plus tard, il revint, sourire aux lèvres. Lorraine était toujours occupée à étendre des vêtements que le vent secouait aussitôt comme autant de drapeaux. Il s'approcha.

— Le télégraphe annonce du soleil pour samedi.

Elle battit vivement des mains.

— Je crois que trois jours avant mon mariage, moi aussi je suspendrai mon chapelet à la corde à linge.

Un sourire illumina le visage de Lorraine, récompensant du coup Laurent pour toute la tendresse qu'il lui portait.

Le samedi suivant, tout ce qu'on comptait de catholiques du côté de Baie-des-Anglais étaient réunis dans le local servant de chapelle. On n'aurait pas pu souhaiter plus belle journée. Guillaume Bérard, surnommé Bill, le futur époux de Lorraine, avait invité ses amis les plus proches. Le curé, dont c'étaient les derniers jours à Anticosti, profita de la cérémonie pour inciter tous les assistants à mettre leur confiance en Dieu.

« Rassurez-vous, mes bien chers frères, je ne vous ennuierai pas avec un long sermon. La journée d'aujourd'hui doit être entièrement consacrée au bonheur. Je vais donc laisser toute la place aux réjouissances, pourvu qu'elles soient faites dans le respect des commandements de Dieu. N'oubliez jamais que quoi que vous fassiez, l'œil de Dieu vous suit partout, un peu comme la lumière d'un phare avertit les marins des dangers qui les guettent. Gardez les yeux grands ouverts, non pas pour voir ce qui est moins intéressant chez les autres, mais bien ce qu'il y a de meilleur en eux. Qu'on soit beau, qu'on le soit moins, on ne l'a pas choisi. Mais le bon Dieu donne à chacun des moyens de bien paraître. Et quand arrivent des jours heureux comme l'est ce samedi pour Guillaume et Lorraine, voyez comme ils ont choisi d'être beaux. Voilà ce que moi, le représentant de Dieu, je vous souhaite à tous. Quand on est beau en dedans, on l'est aussi en dehors. Mais pour ça, il faut, comme ceux qui unissent leur vie devant Dieu aujourd'hui, mettre notre amour entre les mains de plus grand que nous. Amen ! »

Son sermon terminé, le curé procéda à l'union de Guillaume et Lorraine. Au sortir de l'église, on entendit les tintements de l'unique cloche, laquelle avait fièrement signalé autrefois le passage de la locomotive qu'elle surmontait. Cette cloche avait vu du pays, mais elle terminait ses jours prisonnière dans cette île et avait rarement l'honneur de souligner un mariage. Elle était davantage habituée à sonner le glas. Aussi, en ce beau samedi, ses tintements semblaient plus joyeux qu'à l'accoutumée. Sans doute avait-elle été attentive au sermon du curé…

Le cortège de voitures derrière celle des mariés emprunta la berge, la seule route menant à la Pointe-Ouest dont le phare se dressait tout blanc vers le ciel, avec du haut en bas deux bandes rouges qui le distinguaient de tous les autres de la côte. Pour ne pas nuire aux festivités, et d'autant plus que s'étaient mêlés aux catholiques des amis de confessions religieuses différentes, le curé avait eu la sagesse de ne pas assister aux célébrations des noces. Le temps le permettant, la fête se déroula dehors au pied du phare. Des tables avaient été disposées en « U » ouvert sur la place où les musiciens, un violoniste et un accordéoniste, s'étaient aussitôt installés. Ils égayèrent le repas de leur musique. Puis les airs de danse remplirent l'air et la fête battit son plein jusqu'à une heure avancée de la nuit.

Au son de l'accordéon amorçant la première danse, Laurent invita Jeanne. Il croyait qu'elle en était à ses premiers pas de valse. Il eut la surprise de la voir s'élancer avec élégance et suivre la cadence d'un pas assuré. Ils ne se quittèrent pas de toute la soirée.

— Vous dansez comme une reine, lui dit-il.

Jeanne sourit et en voyant apparaître les fossettes sur chacune de ses joues, Laurent fut de nouveau conquis. Elle répliqua, sourire aux lèvres :

— Rien n'est plus facile, quand on est au bras d'un roi.

Il avait le goût de la serrer contre lui, de l'embrasser et de l'embrasser encore. Seul le fait d'être en public l'en empêcha. Il fut aux petits soins pour elle toute la soirée, prenant le temps de l'emmener dire un mot aux nouveaux mariés et d'aller saluer ses parents sagement assis à la table où ils avaient mangé.

— Vous ne dansez pas ?

Son père, lancé dans une grande discussion avec le postier, ne répondit pas. Sa mère parla pour les deux.

— Ce n'est plus de notre âge.

Laurent se demanda : « Est-ce que ça l'a seulement déjà été ? » Ils les laissèrent pour retourner s'étourdir au son de la musique. Au début de cette soirée, ils se vouvoyaient, à la fin ils se tutoyaient…

Tard dans la nuit, à la lumière des fanaux, les invités quittèrent les lieux à tour de rôle. Les mariés furent les derniers à partir. Quand les lueurs de leur fanal s'éclipsèrent sur la grève derrière un bosquet, Wilfrid saisit Rose par l'épaule.

— Un gros morceau de nous vient de disparaître, dit-il.

Elle poussa un long soupir. Il la serra contre lui et s'aperçut que son visage était inondé de larmes.

— Ne pleure pas. Ainsi va la vie. Le principal, c'est qu'elle continue à être bonne pour nous et pour nos enfants.

Rose leva courageusement la tête.

— Notre aînée est partie. La maison se videra ainsi peu à peu.

— Desneiges et Fabiola sont jeunes. Nous les aurons encore longtemps avec nous et Laurent sera notre bâton de vieillesse. Quant à Ernest, qui peut le dire ? Il est bien attaché à nous. Mais je sais qu'en Lorraine, tu perds une bonne compagne.

Il s'arrêta un moment, puis le ton de sa voix, de consolateur, passa à optimiste :

— La vie est curieusement faite, tu sais. On pourrait presque dire : "Une de perdue, mais une autre de retrouvée." J'attendais des nouvelles plus fraîches pour t'en parler... Ma sœur Aline, la religieuse, attend les papiers qui vont lui permettre de quitter sa communauté pour des raisons de santé. Elle n'a nulle part où aller. Je sais que tu as bon cœur... J'ai pensé que nous pourrions la recevoir parmi nous...

# Chapitre 7

# La pêche

À peu près tout ce que Wilfrid connaissait de la pêche, il l'avait appris lorsqu'il était petit. Maintenant, ce qu'il en voyait, c'était le retour des barques remplies de morues et de harengs à Baie-des-Anglais. Son travail ne lui avait pas permis de prendre véritablement le large depuis des années, sinon pour se rendre à l'occasion sur la Côte-Nord et quelquefois à Québec. Il en était rendu à aimer mieux voir la mer les deux pieds sur terre que dans une barque. Mais voilà qu'aux noces, il avait promis, en réponse à l'invitation de son gendre, de l'accompagner une journée en mer. Puisqu'il pouvait dorénavant se fier entièrement à Laurent pour s'occuper de la lumière, il allait se permettre cette fantaisie. Son gendre lui avait conseillé :

— Si vous voulez profiter d'mon invitation avant l'printemps, il vous faudra vous décider vite. Dans une semaine, on sortira plus en mer.

— Tes pêches sont faites pour cette année ?

— Celles du poisson, ouais. Mais je chass'rai l'loup-marin c't'hiver.

— Si je comprends bien, il y a toujours moyen de gagner sa vie avec la mer toute l'année.

— La nature est ben faite. L'été, y a du poisson en masse de par le golfe, l'hiver, les bêtes de mer prennent leur place. On peut les tuer sur les banquises. Le reste du temps, c'est celles de terre qui nous occupent à plein. Faut pas oublier itou le saumon pis la truite des rivières de l'île, pas plus que le homard et le crabe (il prononçait crâbe) en bord de mer.

Le beau temps tenait et le vieux gardien en profita pour remplir sa promesse. «Vous n'aurez qu'à vous r'trouver chez nous à l'aube, le jour que vous voudrez, lui avait proposé son gendre. Vous aurez vot' place dans ma barque, n'importe en quand.»

Cette demi-journée en mer enchanta Wilfrid, sauf pour une chose : Bill semblait y aller un peu fort sur la bouteille. «On ne peut pas avoir toutes les qualités», l'excusa-t-il. Le soleil n'était pas encore apparu sur l'eau qu'ils s'étaient retrouvés tous les deux au large, occupés à seiner le hareng devant leur servir de boette pour la morue. Un bon vent gonflait la voile et la barque filait sans heurt, traînant derrière elle son «piège à poissons», comme disait son gendre. Quand il jugea qu'ils avaient suffisamment de harengs, Bill remonta le filet. Surprise ! Au fond, ils trouvèrent trois saumons.

— Nous f'rons bonne pêche, assura-t-il.

— Qu'est-ce qui te le fait dire ?

— Les margots là-bas, vous les voyez ? Y s'tiennent jamais ben loin des bancs d'morues. On pourrait ben croire qu'ils s'attirent, mais c'est pas la vraie raison. Tous les deux s'nourrissent d'harengs. Faut pas être surpris d'les r'trouver ensemble.

En quelques heures, leur pêche était faite. Ils attrapèrent leurs morues grâce à leurs appâts. « Y a pas mieux qu'une bonne boette d'harengs pour pêcher la morue », affirma Bill. Il leur suffisait de faire giguer les lignes pour remonter à coup sûr une ou deux morues, et des belles à part ça, autant que pouvait en juger Wilfrid dont ce n'était pas le métier. Ils déchargèrent leur pêche au quai des Collas, s'assurant de ne rien perdre.

— Tu ne fais pas sécher tes morues ?

— Pas à c'temps-citte. J'ai mes provisions pour l'reste d'l'année.

Il vendit le fruit de leur pêche. Wilfrid ne retournerait pas au phare les mains vides, y rapportant quelques morues et deux beaux saumons. Toutefois, comme midi était proche, son gendre l'invita à dîner.

Lorraine les attendait avec impatience. Elle voulut leur servir un repas de poisson frais. Bill s'impatienta.

— Allons, sacrement ! Tu vois pas qu'on a faim ?

— Oui, mais je voulais vous faire plaisir et vous faire goûter un peu de votre pêche.

— As-tu d'autre chose de prêt ?

— Tu sais bien que oui !

— Bon ben, sers-nous ça !

Ils eurent droit à un rôti de bœuf que Wilfrid dégusta avec plaisir. Il n'y voyait pas de différence avec celui que lui préparait Rose. « Telle mère, telle fille ! », songea-t-il fièrement. Pour dessert, ils avalèrent goulûment du lait caillé saupoudré de sucre d'érable. Wilfrid ne partit pas sans avoir fumé une bonne pipée. Son gendre semblait en belle forme et parlait sans arrêt de tout et de rien comme pour éviter des trous dans la conversation. À la cuisine, Lorraine était occupée à laver la vaisselle. Wilfrid demanda :

— Songez-vous à votre premier enfant ?

— Pas tout d'suite !

— Mais si ça arrive ?

— Faudra ben qu'on l'prenne.

— Préférerais-tu un garçon ou une fille ?

— Un garçon s'rait mieux, pour m'aider à la pêche.

— Si jamais c'est une fille ?

— Eh ben ! Ça en s'ra une, sacrement !

L'humeur de son gendre variait si brusquement que Wilfrid n'insista pas. Dès qu'il eut fini de fumer, il se leva. À peine avait-il pu dire deux mots à sa fille. Il l'embrassa avant de partir. Son gendre l'accompagna jusqu'au pied du sentier menant à la Pointe-Ouest.

— À la r'voyure, lança Wilfrid, en guise de salut.

— N'importe en quand ! répondit Bill.

Tout au long du chemin de retour, le gardien rumina ce qu'il venait de vivre. Au fond, il ne connaissait pas beaucoup son gendre. C'était d'ailleurs la première fois qu'il avait pu passer du temps seul en sa compagnie. Il ne le savait pas rude et emporté comme il l'avait laissé paraître à quelques occasions. Tout en réfléchissant à cela, il marchait d'un bon pas, si bien qu'il déboucha bientôt en vue du phare. Romulus vint l'accueillir en jappant et branlant de la queue. Il se pencha pour le flatter. Le chien partit comme une flèche vers le phare. Wilfrid sourit. « Si ce chien pouvait parler, se dit-il, j'en ferais mon meilleur messager. »

Il était enchanté de cette journée, mais son bonheur était un peu troublé. Quelque chose le chicotait et il ne parvenait pas à mettre le doigt dessus. Ce n'est qu'une fois au lit, après avoir raconté sa pêche à Rose, qu'il s'inquiéta. Lorraine ne semblait pas aussi heureuse que d'habitude. « Pourtant, pensa-t-il, ça ne fait que quelques jours qu'ils vivent ensemble. » Il revoyait sa fille occupée à les servir. Vraiment, il en était sûr, ses yeux ne brillaient pas comme à l'accoutumée.

# Chapitre 8

# La confidence

Depuis les noces, Jeanne n'avait pas mis les pieds au phare. Laurent ne manquait pas de passer la voir à l'école. Il était chaque fois impressionné de retrouver dans le local de classe les odeurs de craie, d'encre et de sueur lui rappelant l'atmosphère d'autrefois. Il arrivait quand elle terminait ses journées avec les enfants, mais il ne pouvait jamais s'attarder bien longtemps, car il fallait qu'elle prépare ses cours du lendemain et elle avait toujours un tas de copies à corriger.

— Voilà ce que c'est d'être maîtresse d'école, lui répétait-elle. Ça n'a jamais de fin. On recommence, on recommence et on recommence. C'est une grande roue qui tourne tout le jour dans la classe et toute la nuit dans le lit.

Il lui suggéra :

— Tu pourrais bien prendre congé de temps à autre et venir souper avec nous ?

— C'est vrai, j'avais promis. Dis à ta mère que j'irai samedi !

Laurent en fut enchanté.

—Enfin, tu te montres raisonnable. Approche un peu, j'ai quelque chose pour toi.

Elle faillit se faire prendre à son jeu. Elle se rendit vite compte qu'il n'avait rien dans les mains.

—Je te vois venir, Laurent Cormier. C'est un bec que tu veux. Il se prolongera, tu voudras avoir encore plus. Je ne peux pas te le donner.

—Comment tu ne peux pas? Juste un p'tit bec comme ça en passant.

—Un p'tit bec, puis un gros bec et tout le reste va suivre, tu le sais bien. Ce n'est pas parce que je ne voudrais pas, mais j'ai connu un peu ça, là où j'étais avant. Vous, les hommes, vous êtes tous de même.

—On est comment?

—Quand ça vous prend, vous ne savez pas vous arrêter. Il vous faut tout et tout de suite. Pour le moment, si tu veux vraiment m'avoir plus tard, il faudra te contenter de jaser. Tu vas exercer ta patience, parce qu'une maîtresse d'école ne peut pas se marier tant qu'elle enseigne. Une fois mariée, elle doit oublier l'enseignement. C'est l'Instruction publique qui veut ça. De même, Laurent Cormier, tu devras attendre la fin de l'année scolaire avant de commencer à espérer.

—Hein! Qu'est-ce que tu racontes là? s'étonna-t-il. L'Instruction publique vous défend de vous marier?

Elle sourit et le taquina:

—Tu as bien compris. Au moins, je vois que tu n'es ni sourd ni borné, c'est déjà un début.

Il s'écria :

— Toi, ma coquine !

Elle put lire dans ses yeux tout l'amour qu'il lui portait. Comme pour se racheter, elle s'empressa d'ajouter :

— Tu m'auras tout à toi samedi.

❧

Le samedi suivant, il partit tôt pour l'école. C'était une journée pleine de soleil avec un fond d'air frais. Il faisait bon respirer à pleins poumons. Dès trois heures, il immobilisa sa charrette devant l'école. Jeanne vint le trouver et lui fit un reproche :

— Te voilà bien de bonne heure ! Tu vas me donner encore un quart d'heure pour me préparer. En attendant, va te promener au village, parce qu'il paraît que certains fatiguent de te voir trop souvent et trop longtemps à l'école.

— Dis-moi pas que les mauvaises langues commencent déjà à se faire aller ?

— Laurent Cormier, tu sais comme moi que dans un petit village comme l'Anse-aux-Fraises, le moindre geste est analysé en profondeur. Nous ne pourrons certainement pas y échapper. Il est préférable de ne pas mettre la machine à rumeurs en marche, parce que ça commence comme une petite boule dans de la neige fraîche et collante, et ça roule et ça roule jusqu'à devenir quasiment un monument. Il vaut mieux éviter que ça aille trop loin.

Il se promena lentement dans le village composé d'à peine une dizaine de maisons si on évitait d'y inclure la chapelle et la maison d'école. Il eut tout le temps de parcourir l'unique rue qui aboutissait d'un bout à un sentier menant vers l'intérieur de l'île et de l'autre droit à la mer. « L'Anse-aux-Fraises », se dit-il. Un nom tout simple, sans doute parce que les premiers résidants y avaient trouvé des fraises en abondance. Il tentait d'imaginer la scène et la dessinait dans sa tête. Il voyait des enfants s'avancer avec à la main leurs casseaux d'écorce de bouleau pleins à ras bord, et leur père de dire : « Ouais ! Ça sera l'Anse-aux-Fraises. »

Laurent n'avait pas besoin de montre pour savoir l'heure. Par les jours de brume, il avait si longtemps tiré du canon toutes les vingt minutes que ce laps de temps était enregistré dans sa tête. Il arrêta de nouveau sa charrette à la porte de l'école un quart d'heure plus tard. Une minute à peine s'écoula et Jeanne, toute pimpante, montra le bout du nez. Elle était visiblement heureuse de l'accompagner. Laurent lui tendit la main pour l'aider à monter dans la voiture. La regardant dans les yeux, il s'exclama :

— Comme tu es belle !

Ce cri du cœur la fit fondre. Elle baissa la tête pour ne pas laisser voir toute l'émotion qui l'étreignait. Elle ne put toutefois s'empêcher de rougir. Fier de son coup, Laurent claqua de la langue et le cheval se mit en marche. Par dérision, quand ils passèrent devant les maisons, Laurent salua de la main les fantômes cachés derrière les rideaux pour les reluquer.

— Le bonheur des uns fatigue l'envie des autres, murmura-t-il.

Jeanne le regarda en fronçant les sourcils.

— Te voilà devenu philosophe.

Il se rengorgea.

— Tu l'ignorais ? Il est vrai que je me transforme quand je dois attendre un quart d'heure de plus celle que j'aime. J'en profite pour préparer comme ça une grande phrase afin de l'impressionner. Ce n'est pas donné à tout le monde de se promener avec un philosophe.

Elle éclata de rire.

— Et pince-sans-rire, en plus. Décidément, je suis une femme choyée.

— Et tu n'as encore rien vu.

— Comment dois-je entendre cette phrase ? demanda-t-elle en ricanant.

— Tsst ! Tsst ! protesta-t-il. Ce n'est pas moi qui ai des pensées croches.

Contrefaisant la voix et les manières du curé, il déclara :

— Vous devrez vous en confesser, mademoiselle. Vous me semblez vouloir aller trop vite en affaire. Venez ici, dans la chambre, me confier vos péchés. Cette fois, cependant, rassurez-vous, vous n'en ressortirez pas toute bouleversée.

Sa dernière remarque la fit sursauter. Elle rougit, détourna le regard et se tut un long moment. Quand elle ouvrit de nouveau la bouche, ce fut pour s'étonner :

— Tu avais donc remarqué ?

— Ça m'a même sauté aux yeux, et depuis, je me suis souvent demandé ce qui avait bien pu se passer.

— Je m'étais juré de ne jamais rien dire, protesta-t-elle, mais puisque ça vient sur le tapis et que ça me trotte tellement dans la tête... Il me semble que de m'en ouvrir à quelqu'un pourrait m'apaiser.

Il se tourna vers elle. Jeanne avait les joues rouges et semblait profondément troublée. Il n'en continua pas moins :

— Ne te sens pas obligée de m'en parler si ça ne te convient pas. Mais si tu désires t'en libérer le cœur, tu peux répondre tout simplement à ma question. Je suis un homme sensé et ça m'en prend beaucoup pour me virer à l'envers. Que s'est-il passé avec le curé cette journée-là ?

Elle hésita encore un instant puis murmura :

— Je lui ai dit en confession que mon fiancé m'avait embrassée d'une façon pas mal osée. Il a voulu apprendre comment. Comme je ne savais pas trop la façon de le lui expliquer, il m'a prise par le cou et a voulu que je lui en fasse autant.

Ne sachant pas comment réagir, Laurent resta coi, puis il fit :

— Eh bien ! J'espère qu'il a manqué son coup.

— Pour ça oui, répondit vivement Jeanne.

Continuant sa réflexion à haute voix, Laurent ajouta :

— Ça prouve qu'ils ont beau être curés, ils restent quand même des hommes tout au fond d'eux.

Et parce que Jeanne venait de lui confier un grave secret, Laurent se glissa contre elle sur le banc. Elle pleurait. Il la laissa poser sa tête sur son épaule.

— Tu viens de me faire là une confidence qui t'ouvre une place encore plus grande dans mon cœur. Jeanne Longpré, quand l'année scolaire va se terminer, sois certaine que tu vas me voir arriver à tes pieds pour te demander en mariage.

# Chapitre 9

# L'institutrice en visite

Quand ils arrivèrent au phare, la table était déjà mise. Rose, qui aimait bien Jeanne, voulut tout de suite savoir comment ça se passait à l'école. Laurent intervint :

— M'man, elle va nous en parler pendant le souper. Il fait beau et comme Jeanne n'a jamais eu l'occasion d'admirer l'île du haut de la tour, j'ai promis de l'y emmener.

Sa mère fit remarquer :

— C'est une promesse qui date déjà de loin. Comme le temps passe vite !

— Raison de plus pour la remplir, reprit Laurent en invitant Jeanne à le suivre.

Ils sortirent de la maison, traversèrent d'un bon pas l'espace les séparant du phare et avant que Jeanne n'évoque une quelconque raison de ne pas monter, Laurent la poussa doucement devant lui. L'escalier grimpait en colimaçon. De temps à autre, une fenêtre y jetait un peu de lumière. Plus ils montaient, plus l'espace semblait devenir restreint. Courageusement, Jeanne fonçait vers le haut, mais à force de tourner et de tourner, elle fut saisie d'un léger étourdissement. Elle faillit perdre connaissance. Laurent la soutint. Il la sentait toute frémissante dans ses bras. Ils s'arrêtèrent dans les marches, le temps qu'elle reprenne entièrement ses sens.

— Encore quelques pas et nous pourrons nous reposer sur la plate-forme du troisième étage.

— Ça ne sera pas de trop, fit-elle.

Une porte se trouvait devant eux. Il l'ouvrit. Elle donnait sur une minuscule pièce circulaire dont les murs étaient couverts d'étagères chargées de toutes sortes de récipients.

— La réserve. C'est ici que nous conservons le kérosène et les surplus pour la lanterne.

Jeanne voulait s'asseoir. Laurent attrapa un des cageots vides servant d'étagère, le posa de côté sur le sol et d'un geste galant, lui fit signe d'y prendre place.

— Déposez-y votre noble postérieur, dit-il en souriant.

Elle le regarda d'un air moqueur.

— Me voilà avec un prince charmant, maintenant. Décidément, j'aurai tout vu.

Tout en parlant, elle s'assit, mais faillit tomber, le cageot s'étant déplacé. Laurent la rattrapa, l'aida à s'installer et éclata de rire.

— Ma princesse a bien failli me faire voir ses royals jupons !

— Permettez-moi de vous corriger, mon prince. Il faut dire ses royaux jupons. Et si votre princesse a failli montrer ses dessous royaux, c'est que son prince lui offrait là un trône fort branlant.

Elle soupira. Il faisait très sombre dans la pièce exiguë. L'unique clarté leur venait d'une fenêtre un peu plus haut dans l'escalier. Laurent ne put s'empêcher de voir comment Jeanne était vulnérable. Il pensa : « Il suffirait que je la prenne dans mes bras, que je l'embrasse et le tour serait joué. » Il se garda de mettre son idée à exécution, sachant très bien que ce serait sa perte. Jamais elle ne voudrait entendre parler de lui après ça. Au bout d'un moment, il déclara :

— Si ma princesse se sent prête, nous allons continuer. Nous en sommes à plus de la moitié. Vous verrez, le reste se fait tout seul et quand nous débouchons près de la lanterne, nous avons l'impression d'être près du ciel. Là-haut sur la plate-forme, tout est éclatant et vous aurez l'impression d'avoir le monde entier à vos pieds.

Il lui tendit la main. Jeanne se leva courageusement. Il l'invita à monter devant lui, comme s'il craignait qu'il lui prenne l'idée de redescendre. Mais elle avança doucement, le laissant de temps à autre la soutenir et lui donner la petite poussée l'encourageant à poursuivre. Ils atteignirent enfin la plate-forme sur laquelle se dressait la lanterne. Elle ferma les yeux. Il la guida vers le parapet de pierre servant de garde-fou. Jeanne tremblait. Laurent se plaça derrière elle et lui passa les bras autour des épaules.

— Ne crains rien. Tu ne peux pas tomber. Pose tes mains devant toi sur la rampe.

Il trouva le moyen de la détendre.

— N'aie pas peur, lui glissa-t-il à l'oreille. Même si on appelle ça un garde-fou, il garde aussi les folles.

Elle réagit en lui écrasant un pied. « C'est bon, pensa-t-il, elle se détend. » Il lui conseilla :

— Commence par ouvrir les yeux en fixant le ciel. Puis, baisse le regard graduellement.

Elle s'exécuta. Il la sentit frémir et la soutint encore plus fermement.

— Qu'est-ce que tu vois ?

— Le ciel, la mer et des goélands.

— C'est un bon commencement. Regarde plus bas. Si jamais ça tourne, lève vite les yeux vers le ciel. Et puis ?

— Il y a la falaise au bord de la mer.

— Donne le temps à tes yeux de s'habituer. Tu ne tarderas pas à voir à nos pieds la maison, l'écurie et les autres dépendances. Si tu regardes à ta gauche, tu vas apercevoir quelques maisons de l'Anse-aux-Fraises et plus loin, même si on ne la voit pas d'ici, il y a une petite école. Si tu savais combien de fois mes yeux se posent tous les jours dans cette direction… Il y a là quelqu'un que j'aime. Cette personne occupe toutes mes pensées. Je me suis même imaginé l'apercevoir quelquefois, quand elle faisait sortir les enfants pour la récréation.

Elle l'écoutait sans bouger. Son cœur battait moins vite. Elle se sentait en sécurité dans les bras de Laurent et resta là longtemps à admirer la mer et à contempler le reste de l'île du haut du phare, suivant même du regard un vaisseau au large. Puis elle se retourna :

— Maintenant, je suis prête à redescendre.

Il la conduisit dans la salle logée sous la lanterne.

— Avant de retourner en bas, je dois faire mon travail. Il me faut vérifier les lampes et la lanterne. Dans cinq minutes, je suis de nouveau à toi.

Jeanne tint à le suivre. Quand il eut examiné de près chaque lampe et jeté un coup d'œil dans tout l'habitacle, il annonça :

— Voilà ! Tout est prêt pour la nuit.

Cette fois, il la précéda dans l'escalier afin de pouvoir la recevoir dans ses bras en cas de vertige. Elle descendit en souriant, heureuse d'avoir vaincu sa peur et d'avoir pu se remplir les yeux d'un si beau paysage. Quand ils eurent les deux pieds bien solides sur le sol, elle poussa un soupir.

— Peux-tu me préciser à quelles heures tu es là-haut chaque jour ?

— L'avant-midi, à huit et onze heures, l'après-midi à trois heures et cinq heures.

— Désormais, promit-elle, tous les jours, en avant-midi et en après-midi, je vais envoyer ma main vers la lumière et souffler un baiser vers toi.

Il se retint pour ne pas l'embrasser. Lui prenant la main, il la conduisit jusqu'à la porte de la maison.

Sa mère les y attendait pour souper. Ils eurent le temps de causer, car profitant du fait que son fils se trouvait en haut de la tour, Wilfrid s'était rendu à Baie-des-Anglais afin d'y rencontrer un marchand désireux de faire affaire avec lui pour les fournitures du phare.

— Nous l'attendrons avant de commencer à manger. Mais mademoiselle Jeanne, lui dit Rose, peut-être aimeriez-vous boire un bon jus de cerise?

— Après toutes les émotions que je viens de vivre, ça sera très bon.

— Et toi, Laurent?

— De la bonne eau du bon Dieu fera mon bonheur, mais laissez, m'man, je vais m'en chercher.

Il y avait, dans le coin de la cuisine, une jarre de grès. Laurent attrapa la tasse d'étain suspendue au mur tout près, la remplit et la vida d'un trait. Il récidiva, mais but cette fois beaucoup plus lentement. Il alla rejoindre Jeanne au salon. Sa mère y arrivait avec le verre de jus.

— Vous me demandiez, rappela Jeanne, comment ça allait à l'école. Les trente-six enfants auxquels j'enseigne sont des anges, sans doute parce qu'ils vivent sur une île et qu'ils auront besoin d'ailes pour gagner la côte, ce qu'ils n'ont pas encore. Je les aime beaucoup. Les petits apprennent si vite à lire et à écrire qu'avant la fin de l'année, ils le sauront tous. Quant aux plus âgés, garçons ou filles, la plupart se préparent sérieusement à poursuivre plus avant leurs études. C'est bien dommage, par contre, que faute de moyens, leurs parents ne leur permettront pas de le faire.

Elle se tut un moment, comme submergée de regrets.

— J'en ai une qui est très douée au piano. Elle s'exerce sur le seul que l'île possède, dans la maison de Maxime Richard. Cette enfant pourra-t-elle un jour faire réellement valoir son talent ?

— Vivre sur une île, il faut l'admettre, a ses bons et ses mauvais côtés, intervint Laurent.

— Comme toute chose, fit remarquer Rose presque à mi-voix, se parlant à elle-même.

Elle s'empressa de s'informer :

— Desneiges et Fabiola ne vous causent pas de problèmes, j'espère ?

— Au contraire, elles sont très gentilles et il me fera plaisir de les voir au souper.

— Si nous voulons qu'elles poursuivent leurs études, il faudra bien les envoyer sur le continent.

— Ernest est encore jeune. Pourquoi ne vient-il pas à l'école ?

— Il est moins doué que ses sœurs. Wilfrid pense que pour gagner sa vie, il devra apprendre un métier. Avec ses mains, il sait tout faire. Mais pour ce qui est de lire et d'écrire, c'est une tout autre affaire. Il semble que ça ne l'intéresse pas.

Jeanne s'empressa de dire :

— Vous me l'enverrez après les fêtes. Je verrai bien ce que je peux faire avec lui.

Comme il arrive souvent aux absents dont on parle, Ernest montra soudainement le bout du nez.

—Viens saluer mademoiselle Longpré, l'invita sa mère.

Il s'avança un peu timidement, ce qui arracha un sourire à son frère. Jeanne lui demanda :

—Tu n'aimerais pas ça, venir à l'école ?

Il haussa les épaules à la manière de quelqu'un que ça ne concerne pas.

—Pour quoi faire ?

—Apprendre à lire et à écrire.

—J'suis pas capable.

—Peut-être bien que tu le seras si nous pratiquons ensemble.

Il ne semblait pas emballé à cette idée, mais l'institutrice paraissait y tenir.

—Un garçon de ton âge devrait savoir lire et écrire, tu ne crois pas ? Si tu veux faire comme ton père et Laurent, tu dois apprendre. Il faut savoir lire les télégrammes et être capable d'en expédier. Après les fêtes, si ça te tente, je pourrais te le montrer.

—J'aimerais mieux plus tard.

—Si tu n'essaies pas, comment pourras-tu savoir ?

Il la regardait en secouant la tête. À ce moment, son père entra dans le salon. Il se dirigea droit vers Jeanne pour lui tendre la main.

—Votre visite nous honore, mademoiselle. Notre souper n'en sera que meilleur. Vous savez tenir vos promesses et c'est heureux pour nous. Veuillez m'excuser, je vous reviens, j'ai quelque chose à voir avec Rose.

Ils se retirèrent du côté de la cuisine. Desneiges et Fabiola arrivèrent à leur tour. En apercevant leur maîtresse d'école, elles firent la révérence et dirent en chœur :

— Bonjour, mademoiselle.

Leur intervention amusa Laurent.

— Quand je ne suis pas à l'école, vous pouvez m'appeler Jeanne.

Les petites promirent.

— Nous le ferons, mademoiselle.

Laurent éclata de rire. Jeanne lui donna une tape sur le bras. Au même moment, Wilfrid, revenu de la cuisine, les invita à passer à table.

# Chapitre 10

# Le jardin des Pope

L'hiver s'installait déjà sur Anticosti. Il fallait, à l'heure du souper, chauffer un des trois foyers de la maison. Rose avait toujours tenu à cultiver un jardin. À compter de la mi-août, elle s'inquiétait chaque jour du temps qu'il ferait la nuit et le lendemain. Elle ne manquait pas de se servir du télégraphe pour se tenir informée. Wilfrid n'avait pas à justifier la chose. Ne fallait-il pas, au phare, être toujours au fait de la météo du lendemain ? Sans cette excuse, il ne lui aurait jamais permis de s'en servir. C'était un homme à cheval sur les principes et respectueux des règlements. Cet instrument ne devait être utilisé que pour les fins qui le justifiaient : les informations sur la météo, le trafic maritime et, bien sûr, les messages de détresse.

Rose se sentait privilégiée de pouvoir se tenir informée des caprices du temps afin de s'assurer de faire ses récoltes avant les premières gelées. Toutefois, chaque année, elle avait l'impression de devoir le faire plus tôt, si bien que les légumes atteignaient rarement leur maturité. Elle avait pourtant tout tenté. Évidemment, elle obtenait plus de succès avec les légumes qui poussent sous terre. Elle récoltait navets, carottes, panais, oignons et pommes de terre dans d'assez bonnes conditions. Mais elle n'en était jamais satisfaite, les trouvant toujours trop petits. Elle avait encore en tête les légumes du jardin de sa mère du côté de la Baie-des-Chaleurs.

Wilfrid, dont la compétence était reconnue, accompagnait chaque année l'inspecteur dans sa tournée des phares. Ce dernier comptait sur l'expertise du gardien de la Pointe-Ouest pour s'assurer que ceux de la Pointe-Sud-Ouest, de la Pointe-Sud et de la Pointe-Heath accomplissaient parfaitement leur travail. Cette tâche ne plaisait guère à Wilfrid. Il sentait l'hostilité des autres gardiens à son égard. Après le départ de l'inspecteur, il se faisait toujours un devoir de s'excuser auprès d'eux, les assurant qu'il n'avait pas le choix de suivre les ordres, mais que rien ne lui déplaisait autant que de se trouver dans leur phare à répondre à des questions auxquelles, il n'en doutait pas un instant, ils pouvaient fort bien répondre eux-mêmes.

Comme tout le monde de l'île, Rose avait entendu parler des succès obtenus par l'épouse du gardien de la Pointe-Sud-Ouest avec ses récoltes.

—Wilfrid, promets-moi de t'informer, une fois là, du secret de madame Pope…

—Je vais faire mon possible, mais je ne me fais guère d'illusions. Madame Pope doit garder ses secrets pour elle. Ça sera d'autant plus difficile de la faire parler qu'elle ne pratique pas notre religion et qu'en plus, je me suis laissé dire qu'elle et son mari ne prisent pas trop les catholiques. Déjà que ça ne plaît pas au gardien de me voir arriver avec l'inspecteur... Je doute fort que son épouse soit très bavarde sur ses succès de jardinière. Les autres années, lors de notre tournée, elle ne s'est tout simplement pas montrée.

Rose le supplia :

— Si tu en as la chance, tu promets d'essayer quand même ?

— Certainement ! Je tâcherai de la faire parler.

— Qui est l'inspecteur, cette année ? Un anglais ou un français ?

— Un anglais. Monsieur Jackson.

— C'est mal parti.

— Oh ! Il ne faut pas dire ça. Il paraît qu'il s'agit d'un gentleman très compétent.

— Dans ce cas-là, laisse-le discuter avec monsieur Pope et pendant ce temps-là, parle avec madame Pope.

— Si je le peux, je suivrai ton conseil, assura Wilfrid.

❧

Quelques jours plus tard, en compagnie de l'inspecteur, un grand homme sec aux allures militaires, Wilfrid partait de Baie-des-Anglais pour le phare de la Pointe-Sud-Ouest. Ils montèrent avec armes et bagages dans une charrette tirée par un cheval sans doute habitué à une telle manœuvre, car l'animal entra dans le fleuve avec la voiture et ne s'arrêta que lorsqu'il eut de l'eau jusqu'au poitrail, permettant de la sorte à la barque venue les chercher de s'approcher sans s'échouer. Ils sautèrent dedans après y avoir fait passer leurs effets. Les deux marins à bord de l'embarcation ne mirent guère de temps à les conduire un peu plus loin, là où, à l'ancre, les attendait le vapeur *Macedonia*. Il fallait connaître à fond la configuration des lieux pour oser faire naviguer un vapeur entre les récifs se dressant aux abords de Baie-des-Anglais et du phare de la Pointe-Sud-Ouest, le plus ancien de l'île. Le capitaine Comeau connaissait son affaire et en louvoyant, il ne mit que quelques heures à faire le trajet. On jeta l'ancre au large et les passagers gagnèrent la terre à bord d'une barque pilotée par les deux mêmes marins qu'au matin. Comme à Baie-des-Anglais, une charrette s'avança dans le fleuve pour venir au-devant d'eux.

Pendant qu'il s'approchait du phare, Wilfrid en profita pour en examiner la structure. La lumière n'était pas fixe comme celle de la Pointe-Ouest. Wilfrid savait que chaque minute, le faisceau lumineux jetait un éclat qui balayait l'horizon du nord jusqu'à l'est et cela le fascinait. Il connaissait le gardien, le dénommé Pope, originaire d'Écosse, pour l'avoir rencontré lors de visites précédentes. C'était un homme d'une rigidité peu commune et très réservé, mais tout de même sympathique. En compagnie de son épouse et de leurs enfants tous réunis pour la circonstance dans la cuisine, il les reçut aimablement. Sur les murs de cette pièce sombre dansaient les lueurs du feu de l'âtre dont se dégageait une bonne chaleur.

L'inspecteur Jackson s'informa aussitôt si tout allait selon les désirs du gardien.

—Je suis satisfait à la fois de l'équipement et du phare.

L'homme tendit son rapport à l'inspecteur et, sans plus tarder, d'une voix assurée, il l'invita à le lire :

—Voyez par vous-même.

Ils firent la tournée des lieux. L'inspection fut expédiée en moins de deux heures. Tout était dans un ordre impeccable. Il n'y avait qu'à voir l'état de tout ce qui touchait les mécanismes de la lanterne et la structure même du phare pour constater que le gardien voyait à son affaire. La propreté des lieux en disait également long sur l'attention que ces gens portaient à tout ce dont ils prenaient soin. Du haut de la tour, on pouvait admirer les champs cultivés par le gardien. Des vaches y paissaient. Rien n'y traînait, pas plus qu'autour des dépendances. Au bord de la mer séchaient des poissons, bien alignés sur des vigneaux. L'homme savait y faire, et le paysage qu'ils avaient sous les yeux aurait été digne de figurer sur ce nouveau moyen de communiquer des nouvelles qu'on venait d'inventer et qu'on avait baptisé du curieux nom de carte postale.

L'inspection terminée, le gardien leur offrit un verre de whisky avant de passer à table. Son épouse et ses filles avaient préparé le repas. La table était dressée dans la vaste pièce servant de salle à manger, dont les murs étaient ornés d'élégants croquis représentant des scènes de la vie quotidienne. Ils étaient disposés autour d'un tableau immense représentant le phare.

Wilfrid avait hâte de se mettre à table. C'était la première fois que les Pope les invitaient à manger. Il comptait profiter du repas pour amener le sujet du jardin. À peine le potage était-il servi que l'inspecteur se lança dans une longue conversation avec monsieur Pope. Wilfrid fut enchanté de constater que, sans doute pour impressionner son hôte, l'inspecteur étalait toutes ses connaissances concernant les phares. Pour ne pas laisser languir leur hôtesse, il se tourna vers elle et dit d'une voix chaleureuse :

— Je vous félicite, madame, pour le bel ordre de cette maison. Tout ce qui nous tombe sous le regard nous charme. Les croquis que l'on voit sur les murs de cette pièce sont-ils de vos enfants ?

— Notre fille Grace en est l'auteur.

— Elle a du talent. Et vous de même, si j'en juge par la décoration des lieux. On me dit également que vous obtenez de beaux succès avec votre jardin.

— J'y consacre beaucoup d'heures. Nous n'avons pas à nous plaindre de son rendement.

— Apprenez que des gens au fait de vos réussites, sachant que je venais ici, m'ont supplié de vous demander votre secret !

Monsieur Pope qui, mine de rien, tendait l'oreille à cette conversation, intervint. Il leva son verre à la santé de leurs visiteurs. Wilfrid se rendit bien compte qu'il tentait de la sorte une diversion. En effet, il s'adressa à sa femme.

— *Darling*, recommanda-t-il d'une voix autoritaire, ne livre pas tes secrets si tu veux conserver ton titre de championne jardinière de l'île.

Wilfrid pensait que cette parenthèse de la part du gardien allait noyer la conversation. Mais madame Pope, après avoir esquissé un petit sourire à son mari qui reprit son entretien avec l'inspecteur, se tourna de nouveau vers Wilfrid.

— Le secret est dans les engrais. Tout le monde ici se sert de varech, de hareng et de restes de morue pour engraisser la terre. Sachez que si le goémon peut fort bien être utilisé tel quel, le hareng et les restes de morue, toutefois, gagnent à être mélangés à la terre, ce qu'oublient les gens. Aussi, séchons-nous le hareng comme la morue avant de broyer le tout pour en faire une poudre qui, mélangée à la terre, donne de très bons résultats. Le voilà, le secret.

Wilfrid la remercia d'avoir si gentiment répondu à sa demande.

— C'est mon épouse qui sera heureuse de tenter l'expérience.

— Je l'avais deviné, voilà pourquoi je vous ai tout révélé. Après tout, entre femmes, il faut bien s'entraider.

— Je vous promets que si les résultats s'avèrent fabuleux, je vous l'amènerai afin qu'elle puisse vous offrir les plus beaux spécimens de ses récoltes.

— Sachez que vous serez les bienvenus et dites à votre épouse que ce serait un très grand plaisir pour moi de faire sa connaissance.

Le repas terminé, ils s'attardèrent autour du phare et le gardien les conduisit près d'un enclos qui servait de cimetière à la famille.

— C'est ici que je compte trouver mon dernier repos.

— Vous êtes ordonné dans les moindres détails, fit remarquer Wilfrid.

— C'est de famille, répondit le gardien. Je ne vous étonnerai guère en vous disant que mon père, dont vous voyez la pierre tombale, quelques années avant de faire le grand saut, se rendit à Québec où il fit prendre ses mesures. Il en revint avec le cercueil de bois de rose dans lequel il fut enterré.

Wilfrid demanda :

— Est-ce vrai, comme le laisse entendre la rumeur, qu'il y couchait tous les soirs ?

Monsieur Pope daigna sourire.

— Vous savez bien, tout comme moi, que personne ne dormirait à l'aise dans un cercueil. On y serait trop à l'étroit. Ce qui est vrai, par contre, c'est que mon père le conservait dans sa chambre, debout, appuyé contre le mur, si bien qu'une fois qu'il eut rendu l'âme, nous n'avons eu qu'à faire passer sa dépouille de son lit à son cercueil.

Sur ce, Wilfrid et l'inspecteur descendirent vers le bord de mer, firent leurs adieux à la famille Pope réunie sur la grève et regagnèrent le vapeur ancré au large afin de poursuivre leur route le long de la côte jusqu'au phare de la Pointe-Sud.

# Chapitre 11

# Le voyage

Il y avait deux jours que son père était parti pour sa tournée quand Lorraine fit sa première visite au phare depuis son mariage. Sa mère, ses frères et ses sœurs ne manquèrent pas de lui confier leur bonheur de la voir. Rose s'informa sans tarder :

— Qu'est-ce qui nous vaut ta visite ?

— Deux choses, s'empressa de dire Lorraine. La première va vraiment vous faire plaisir, je suis en famille.

— Pour une nouvelle, en voilà toute une ! s'écria sa mère. Ton père va être comblé de l'apprendre.

— Justement, quand doit-il revenir ?

— Je ne l'attends pas avant trois jours.

Lorraine s'en montra ravie.

— Ce n'est pas parce que je n'aime pas p'pa. Mais, m'man, j'ai quelque chose à vous proposer.

— Quoi donc ?

— Si nous faisions un voyage sur la côte ?

— Qu'est-ce que tu dis là ?

—Avec deux de mes amies de la Baie, nous pensons nous rendre sur la côte pour acheter les étrennes du jour de l'An. Vous pourriez venir avec nous.

La proposition ne semblait pas déplaire à Rose, mais elle avait ses hésitations. Après avoir réfléchi un moment, elle dit :

—Ce n'est pas une mauvaise idée. Mais qui va s'occuper de Desneiges et Fabiola ?

—Laurent, voyons ! Il n'est pas manchot. Il n'aura qu'à faire réchauffer des plats. Ne craignez pas, ils ne se laisseront pas mourir de faim. À part ça, nous ne serons pas parties des semaines : deux jours tout au plus. Le temps de traverser, d'acheter nos étrennes, on couche un soir et on revient le lendemain. Vous seriez ici avant le retour de p'pa.

Plus Lorraine parlait, plus sa mère, qui n'avait jamais quitté Anticosti depuis son mariage, se faisait à cette idée. Toutefois, elle avait ses craintes et éprouvait du scrupule à partir.

—Tu es bien sûre qu'on pourrait faire ça en deux jours ?

—Trois au maximum, m'man. La goélette de la poste arrive de Gaspé justement demain matin. On pourrait la prendre, elle se rend jusqu'à la Pointe-aux-Esquimaux. On passerait le reste de la journée là et le lendemain, on y monterait sur son chemin de retour.

—Il faut voir quel temps il fera, remarqua Rose.

Pour en avoir le cœur net, elle se dirigea, suivie de sa fille, vers le bureau de Wilfrid où se trouvait le télégraphe. Rose connaissait très bien le morse. Elle transmit son message sans hésiter, désirant apprendre les prévisions de la météo pour les trois prochains jours. Elle attendit patiemment la réponse. Quand le message entra, elle le transcrivit rapidement et se tourna vers Lorraine.

— Il fera beau demain et après-demain, mais après c'est moins certain.

— Allons-y, m'man. Ça ne peut pas tomber mieux.

Quand Laurent fut informé du projet de sa mère et de sa sœur, il les encouragea à le réaliser. Rose mit du temps à préparer sa malle. Elle ne partait que deux jours, mais avait si peu l'habitude de s'absenter qu'elle ne savait pas trop quoi emporter. Lorraine l'aida, sans cesser de lui répéter :

— M'man, on dirait que vous partez pour deux ans !

Sa mère s'inquiétait. Elle avait fouillé dans le pot de grès où elle mettait ses économies.

— Est-ce que j'aurai assez de sous pour payer mon passage ?

— J'vous l'ai dit, vous en avez en masse.

— Mais si je veux en garder pour acheter des étrennes ?

Elle calcula et recalcula. Lorraine finit par la convaincre qu'elle avait amplement d'argent pour le voyage qu'elles se proposaient de faire.

— S'il nous en manque, on en empruntera.

Rose s'indigna :

—J'voudrais bien te voir emprunter, ma fille ! Ce n'est pas de même que ton père et moi t'avons élevée. Quand on est obligé de quémander de l'argent aux autres pour acheter quelque chose, c'est parce qu'on n'en a pas vraiment de besoin. Il faut savoir attendre et se le procurer quand on en a les moyens. Si tu as deux piastres, tu peux en dépenser une et quatre-vingt-dix-neuf, pas deux et dix.

Lorraine, qui avait maintes fois entendu ces propos, répondit vivement :

—Je sais tout ça, m'man, mais parfois, il y a des imprévus, et dans ce temps-là, on n'a pas le choix. D'abord qu'on a de l'argent de côté pour rembourser ensuite.

Les arguments de sa fille ne semblaient pas la convaincre, mais elle était fébrile, tellement elle avait hâte de partir.

—On va prendre le large de bonne heure demain matin. Je vous inviterais bien à venir coucher chez nous, mais Bill n'aimerait pas ça, déjà qu'il a passable-ment rouspété quand je lui ai dit que je voulais aller à la Pointe-aux-Esquimaux. Je l'ai fait taire en lui offrant un verre de gin.

Rose s'exclama :

—Dis-moi pas qu'il prend un coup ?

—Une fois n'est pas coutume, m'man. Il faut bien ruser de temps à autre.

❧

Levé à l'aube, Laurent conduisit sa mère par la grève avec la charrette jusqu'à Baie-des-Anglais où il la laissa chez Lorraine. Il était heureux de la voir profiter d'un peu de bon temps. Elle s'était inquiétée de ce qu'ils allaient devenir sans elle. Laurent l'avait apaisée en lui disant qu'il verrait à ce que les filles, tout comme Ernest, ne manquent de rien.

— Il y a de la nourriture plein la maison. Il faudrait bien être aveugle et ne pas avoir d'odorat pour en manquer. Faites votre voyage tranquille. On sera tous là et en bonne santé à votre retour. Vous ne partez pas pour un siècle, jériboire ! Deux jours, ça passe comme un bâillement.

La mère et sa fille montèrent dans la goélette de la poste au petit matin. Les femmes qui devaient les accompagner avaient changé d'idée à la dernière minute. Elles ne s'en formalisèrent pas. Les vents étant favorables, c'est à voile qu'elles firent la traversée jusqu'à la Pointe-aux-Esquimaux. Elles étaient heureuses d'échapper de la sorte au train-train quotidien et, surtout, elles comptaient bien rapporter quelques étrennes à chacun et chacune pour le nouvel An.

Elles passèrent trois bonnes heures au magasin général de la Pointe-aux-Esquimaux, touchant un peu à tout, demandant le prix, remettant en place, continuant leurs emplettes avant de revenir sur leurs pas reprendre une pièce de linge, la tourner, l'examiner sur toutes ses coutures tout en comptant dans leur tête les sous qui leur restaient et discutant à n'en plus finir avant de se décider à l'acheter.

Pour le prix d'une bouchée de pain, elles couchèrent à la seule auberge de la place. Mais quand elles voulurent partir le lendemain, une brume épaisse avait envahi la côte et il n'était pas question de prendre le large. Elles durent se résigner à passer la journée près du feu à l'auberge, à jouer aux cartes et à se demander quels reproches elles essuieraient.

—Ce n'est pourtant pas de notre faute, m'man. Mais j'ai bien peur que Bill ne soit pas content.

—Ton mari n'est pas comme ton père. Wilfrid ne m'en voudra pas d'avoir fait ce voyage. Il s'inquiétera seulement de ne pas me voir arriver.

—Ne vous en faites pas, m'man. S'il y a de la brume à Anticosti comme ici, lui-même ne pourra pas retourner à la maison. Gageons que vous y serez avant même qu'il revienne.

Elles ne purent regagner Anticosti que deux jours plus tard, heureuses de leur tournée, et elles y arrivèrent les bras chargés de cadeaux.

# Chapitre 12

# La tante Aline

L'hiver sortait de plus en plus ses griffes. Les bécasseaux en pleine migration vers le sud se montraient nombreux sur les platiers de l'Anse-aux-Fraises. Des faucons pèlerins leur faisaient la chasse et il fallait les voir alors s'envoler comme un essaim, tourner au-dessus de l'eau en changeant brusquement de direction pour déjouer l'intrus. En quête de nourriture après ce ballet aérien improvisé, mais fort bien ordonné, ils revenaient se poser souvent à l'endroit d'où ils étaient partis. Les moyacs s'abattirent eux aussi par milliers vers le Cap-à-l'Aigle près de la Pointe-Ouest, s'y nourrissant de chaboisseaux pendant plusieurs jours.

Laurent empruntait régulièrement le chemin vers l'école de l'Anse. Il s'y rendait avec la charrette en passant par la grève, l'unique route qui y menait. La berge était jonchée de bois échoué obstruant le passage. Il s'empressait de le ramasser et en remplissait la charrette. Ce bois de grève s'avérait un excellent combustible pour l'âtre et les foyers de la maison. Afin d'éviter les commérages, il restait peu de temps avec Jeanne. Tous deux se promenaient main dans la main dans l'unique rue de l'Anse, échafaudant les projets de leur future vie commune. Ils s'arrêtaient à l'église en construction afin d'en examiner les progrès. Mais là comme ailleurs à l'Anse-aux-Fraises et sur l'île, tout se faisait lentement. La vie prenait son temps comme pour les inviter à la savourer à plein.

Libérée par sa communauté, la tante Aline arriva à l'île. C'était une femme marquée par ses années chez les sœurs. Elle semblait souvent perdue dans ses pensées et rarement voyait-on se dessiner un sourire sur ses lèvres. Elle était malade et angoissée. Wilfrid lui donna la chambre qu'avait occupée Lorraine. Comme son travail de juge de paix l'obligeait à quitter le phare pour deux jours afin de se rendre à Fox Bay, il confia sa sœur à Rose.

— Tu sauras t'en occuper jusqu'à mon retour?

— Je ferai de mon mieux pour qu'elle se sente bien parmi nous.

Rose mit tout en œuvre pour aider Aline à s'intégrer dans la famille. Mais elle ne paraissait pas avoir tous ses esprits et tout l'effrayait. Elle semblait sur ses gardes et sursautait chaque fois que quelqu'un lui adressait la parole. Invitée par Laurent à visiter le phare, elle ne monta pas plus d'une vingtaine de marches avant de se mettre à trembler de la tête aux pieds et de redescendre en panique.

— Vous n'avez rien à craindre, la calma Laurent. Je présume que vous montiez bien les trois ou quatre étages de votre couvent ? Ce n'est pas pire ici.

Prenant soudainement un air méfiant, Aline demanda d'une voix pointue :

— Qui t'a dit que notre couvent avait quatre étages ?

— Personne. Je l'ai tout bonnement supposé puisque les maisons des religieuses sont ordinairement des bâtisses imposantes. J'ignore même dans quel couvent vous étiez.

Elle sembla se détendre et chuchota :

— Je te pardonne, mon enfant.

Wilfrid allait partir quand Laurent lui fit part de cet épisode singulier.

— Ta tante est affectée mentalement. Il va falloir s'y faire. Les médecins m'assurent qu'elle n'est pas dangereuse, mais il ne faudra pas nous surprendre des bizarreries de sa conduite causées par sa maladie.

Heureusement qu'il avait prévenu son fils, car le soir même, Laurent, dont la chambre voisinait celle de sa tante, fut réveillé par les gémissements aigus qu'elle émettait. Il alla s'enquérir de ce qu'elle avait. Il frappa sans obtenir de réponse. Les plaintes se poursuivirent. La porte de la chambre n'étant pas verrouillée, il ouvrit et vit sa tante en robe de nuit, debout devant la fenêtre, gesticulant en fixant le ciel. Il pensa : « Elle a des visions. » Elle poussa une plainte et il l'entendit prononcer clairement : « Père, éloignez de moi ce calice ! »

Elle répéta cette phrase une dizaine de fois. Croyant qu'elle rêvait, il chuchota :

—Ma tante! Ça va?

Elle se tourna lentement vers lui.

—Oui, Seigneur! Demandez à votre servante tout ce que vous désirez!

Laurent resta interdit. Reculant lentement, il referma la porte de la chambre et resta un moment dans le corridor, l'oreille tendue. Sa tante semblait s'être apaisée, car les gémissements cessèrent et la nuit retrouva sa paix. Le lendemain, au déjeuner, elle semblait avoir repris ses esprits. Laurent lui demanda :

—Vous avez bien dormi?

D'une voix soupçonneuse, elle s'écria :

—Pourquoi cette question? Bien sûr que j'ai bien dormi! Comme chaque nuit, d'ailleurs, depuis que je suis ici.

—Ne vous fâchez pas, ma tante, je m'informais tout simplement par politesse.

—S'il te plaît, à l'avenir, mêle-toi de tes affaires!

Voulant détendre l'atmosphère, il l'invita :

—Aimeriez-vous venir à l'Anse-aux-Fraises? J'y vais ce matin, rendre visite à ma fiancée.

—Ah! Tu es fiancé? Moi aussi. Je le suis à notre Seigneur Jésus-Christ.

Rose, qui suivait leur conversation de la cuisine, s'approcha.

—Aline, tu devrais accompagner Laurent à l'Anse-aux-Fraises, conseilla-t-elle d'une voix pressante. Ça te permettrait de prendre l'air tout en voyant un coin magnifique de l'île.

Portant la main à la bouche, elle s'exclama :

— Nous sommes sur une île ! Je l'ignorais. Je n'aime pas les îles.

— Voyons, Aline, nous sommes à Anticosti.

— Oui, mon frère Wilfrid habite à Anticosti. Il est le gardien du phare de la Pointe-Ouest.

— Aurais-tu oublié que tu vis maintenant avec nous à Anticosti ?

— Je ne réside que dans la maison du Seigneur.

Voyant qu'Aline se retrouvait de nouveau dans son monde, Rose n'insista pas. Haussant les épaules et secouant la tête, elle s'approcha de Laurent et lui chuchota à l'oreille :

— Il n'y a vraiment rien à faire.

— Vous avez raison, m'man. D'après moi, c'est une cause désespérée.

Entre-temps, la tante Aline s'était levée de table.

— Je vais prier pour vous, leur annonça-t-elle, tout en se dirigeant vers sa chambre.

— M'man, dit Laurent, vous n'êtes pas obligée d'endurer ça. En avez-vous parlé à p'pa ? S'il avait su qu'elle était si malade, il n'aurait certainement pas accepté de la garder ici.

— C'est sa sœur, il ne pouvait guère faire autrement.

— N'empêche… murmura Laurent.

— N'empêche quoi ?

— Je crains qu'à un moment donné, elle finisse par nous causer de graves ennuis. Elle n'a pas toute sa raison, ça se voit. Allez donc savoir ce qui peut lui passer par la tête ! Par exemple, s'il lui prenait l'idée de mettre le feu ?

— Les docteurs disent qu'elle n'est pas dangereuse.

— Il faut souhaiter qu'ils ne font pas une erreur. Il faudra en parler à p'pa dès son retour.

— Tu sais comme moi qu'il ne revient que demain. Je vais l'informer de ce qui se passe.

Laurent ne sembla pas apaisé pour autant. Il pensa remettre sa promenade à plus tard. Puis, se raisonnant, il se dit : « Est-ce que je vais me priver du plaisir de voir Jeanne à cause de cette malade ? » Il attela Oliver et, le cœur léger, se mit en route pour l'Anse-aux-Fraises.

La journée était splendide. Le ciel sans nuage permettait au regard de courir loin sur la mer. Tout au long du trajet, Laurent imagina ce que serait sa vie avec Jeanne. Il se signa, ferma les yeux, faisant le vœu que chaque jour qu'ils passeraient ensemble ressemble à celui qu'il vivait en ce moment. Comme pour répondre à son souhait, des mouettes toutes blanches sur le fond du ciel bleu défilèrent en cortège. Rarement Laurent avait vu un si beau spectacle. Il se croisa les doigts, se convainquant que c'était là un excellent présage.

# Chapitre 13

# Ernest

Ernest, le cadet des garçons avait à peine quinze ans, mais il était déjà un homme. On semblait l'oublier tellement il faisait peu de bruit. Toutefois, il était très actif et ne donnait pas sa place pour autant. Il contribuait au bien-être de la famille par son travail. Au phare, en plus de s'occuper du canon, il rendait les petits services qu'on lui demandait – et ils s'avéraient nombreux. Il voyait à ce qu'on ne manque jamais de bois pour l'âtre à la cuisine et au salon. Il veillait à nourrir et entretenir le cheval et le chien. Puis, depuis quelques années, durant la belle saison, il accompagnait l'un ou l'autre pêcheur de l'Anse-aux-Fraises ou de Baie-des-Anglais, disparaissant du phare en fin de nuit pour ne revenir qu'en début d'après-midi, une fois les bateaux revenus. Lorraine avait fait la connaissance de Bill grâce à lui. Il l'avait présenté à sa sœur lors d'une noce.

Avec l'arrivée de l'hiver, la saison de pêche étant terminée, Ernest avait aidé au remisage des barques.

La saison de navigation autour de l'île avait pris fin. Bientôt, son père allait éteindre la lumière pour quelques mois. Sa mère insistait désormais pour qu'il accompagne ses sœurs à l'école.

— Tu devrais en profiter pour apprendre à lire et à écrire. Mademoiselle Jeanne a promis qu'elle t'aiderait.

— Un pêcheur n'a pas besoin de savoir lire.

— Plus on a d'hameçons à sa ligne, plus on peut attraper de poissons.

— M'man, l'école, ça ne me dit rien.

— Seras-tu pêcheur toute ta vie?

— Pourquoi pas?

— Écoute ta mère, dit-elle d'une voix encourageante. Dans la vie, plus on a de connaissances, mieux on sait se défendre.

Il prêtait une oreille distraite et sa mère voyait bien qu'elle parlait dans le vide.

— Tu as l'esprit ailleurs, je m'en rends compte. Qu'est-ce qui te tracasse?

— Je vais me faire trappeur, c'est payant.

— Qui t'apprendra?

— Je saurai ben le faire tout seul.

S'apercevant qu'il ne voulait pas révéler le fond de sa pensée, sa mère s'impatienta:

— Cesse de tourner autour du pot. Tu as quelque chose derrière la tête et tu ne veux pas qu'on le sache parce que tu crains que ton père ou moi te l'interdisions. Fais un homme de toi et dis ce que t'as sur le cœur.

— Très bien. M'man, je veux aller trapper avec Jim.

— Bon. Le chat sort enfin du sac. Écoute ce que je vais te dire. Les amis que nous avons déteignent sur nous. Sans nous en rendre compte, nous devenons un peu comme eux. Est-ce que Jim peut être un bon ami pour toi ?

— Vous ne l'aimez pas parce que c'est un Sauvage.

— Ça n'a rien à voir. Ton père et moi ne l'aimons pas parce qu'il boit et tu sais comment se comportent les Sauvages quand ils boivent. Il y a certainement d'autres trappeurs avec qui tu pourrais apprendre. Tiens, ton père connaît tout le monde de l'île. Tu veux trapper ! Je n'ai pas d'objections, mais au moins tu vas le faire avec quelqu'un de comme il faut.

Quand Rose informa Wilfrid des intentions de leur fils, il se montra d'abord réticent. Mais les arguments qu'elle lui présenta l'incitèrent à répondre au désir d'Ernest. Aussi, dès ce jour-là, il prit le chemin de Baie-des-Anglais. Il alla frapper chez Boniface Savoie dont le fils avait l'habitude de trapper depuis plusieurs années. À Boniface qui lui demandait ce qui lui valait sa visite, il s'informa :

— Est-ce qu'Horace est dans les parages ?

— Horace ! Il trappe du côté d'la Jupiter.

— Si je lui envoyais Ernest, crois-tu qu'il accepterait de lui apprendre à trapper ?

— C'est lui qui l'sait. Ton Ernest est un bon gars. Horace a appris l'trappage avec Jérémie Jomphe. Il ne devrait pas l'avoir oublié. On a souvent besoin d'un maître quelque part. Tu sais écrire, Wilfrid, et mon gars sait lire assez. Eh bien, tu vas lui écrire une lettre de... Comment ça s'appelle déjà ?

— Une lettre de recommandation.

— Bon ben, dans ta lettre, tu vas lui dire que j'suis d'accord pour qu'il montre à trapper à Ernest. Écris-lui ça avec des grosses lettres bien faites. Ça va-tu faire ton affaire ?

Wilfrid acquiesça de quelques coups de tête.

— J'en demandais pas tant. Ton idée est excellente. Je vais préparer la lettre. Dès demain, je reviendrai avec Ernest pour te la lire. Tu me diras si tu penses que ça ira. Je vais apporter une carte et tu me montreras dessus dans quel secteur se trouve Horace. Ensuite, Ernest ira le rejoindre.

— Tout est bien qui finit bien, conclut Boniface, tout en tendant un verre de gin à Wilfrid. Buvons à leur réussite !

Après avoir trinqué, Boniface en avala le contenu d'un coup et remplit de nouveau son verre. Wilfrid but le sien lentement. Les deux hommes bavardèrent un moment près du feu, puis Wilfrid s'excusa. Il voulait être de retour au phare avant la noirceur.

⟨≈⟩

Le lendemain, comme promis, il gagnait Baie-des-Anglais avec Ernest. Comme la veille, Boniface se montra fort amical. Il pointa sur la carte l'endroit, le long de la Jupiter, où il croyait que son fils trappait.

— Il a ses lignes de trappe à la martre, par là.

Se tournant vers Ernest, il ajouta :

— Mon gars, tu devrais le trouver à ses traces dans ces parages-là. Tu le salueras de ma part. Dis-y que son père lui souhaite bonne chasse et que si jamais il veut venir durant les fêtes, ça nous ferait ben plaisir de le voir. Mais même si tu lui dis ça, on sait qu'y viendra pas. Mais dis-y quand même.

Ils ne s'attardèrent pas chez Boniface. Ernest était fébrile. La veille, il avait commencé à faire ses bagages. Déjà, le cométique* acheté par son père sur la Côte-Nord débordait des effets qu'il y avait mis : pièges, nourriture, fusil, raquettes, munitions, etc. Il comptait y atteler Romulus. Il ne tarda pas à quitter le phare, passant par Baie-Ellis avant de s'enfoncer vers le milieu de l'île pour gagner la rivière Jupiter quelque quarante milles plus loin. Il était heureux, se sentant libre au milieu de cette forêt touffue, se dirigeant instinctivement vers sa destination. Il lui semblait avoir enfin trouvé sa voie.

Il parcourut la distance en moins de deux jours. Ignorant où Horace se trouvait, il choisit de rejoindre la rivière à sa source afin de la redescendre vers le fleuve, assuré de l'y croiser en route.

---

* Traîneau à chiens.

Après un parcours d'une vingtaine de milles, la Jupiter se jetait dans le fleuve. Il la longea sur sa rive ouest, attentif à y relever des traces, ce qu'il ne tarda pas à faire en tombant sur une des lignes de trappe d'Horace, à une dizaine de milles avant l'embouchure du cours d'eau. Pour signaler sa présence, il tira deux coups de feu en l'air sans obtenir de réponse. Poursuivant son chemin, il marcha encore deux heures avant de découvrir sur une butte derrière un rang d'épinettes le campement d'Horace. Il s'agissait d'un campe en bois rond d'où émergeait une cheminée faite d'un tuyau de tôle dont aucune fumée ne sortait. Horace n'était pas là. Prenant son mal en patience, il se confectionna un abri à deux pas du campe, à l'aide de branches d'épinette. Il espérait voir surgir Horace d'un moment à l'autre, mais, n'osant pas s'abriter dans le campe sans la présence de son propriétaire, il dut se résoudre, comme la nuit précédente, à se contenter de son abri de fortune. Ce n'est que tard, au cours de l'après-midi du lendemain, que les jappements de Romulus lui signalèrent l'arrivée d'Horace.

C'était un gaillard solide, brusque dans ses mouvements et arborant une forte barbe. Quand il vit Ernest, il n'esquissa aucun geste de réjouissance non plus que d'impatience. Après s'être assuré qu'il n'avait pas violé son sanctuaire, il lui demanda :

— Ça fait longtemps que t'es icitte ?

— Depuis hier.

— Qu'est-ce qui t'amène ?

Ernest s'approcha en lui tendant la lettre. Horace s'en saisit, la décacheta et se mit à la lire lentement en parcourant du doigt chaque ligne.

—Ton père t'envoie, recommandé par le mien, pour que je t'apprenne à trapper.

—Tout juste !

—Bon, ben, ça pourra se faire à condition que j'me paye sur tes prises. Ça te va ?

—Ça me va !

—Installe-toé dans le campe. Y a d'la place. Si ça te tente, tu peux venir avec moé. Avant la nuite, j'ai quelques pièges à relever.

Ernest chaussa ses raquettes et suivit Horace en remontant la rivière. Des encoches sur les arbres, à hauteur des yeux, indiquaient le chemin de la ligne de trappe. Horace avait tendu une quinzaine de pièges par mille. Les pièges avaient bien fonctionné. Ils ne ramenèrent pas moins d'une douzaine de martres.

—Demain, dit Horace, c'est toi qui vas installer et appâter les pièges.

—Je l'ai jamais fait.

—T'es icitte pour apprendre, je te montrerai.

C'est ainsi que s'amorça la carrière de trappeur d'Ernest Cormier.

## Chapitre 14

# Les fêtes

L'hiver était maintenant bien installé. Plus aucun vaisseau ne s'approchait de l'île en raison des glaces et des récifs. Le temps des fêtes approchait. Depuis le début de décembre, Rose s'affairait à la cuisine, préparant ragoûts, tourtières, tartes et gâteaux. Il y avait si peu de monde sur l'île que Wilfrid ne se gênait pas pour inviter tout un chacun à s'arrêter au moins quelques heures au phare. Laurent obtint facilement de ses parents que Jeanne puisse passer cette période de réjouissances avec eux.

— La maison est grande, dit son père. Ce ne sont pas les chambres qui manquent. Cette pauvre fille ne doit pas rester seule dans son école glacée. Il y a une chose, par exemple : je ne veux pas te voir seul avec elle et toujours en train de la relancer pour tu sais quoi. Je ne te pardonnerais jamais de le faire avant d'être marié. Si tu l'aimes, tu vas la respecter jusque-là.

Les choses étant claires, Laurent se le tint pour dit. Au dernier jour de classe, la veille de Noël, il alla l'attendre avec cheval et traîneau à la porte de l'école. Les enfants avaient apporté quelques petits cadeaux à la maîtresse et ils ne quittèrent pas les lieux avant qu'elle ne les ouvre et leur donne un bec en remerciement. Quand enfin la place fut libre, Laurent entra dans l'école.

—Tu es déjà là? Et moi qui ne suis pas prête!

—Prends le temps qu'il te faut, mais je te ramène aujourd'hui.

Elle s'assura que chaque coin de l'unique pièce servant de classe aux élèves de la première à la sixième année soit en ordre avant de s'éclipser tout au fond dans l'étroit réduit lui servant de chambre.

Laurent attendit patiemment.

—Je peux t'aider?

—Ce n'est pas la peine.

Il la vit passer la tête le long du rideau servant de porte et lui dire d'un air coquin:

—N'espère pas venir dans ma chambre, ce serait trop dangereux.

En riant, elle s'esquiva aussi vite avant d'apparaître enfin au bout de quelques minutes, tenant une petite valise à la main.

—Je suis prête.

Elle le précéda vers la sortie. Il ferma la porte derrière lui et elle verrouilla. Laurent s'empara de son bagage, le déposa dans le traîneau, puis l'aida galamment à y monter. Il ne faisait pas très froid, pour ce temps de l'année. Le sol n'était même pas encore gelé.

Pourtant, quand elle fut bien assise, il lui glissa une peau d'ours sur les pieds.

— C'est toujours par là qu'on refroidit en premier, fit-il remarquer.

Elle le taquina.

— C'est vrai pour les hommes !

— Pourquoi ?

Elle répondit, le plus sérieusement du monde :

— Parce que ce n'est pas la même chose pour les femmes.

— Qu'est-ce que tu racontes là ?

— La vérité. Les femmes refroidissent toujours et avant tout du côté du cœur.

Il ne sut d'abord pas quoi répliquer, puis il avança d'une voix inquiète :

— J'espère que ce n'est pas le cas pour toi.

— Tu n'as rien à craindre, Laurent, dit-elle en souriant. Rassure-toi, j'ai encore le cœur bien chaud.

Et il comprit, au regard qu'elle lui jeta, qu'il n'avait pas perdu sa place. Il claqua la langue et le cheval se mit en marche. De la savoir là près de lui le comblait. Au lieu de tourner tout naturellement dans la direction du phare, il se dirigea à l'opposé. Jeanne s'en rendit compte.

— Où me mènes-tu ?

— Pas loin. Ne t'inquiète pas, j'ai quelque chose de curieux à te montrer.

Il expliqua :

— Seulement quelques milles nous séparent, mais j'ai parfois l'impression que c'est tout un continent.

Elle se tourna doucement vers lui. Ses yeux brillaient. Elle lui fit un clin d'œil.

— Peu importe la distance, ça n'empêche pas de rêver.

Elle se tut un moment avant d'ajouter :

— À condition de ne jamais oublier que les rêves sont souvent meilleurs que la réalité.

Il arrêta soudain le cheval.

— Qu'est-ce qui se passe ?

— Regarde, fit-il en pointant de l'index la falaise toute proche. Tu sais comment on appelle cet endroit ?

— Non pas.

— Le cap de la Vache qui pisse.

Elle ouvrit de grands yeux et s'écria :

— Pas vrai ! Pourquoi ?

— Si tu examines bien ce cap, tu y verras la forme d'une tête de vache.

Après avoir penché la tête d'un côté et de l'autre, et s'être levée dans la voiture pour mieux voir, Jeanne déclara :

— Il y en a qui ont beaucoup d'imagination. La vache passe encore, mais qui pisse !

Laurent lui indiqua de l'eau qui suintait du rocher tout près et dégoulinait en formant de petits glaçons jusque sur le rivage. Jeanne se mit à rire et s'exclama :

— J'aimerais beaucoup mieux la Vache qui déborde !

Sa réflexion les fit s'esclaffer.

Deux jours plus tard, tout le village s'était entassé dans la petite église à peine décorée malgré Noël. Il y avait plusieurs années qu'ils n'avaient pas pu assister à la messe de minuit, car il n'y avait pas de curé à l'île durant la froide saison. Mais avec la nouvelle église, le curé avait accepté de passer l'hiver sur place. Sous la chaire encore en construction, à laquelle le prêtre accédait au moyen d'une courte échelle, une pauvre crèche rappelait la nativité. Tout cela n'empêcha pas le curé de se surpasser au moment du sermon. À côté de la crèche où ne figuraient que Joseph, Marie, l'enfant Jésus ainsi que le bœuf et l'âne, était posé un sapin orné de quelques étoiles en papier. Le curé se servit de ces symboles de Noël pour rappeler le sens profond de la fête.

« Mes bien chers frères, nous l'attendions tous depuis plusieurs jours, ce moment béni où l'enfant Dieu nous rappelle sa naissance. En son honneur, nous décorons nos maisons de couronnes et nous ne manquons pas de dresser un sapin de Noël comme le veut la tradition apportée ici par quelques insulaires venus d'Allemagne. Nous faisons ces gestes par habitude sans même nous interroger sur leur signification réelle. Vous êtes-vous seulement demandé ce que représente le sapin de Noël ? Je parierais que non. Eh bien, sachez que parce qu'il reste toujours vert, le sapin symbolise la vie, mais pas n'importe quelle vie : celle qui ne meurt pas, la vie éternelle. Et au pied de l'arbre, vous avez sans doute déposé des cadeaux. Que signifient-ils ? Ils sont un gage de l'amour que vous portez à ceux et celles avec qui vous vivez, mais ils veulent rappeler aussi que l'arbre au pied duquel reposent ces cadeaux est l'arbre de la vie. Les cadeaux nous disent précisément que la vie est un don de Dieu. C'est ce que nous avons de plus précieux, le cadeau que Dieu nous fait. Voilà pourquoi nous sommes réunis ici en cette nuit pour le remercier de nous avoir permis de naître et de continuer à vivre. Ne l'oubliez jamais. C'est la grâce que je vous souhaite. Amen. »

Ils sortirent de l'église, heureux de pouvoir enfin donner libre cours à leur désir de fêter. Rose avait préparé pour les siens un réveillon où rien ne manquait. La table débordait de mets aptes à satisfaire tous les appétits : soupe de morue, pâtés à la viande, pâtés au poulet, cipaille, canard, porc frais, ragoût de boulettes, saumon fumé, truite marinée, pommes de terre, beurre, atocas, marinades et desserts de toutes sortes : tarte à la farlouche, tarte aux pommes, lait caillé, sirop d'érable et biscuits au beurre.

Depuis Baie-des-Anglais, Lorraine et Bill étaient venus les rejoindre au phare. Seul Ernest, parti trapper, n'était pas de la fête. Wilfrid avait sorti rhum et gin. Il en offrit à tout le monde. Laurent et Bill y firent honneur. Bill renouvela plusieurs fois cet honneur, si bien qu'au petit matin, quand il fut question pour lui et Lorraine de regagner Baie-des-Anglais, Wilfrid s'y opposa.

— Vous allez dormir ici. Surtout que Lorraine est en famille.

D'une voix empâtée, Bill tenta de s'y opposer. Wilfrid insista. Laurent prit son beau-frère par le bras et le conduisit à la chambre du fond. Bill s'affala sur le lit pour ne plus le quitter. Le lendemain, dès huit heures, les femmes étaient déjà debout. Après avoir aidé Rose à débarrasser la table du réveillon, Lorraine et Jeanne dressèrent celle du déjeuner.

Rose semblait soucieuse.

— Qu'avez-vous, m'man ? s'informa Lorraine.

— Ta tante Aline n'est pas encore levée…

Chose étonnante, elle n'avait pas voulu les accompagner à l'église. Wilfrid avait dit : « Nous ne nous priverons pas de la messe rien que pour elle. » Dans le tourbillon du réveillon, personne ne s'était inquiété à son sujet.

— Je vais aller voir si elle va bien, proposa Lorraine.

Laurent, qui arrivait au même moment dans la cuisine, demanda :

— Qu'est-ce qui se passe ?

— Nous nous inquiétons pour ta tante Aline. Elle ne s'est pas encore montrée.

— Elle n'a pas fait grand bruit cette nuit. Laisse faire, Lorraine, je vais voir de quoi il en retourne.

Il la trouva au pied de son lit, le visage violet. À côté d'elle, avait roulé sur le plancher un pot de confiture. Il se pencha, lui toucha une main : elle était glacée. La tante Aline leur avait fait le coup de mourir en pleine

nuit de Noël. Appelé de l'Anse-aux-Fraises pour constater à la fois le décès et ses causes, le docteur déclara :

— Elle s'est étranglée avec un noyau en mangeant
de la confiture de prunes.

Rose était inconsolable. Elle se désolait d'avoir
déposé ce pot sur la table du réveillon. Wilfrid lui dit :

— Tu n'as rien à te reprocher, c'était son destin.

Dès le lendemain, le curé célébrait le service à
l'Anse-aux-Fraises. Cette mort assombrit les réjouissances du jour de l'An. Décembre s'était terminé dans
le deuil. Tout le monde s'efforça de tourner la page en
espérant plein de lumière au cours de l'année nais-
sante. Quand Wilfrid passa devant le phare éteint pour
quelques mois, il eut nettement l'impression de ne
plus être le gardien de la lumière.

# Chapitre 15

# L'expédition

Les mois de l'hiver, Wilfrid les consacrait à toutes ses autres tâches. Il faisait l'inspection du phare de haut en bas, voyait à s'assurer de commander les provisions de kérosène et tous les effets nécessaires à sa bonne marche pour les recevoir à temps au printemps. Il dressait la liste de ce dont ils avaient besoin, des épingles jusqu'aux outils, en passant par les graines de semence, le sel et le sucre, les vêtements et tout ce qu'ils ne pouvaient pas produire eux-mêmes. Il repassait un à un chaque objet et chaque outil nécessaires à son travail, voyant à ce qu'ils soient toujours en parfait état. Il mettait ses livres à jour et commençait à rédiger son rapport pour l'inspecteur. Wilfrid chaussait ses raquettes et partait ensuite pour sa tournée de l'île, jouant à la perfection son rôle de juge de paix, se préoccupant du bien-être de tous les habitants de ce grand territoire à l'exception des « squatters » de Fox Bay qu'il ne portait pas dans son cœur. Même s'il trouvait que monsieur Stockwell, le propriétaire de l'île, était loin de tenir les promesses qu'il avait faites afin de s'approprier la plus grande partie d'Anticosti, il désapprouvait que des gens puissent s'y établir à son insu.

Les squatters n'apportaient rien de bon à l'île. Chaque fois qu'il y avait un naufrage, certains les accusaient d'en être la cause. N'avait-on pas entendu dire que ces voleurs de terre s'efforçaient aussi, au moyen de signaux lumineux contradictoires, d'attirer les navires sur les récifs de l'île afin de les y faire échouer et de s'approprier leur contenu ? Même s'il ne prêtait pas trop d'attention à ces rumeurs, Wilfrid ne s'en disait pas moins qu'il n'y a jamais de fumée sans feu. Il déplorait le fait que, malgré les quatre phares de l'île bien en vue du côté du golfe, il ne se passait pas une année sans qu'un ou même deux ou trois navires, sinon plus, s'échouent. Chaque fois, il devait se rendre sur les lieux afin de faire son rapport et s'occuper du sort des survivants. La plupart de ces naufrages survenaient à l'automne au moment où le golfe devenait plus agité en raison des tempêtes ou encore quand il se couvrait de brume. Les canons avaient beau avertir du danger, les récifs n'en demeuraient pas moins des pièges dangereux pour les vaisseaux perdus dans la tempête.

Avec ses deux cent soixante milles de côte pratiquement déserte, il n'était pas facile de se rendre compte qu'un bateau en perdition s'était échoué quelque part sur l'île. Aussi, afin de venir en aide aux survivants de ces naufrages, on avait construit à quatre endroits de la côte une cabane où était déposée de la nourriture. Wilfrid profitait de cette période où le phare demandait moins de soins pour s'assurer que ces dépôts étaient bien en ordre. En cette année 1894, il se fit accompagner de Laurent pour cette tournée.

— Nous allons faire le tour des dépôts et voir en même temps s'il n'y a pas des naufragés quelque part.

— Devons-nous apporter des provisions au cas où ?

— Un peu, si jamais un des dépôts a été vidé.

Laurent prépara le traîneau. Il demanda :

— Avez-vous la liste ?

Son père la lui tendit. Il la parcourut rapidement en mentionnant à voix haute ce qu'on devait trouver dans chaque dépôt.

— Six barils de farine, quatre barils de lard, huit barils de pois et six paires de raquettes.

Laurent tira le cométique vers le petit entrepôt de provisions et y déposa un quart de farine, un autre de lard et un de pois. Il attacha une paire de raquettes sur le dessus d'un des barils et déposa également dans le traîneau leurs provisions et celles des chiens. Il glissa au fond une scie, un marteau et des clous. Il chaussa ses raquettes, s'attela au traîneau et ils partirent en direction de l'Anse-aux-Fraises. Arrivés là, ils se rendirent directement chez Gabriel Arseneault. Les cinq chiens de traîneau qu'ils avaient réservés les y attendaient. Après avoir réparti les charges dans deux cométiques, Laurent, secondé par Gabriel, attela trois chiens au traîneau le plus lourd avant de s'y installer, et les deux autres chiens au cométique où Wilfrid prit place. Ils ne faisaient pas une course. Ils s'étaient alloué plus d'une semaine pour compléter leur tournée. Ils partirent vers le dépôt du phare de la Pointe-Sud-Ouest. Quand ils y parvinrent, en fin de journée, ils allèrent demander l'hospitalité à monsieur Pope. Le gardien les reçut fort courtoisement, leur offrant boisson et nourriture. Wilfrid s'informa:

— Avez-vous été récemment au dépôt?

— Non. Mais il y a un mois, personne ne s'y trouvait.

— Tout était en ordre?

— Absolument.

Au petit matin, ils longèrent la côte et s'arrêtèrent non loin de là près d'un petit bâtiment dont la porte n'était pas verrouillée. Ils y pénétrèrent. Laurent monta au grenier où se trouvait la chambre. Des rangées de couchettes superposées la remplissaient. Tout y était en bon ordre. Pendant ce temps, Wilfrid s'assura que les provisions n'étaient pas gâtées. Satisfaits, ils ne s'attardèrent pas. Wilfrid dit à Laurent:

— Regardons bien si les signaux sont toujours en place.

— Sont-ils loin du phare?

— À un mille plus bas.

Ils longèrent la rive pendant plusieurs minutes avant d'apercevoir, clouées aux arbres rabougris de la courte falaise, des planches formant une vaste flèche indiquant la direction à suivre vers le dépôt et sur laquelle était inscrite la distance restant à parcourir. Laurent ajusta quelques planches qu'il prit le temps de bien fixer et ils repartirent en gagnant le haut de la berge. Poursuivant leur route, ils se dirigèrent vers le phare de la Pointe-Sud. Ils savaient qu'ils ne l'atteindraient pas avant la nuit. Ils s'arrêtèrent au bout d'une trentaine de milles et préparèrent sans se presser leur campement pour la nuit. L'air était sec et froid, mais leurs vêtements de fourrure leur permettaient de le supporter sans difficulté.

Laurent nourrit les chiens qui, après avoir englouti leur ration de viande, creusèrent un trou dans la neige pour y dormir. Wilfrid suspendit une toile au traîneau et la tendit jusqu'à atteindre de petits arbres auxquels il l'arrima solidement à l'aide d'un cordage. Ils avaient leur toit pour la nuit. Le temps changea du tout au tout avant le matin. Le blizzard se mit de la partie. Ils ne bougèrent pas de la journée, se contentant de fumer et d'entretenir le feu au moyen de branches sèches. Les chiens avaient disparu sous la neige et ils ne sortirent de leur trou que le jour suivant avec le beau temps. Laurent les nourrit un peu et ils reprirent leur périple, confiants d'atteindre leur destination avant la nuit. Au phare de la Pointe-Sud, le gardien Henri-Louis Demers et son épouse leur prodiguèrent le même accueil que les Pope.

Le lendemain, après s'être assurés que les indications pour d'éventuels naufragés étaient toujours bien en place, ils prirent la direction de la Pointe-Heath.

Ils y arrivèrent assez tôt dans l'après-midi pour procéder tout de suite à la vérification du dépôt. Là non plus, rien n'avait bougé. Wilfrid soupira.

— Y a pas eu de naufrage cet automne.

Laurent s'en montra étonné :

— Y en a tous les ans, c'est vraiment l'exception.

— Tant mieux ! Pour une fois que je n'aurai pas à en signaler un dans mon rapport… Sans compter tout le trouble que ça nous occasionne pour venir en aide aux naufragés.

— Y a beau avoir des lumières, p'pa, ça suffit pas. Elles n'empêchent pas les tempêtes. Un vaisseau pris dedans vis-à-vis de l'île risque toujours de se fracasser sur les récifs. Savez-vous combien de barques, de brigantins et même de vapeurs se sont échoués depuis que vous êtes ici ?

— Des centaines.

— Dans ce cas-là, nous vivons vraiment une année exceptionnelle.

Ils ne tardèrent pas à quitter la Pointe-Heath où ils avaient passé la nuit. Ils refirent le chemin à rebours, enchantés d'avoir accompli leur tâche sans incident. Rose fut heureuse de revoir ses hommes. Elle se disait que sans eux, elle n'aurait certainement pas pu habiter longtemps au phare, sur cette île isolée du reste du monde. Mais Wilfrid et Laurent revenus, il lui semblait que la vie reprenait pour de bon. Elle avait bien Fabiola et Desneiges avec elle, mais à ses yeux, elles n'étaient encore que des enfants. Elle voulut se faire narrer en long et en large comment s'était déroulée leur expédition. Wilfrid, qui habituellement était un homme de peu de mots, s'enthousiasma quand il lui raconta comment le gardien de la Pointe-Heath l'avait intéressé en lui montrant sa collection d'œufs d'oiseaux.

—Il en a des milliers, de toutes les grosseurs et de toutes les couleurs. Il en fait même l'échange avec des collectionneurs d'autres pays.

—Comment il fait pour les conserver?

—Dans de grandes armoires à tiroirs. Les œufs y sont déposés deux par deux sur du duvet de moyac. Il y en a plus de mille espèces. Figure-toi qu'il possède même un œuf de cigogne. Tu devrais t'y mettre au printemps et commencer une collection. Ce serait facile d'en obtenir de plusieurs espèces d'oiseaux de mer.

L'idée de Wilfrid n'était pas mauvaise, parce que Rose aimait en effet collectionner. Elle possédait notamment plusieurs dizaines de coquillages. Elle en avait de très beaux, mais sa collection de fossiles était ce qu'elle considérait de plus précieux. Un jour qu'elle travaillait dans son jardin, elle avait déterré une pierre sur laquelle se dessinaient des coraux. Elle l'avait trouvée si belle qu'elle s'était mise à retourner la terre tout autour pour voir si elle n'en découvrirait pas d'autres. Rose avait mis la main sur une pierre où il y avait des tentaculites, et une autre avec des encrinites. Elle s'enthousiasma pour les pierres fossiles et bientôt elle en eut une belle collection. Wilfrid fit venir pour elle un livre où de tels fossiles étaient identifiés. Toutefois, leurs formes intéressaient Rose beaucoup plus que leurs noms.

Quoi qu'il en soit, l'idée lancée par Wilfrid d'une collection d'œufs d'oiseaux ne sembla pas faire son chemin. Rose se contenta de ses pierres fossiles.

Le temps le leur permettant et l'ouvrage marchant au ralenti, Laurent ne tarda pas à gagner l'Anse-aux-Fraises. Un morceau de son cœur était resté tout le temps de son voyage à la porte de la petite école.

## Chapitre 16

# Le sorcier de l'île

Avant le printemps, par un soir de tempête, arriva Zidore Paradis. Il s'était arrêté à Baie-Gamache, et durant toute une nuit, il l'aurait juré, Louis-Olivier Gamache, le sorcier de l'île, s'était tenu dans la cabane où il avait couché.

— Parlant de Gamache, lui dit Wilfrid, tu auras sans doute de bonnes histoires à nous raconter. J'aimerais que les jeunes les entendent. Il ne faut pas oublier le passé.

— Si tu veux qu'ils écoutent mes histoires, il faudra que je les choisisse.

— Fais donc ça ! Tu en as sûrement assez pour nous entretenir toute la nuit.

— Et la journée avec, si vous le voulez.

— Nous nous contenterons de quelques-unes.

Après le souper, ils s'installèrent dans le salon, près du foyer que Laurent avait bourré de bûches d'épi-nette. Il donnait une bonne chaleur appréciée par chacun à sa façon, les pieds devant pour les plus jeunes, le dos tourné pour Laurent, les mains tendues pour Wilfrid. Chacun s'efforçait d'en tirer le meilleur parti. Isidore s'assit le dos au foyer. Les flammes jaillissant de chaque côté de lui donnaient l'impression qu'il s'agissait vraiment d'un sorcier sorti de l'enfer. Sans plus attendre, il s'engagea dans un premier récit.

—Les amis, avez-vous jamais entendu parler du bonhomme Gamache ?

Les jeunes firent non de la tête. Il prit soudain la voix de quelqu'un de très étonné.

—Vraiment ? Vous ne connaissez pas le sorcier de l'île ? Il est grand temps que vous fassiez sa connaissance. Il faut dire d'abord qu'il venait de par en bas sur la côte sud. L'Islet que ça s'appelle : un tout petit village au bord du fleuve. Un bon matin, il s'est installé sur l'île pas loin d'ici. Ce n'était pas un homme comme les autres parce qu'il pouvait se transformer quand il le voulait en sorcier, en pirate, en ogre, en loup-garou ou en feu follet. Il paraîtrait même qu'un jour, il soupa avec le diable. Vous voulez savoir comment c'est arrivé ?

Les jeunes acquiescèrent avec plus ou moins de conviction, assurés que cette histoire leur causerait des frissons de plaisir, mais craignant ensuite de rêver que le diable venait les chercher. Isidore se lança tout de même dans le récit suivant :

—On disait de Gamache qu'il était vraiment un gros mangeur. Un soir qu'il couchait dans une auberge de Rimouski, il commanda un repas pour deux personnes et se le fit monter à sa chambre. La servante vit qu'il était seul, mais il avait installé deux chaises autour de la petite table où il s'apprêtait à souper. Elle voulut s'assurer qu'il n'y avait que lui dans la chambre. Elle jeta un coup d'œil tout autour. Il était bel et bien seul. Elle lui demanda tout de même :

« — Vous attendez quelqu'un pour souper ?

« Il se fâcha :

« — Ça ne vous regarde pas !

« La fille quitta la chambre. Quand, une demi-heure plus tard, elle revint pour desservir, elle se rendit compte qu'il y avait deux assiettes vides sur la table.

« — Vous n'avez pas mangé tout ça, il y en avait bien trop !

« Il répondit en ricanant :

« — Ben non, mademoiselle. J'ai mangé avec mon grand ami.

« — Où est-il votre ami, je ne l'ai pas vu passer ?

« Gamache se mit de nouveau à ricaner.

« — Il va où il veut. Il passe à travers les murs.

« La servante ne le croyait pas. Mais le lendemain, alors que Gamache était assis tranquillement à l'auberge, la porte s'ouvrit et se referma d'elle-même. La servante s'approcha. Gamache l'interpella :

« — C'est mon ami qui vient d'entrer.

« La servante répliqua :

« — Ce n'était qu'un courant d'air.

« — Depuis quand, rétorqua Gamache, les courants d'air referment-ils les portes ? Je vous ai dit que c'est mon ami qui est venu me rejoindre. Servez-nous deux repas, et plein les assiettes à part ça parce qu'il a faim.

« Quand, quelque temps plus tard, la servante apporta la double portion, elle prit le temps de bien s'assurer que Gamache était vraiment seul. Pourtant, quand elle vint desservir, les assiettes étaient vides. "Une personne, se dit-elle, ne pourrait pas manger tout ça." Elle alla raconter son histoire au curé qui lui assura : "Cet homme trafique avec le diable." C'est comme ça que par la suite, on se rendit compte qu'il parlait vraiment au diable. »

Desneiges et Fabiola avaient les yeux grands et désiraient que Zidore leur raconte une autre histoire de Gamache parlant au diable. Le conteur ne se fit pas prier :

— Un jour qu'il était dans sa barque et pêchait entouré d'une douzaine d'autres embarcations, le vent était tombé, si bien que personne ne pouvait quitter l'endroit où il se trouvait sinon en se servant de rames. Gamache monta au bout de sa chaloupe et se mit à hurler des mots incompréhensibles. Eh bien ! Vous ne savez pas ce qui s'est passé ?

Les filles firent signe que non.

— Le vent s'est mis à gonfler uniquement la voile de sa barque à lui. Il s'en alla en ricanant pendant que les autres séchaient sur place. Tous ceux qui assistèrent à cette scène dirent que le diable en personne était assis derrière la voile de Gamache et qu'il soufflait dedans. Un autre jour, l'unique navire chargé du commerce dans le golfe se mit à la poursuite de Gamache afin de l'arrêter pour contrebande. Il allait être arraisonné lorsque soudain un nuage de brume enveloppa les deux vaisseaux. Quand la brume leva, les marins du navire marchand virent au loin la silhouette de ce qu'ils crurent être la barque de Gamache. Un feu brûlait dessus. Ils s'en approchèrent en vitesse pour découvrir qu'il s'agissait là d'un petit radeau sur lequel surgissaient des flammes bleues. Et quand les marins voulurent s'en emparer, le radeau coula à pic et seules les flammes bleues restèrent encore un moment au-dessus de l'eau. Ils assurèrent que des feux follets étaient venus au secours de Gamache. Voilà pourquoi on le surnomma le sorcier d'Anticosti. Et ce sorcier, savez-vous où il est enterré ?

— Non, avouèrent Desneiges et Fabiola.

— À quelques milles d'ici. Et vous êtes bien averties. Il vient tordre les orteils des jeunes filles qui refusent d'aller se coucher quand leurs parents leur disent de le faire.

Rose en profita pour annoncer :

— C'est l'heure du dodo.

Desneige et Fabiola se précipitèrent vers leur chambre. Rose les y accompagna pour les rassurer pendant que les hommes rigolaient assis devant le feu. Zidore mit fin un peu malgré lui à leur accès de gaîté en répondant à la question de Laurent. Il désirait en connaître davantage sur la famille de Gamache.

—Je vous raconterai seulement un fait très marquant de la vie de cet homme. Après avoir perdu sa première femme, il avait épousé une certaine Catherine Lots, à Québec, qu'il avait réussi à amener à Anticosti. À la mi-novembre de chaque année, Gamache partait trapper des bêtes pendant une dizaine de jours avant que l'hiver s'y mette pour de bon. Avec cette deuxième épouse, il avait eu un garçon et deux filles. L'aînée avait six ans.

—Il vivait où à ce moment-là ?

—Ici dans la baie qui porte son nom. Gamache part donc à la chasse à la mi-novembre, laissant les enfants avec leur mère. Trois jours après son départ, assise dans sa berçante, la mère appelle la petite et lui dit :

« — Je ne me sens pas bien.

« La petite va lui chercher de l'eau. Sa mère recommande :

« — Restez dans la maison et attendez que votre père revienne. Ne faites pas de feu pour ne pas tout brûler.

« Quelques minutes plus tard, elle tombe raide morte en bas de sa chaise. La fillette n'est pas capable de la déplacer. Tout ce qu'elle trouve à manger ce sont des biscuits. Elle s'en nourrit et en donne à son petit frère et à sa petite sœur. Puis, se souvenant qu'il y a une réserve de nourriture dans le hangar, elle tente de l'ouvrir, mais la porte est fermée à clef et elle n'y parvient pas.

« Huit jours plus tard, quand Gamache arrive, il trouve sa femme morte et ses enfants quasi morts de faim et de froid. La première chose qu'il fait, il chauffe le poêle, nourrit les enfants et va creuser une fosse sur une petite élévation non loin de là pour y enterrer sa femme près d'une petite, morte en bas âge et enterrée là également. Au printemps, il va chercher deux jeunes épinettes et aide les enfants à les planter sur la tombe de leur mère. »

Zidore se tut. Dehors le vent sifflait en tempête. La mer était démontée, mais en dedans, le plus parfait silence régnait. La mort les avait tous rendus songeurs. Comme ils s'apprêtaient à leur tour à gagner leur chambre, Zidore les retint :

— Avec toutes ces histoires, j'oubliais de vous apprendre une des nouvelles les plus intéressantes des dernières années.

Son intervention eut l'effet de chasser au loin le fantôme de Gamache et ramena tout le monde aux soucis du quotidien. Zidore voulut les laisser languir encore un moment.

— Avez-vous une petite idée de ce que ça peut être ?

Wilfrid répondit :

— Ne fais pas ton mystérieux, Zidore. Tu n'es plus à nous raconter tes mensonges. Comment veux-tu qu'on devine ? Il faudrait que tu nous donnes quelques indices.

— Je vais vous en donner un sérieux.

— Accouche ! lança Laurent.

— Ça a rapport au carême.

— Dis-moi pas qu'il y a enfin du nouveau là-dedans ? C'est un vrai miracle !

Wilfrid intervint :

— L'Église a le droit de décider ce qu'elle veut.

— Eh bien, l'évêque a pensé à nous qui mangeons du poisson à longueur d'année et devons en manger encore tout le temps du carême.

— Et ça donne quoi ?

— Au lieu de jeûner au poisson toute la semaine, il va être permis de manger de la viande de loutre, de phoque et de canard les mercredis et vendredis.

— Comment ça ?

— Comme ces animaux mangent du poisson, nous pourrons désormais manger leur viande durant les vacances.

— Le v'là le miracle ! s'écria Laurent.

Son père le regarda d'un drôle d'air, mais ne dit pas un mot. Puisque l'évêque avait décidé qu'il en serait ainsi, il en serait ainsi.

## Chapitre 17

# L'Anse-aux-Fraises

Le lendemain de sa tournée des dépôts, Wilfrid se hâta de commencer ses visites aux habitants de l'île avant qu'ils ne soient tous partis à la chasse aux loups-marins. Il se considérait un peu comme leur gérant, voyant à transmettre leurs revendications annuelles au gouvernement. C'étaient des gens habitués à se suffire à eux-mêmes. Ils ne se montraient pas très exigeants. Tout ce qu'ils espéraient au printemps, c'était que le navire de ravitaillement ne tarde pas, afin qu'ils puissent ensuite s'adonner à leurs activités sans se préoccuper d'autre chose. Ils entretenaient une méfiance naturelle envers les représentants gouvernementaux, ces inspecteurs ignorants qui, de temps à autre, venaient faire leur tour sur l'île et s'en retournaient, leur rapport inutile en main, sans que, heureusement, se produisent des changements notoires après leur passage.

Wilfrid commença sa tournée par la plus grosse agglomération, l'Anse-aux-Fraises. Treize familles

habitaient toujours ce village qui avait été plus pros-
père autrefois, allant jusqu'à en compter une quarantaine. Le village s'élevait à quatre milles du phare.
On s'y rendait en passant par la grève. Chaque fois
qu'il parcourait cette distance, Wilfrid était enchanté.
Il aimait les gens et tous l'appréciaient. Aussi avait-il
hâte de les rencontrer chez son ami Maxime Richard
qu'on ne connaissait que sous le diminutif de Max.
C'était le doyen de ce groupe de pêcheurs.

Il arriva chez Max déjà occupé, tout comme les
autres hommes de l'Anse, à préparer sa prochaine
expédition de chasse aux loups-marins. Max le reçut,
un verre à la main, et ne fut pas apaisé tant que Wilfrid
ne trinqua pas avec lui. Il attendait sa visite et ne manqua pas d'envoyer Alfred, son aîné, prévenir que
Wilfrid était arrivé. Le soir même, tout le village se
retrouva chez Max. Il y avait Côme, un rouquin dont
l'épouse Anita était sage-femme. Elle avait aidé à la
naissance de presque tous les enfants de l'île. La seule
place où elle ne mettait pas les pieds était à Fox Bay,
chez les squatters qu'elle ne prisait pas. «C'est des
Sauvages, qu'ils s'arrangent avec leurs Sauvagesses»,
répétait-elle tout en rougissant d'avoir dit le fond de
sa pensée. Le grand Elphège Latour était là lui aussi,
riant fort, parlant fort, discutant fort comme s'il se
sentait toujours bousculé par quelqu'un. Il y avait aussi
Eudore Bouchard, un taciturne. Il riait quand les autres
riaient et fumait paisiblement sa pipe sans déranger
personne. En jouant sur les mots, certains disaient de

sa femme Eulalie qu'elle était chanceuse d'avoir épousé l'homme aux œufs d'or.

Pendant que tout le monde arrivait, Wilfrid avait eu le temps de causer avec Max qui n'aimait rien autant que de remonter dans le temps et raconter ses souvenirs:

— Wilfrid, n'oublie pas que je fus le premier avec Stan Ouellet à mettre les pieds par icitte. On se s'rat ben installés à Baie-de-la-Loutre où y avat un peu de monde. Demande-moé pas pourquoi ils ont appelé ça par ensuite Baie-des-Anglais, mais nous venions par icitte avec nos vaches. C'est ben connu que les bêtes à cornes ne survivent pas par là. On sait pas pourquoi! De la mauvaise harbe probablement. Toujours ben qu'on a charché une autre place et on a arrivé icitte et on a resté. C'état, si ma mémoère est bonne, en 1873.

— Les autres sont venus plus tard?

— Tit-Pit Savoie a arrivé de Miquelon avec sa femme. Pis Elphège. Y état tout seul. Hortense a venu par apras. Je pense ben qu'ensuite, ça été Wilbrod et Udore. Pis ça a grandi d'même avec Côme et les autres qui sont arrivés.

Tandis qu'ils parlaient, la maison s'était remplie de monde et de fumée. Wilfrid entendit les doléances de l'un et de l'autre. Il promit de voir à commander pour eux, à Québec, ce qu'ils désiraient faire venir au printemps par le bateau de ravitaillement. Il y avait surtout des outils de ferme, des agrès de pêche et des munitions de chasse. Wilfrid notait tout et promettait d'y donner suite. Ça causait fort dans toute la maison, les hommes dans le salon, les femmes dans la cuisine. Il ne manquait que monsieur le curé et le village au complet, les enfants en moins, aurait été sur place.

Quand Wilfrid les quitta, il avait assez de demandes pour l'occuper pendant deux ou trois jours. Mais il était heureux de rendre service, puisque à part le curé et l'institutrice, il était à peu près le seul lettré dans la place. Il ne quitta pas l'Anse-aux-Fraises sans passer par l'école saluer une mademoiselle Jeanne fort heureuse de sa venue. Elle n'oublia pas de lui mentionner ce dont elle aurait besoin pour son école afin de remplir plus adéquatement sa tâche. Elle avait sa liste de manuels indispensables et Wilfrid remarqua qu'en tête figuraient les quatre tomes du *Dictionnaire Littré de la langue française*, publiés en 1873. Wilfrid s'informa :

— Mademoiselle, il ne vous manque rien d'autre, comme des choses pour vous-même ?

— J'ai tout ce qu'il me faut.

— Vous avez assez de bois de chauffage ?

— Firmin et Réal s'en sont occupés.

Wilfrid demanda :

— Si j'ai bonne mémoire, Firmin et Réal sont célibataires ?

— Ils sont encore jeunes.

— Ils ne vous causent pas de soucis, au moins ?

— Ils sont bien gentils, mais peut-être un peu trop collants.

— Qu'entendez-vous par là ?

— Des fois, ils jasent pas mal trop longtemps après que les enfants sont partis et avant de se rendre chez Maxime. Ils ne décollent pas facilement. Une fois c'est l'un, une fois c'est l'autre.

— Ils ne vous font pas d'avances, j'espère ? Parce que si c'est le cas, il faut me le dire, je verrai à y mettre bon ordre.

— Non ! Ils savent bien qu'ils perdraient leur temps. Ils ne sont guère de mon monde. Je ne serai jamais la femme d'un pêcheur.

Rassuré pour Laurent, Wilfrid l'invita :

— Il y a longtemps que vous n'êtes pas venue souper. Rose serait heureuse de vous voir. Si vous nous faisiez ce plaisir samedi, je pourrais envoyer Laurent vous prendre.

Elle n'hésita pas longtemps avant de s'exclamer :

— Dites-lui que je serai prête vers trois heures.

Wilfrid regagna le phare l'âme en paix. Il avait bien accompli sa besogne.

# Chapitre 18

# La chasse aux loups-marins

L'hiver avait pris d'assaut les battures. Les nuits claires et glaciales contribuant au gel étaient à l'origine des banquises formées au large de l'île. Selon leur habitude, les loups-marins s'y rassemblaient pour se reposer. À l'Anse-aux-Fraises, les hommes se préparaient à leur chasse annuelle.

Laurent alla rejoindre son ami Côme Gaudet dont le fils aîné était encore trop jeune pour l'accompagner à la chasse. En raison de la justesse de son coup de fusil, Côme aimait avoir Laurent comme compagnon. Il fournissait son canot de quatorze pieds avec quatre avirons et Laurent apportait le nécessaire pour la chasse : deux fusils, un harpon de huit pieds muni de quatre brasses de corde et un croc dont il avait bien recourbé et effilé la tige, et auquel il avait pris soin de lier deux brasses de corde.

Ils partaient très tôt le matin, tirant leur canot sur la glace jusqu'à l'eau libre. Ils longeaient les côtes de l'île où ils repéraient une échouerie de loups-marins.

Immanquablement, ils en voyaient certains occupés à se nourrir en eau libre. S'assurant d'être sous le vent, ils s'en approchaient tranquillement. Laurent s'emparait d'un fusil et dès que l'un d'eux se trouvait à moins de quarante verges, il tirait. La bête demeurait quelques secondes la tête hors de l'eau dans la position qu'elle avait avant d'être touchée, puis elle basculait sur le côté. Côme et Laurent sautaient sur leurs avirons et s'en approchaient sans perdre une seconde. Côme s'emparait du harpon et, au cas où l'animal ne serait que blessé, visait la tête. Muni du croc, Laurent le tirait vers le canot. En faisant habilement contrepoids, les deux hommes hissaient la bête à bord de l'embarcation. Ils poursuivaient de la sorte leur chasse la plupart du temps en eau libre, mais parfois également sur les glaces des berges. Ils rapportaient ainsi jour après jour quatre ou cinq phoques.

Pour terminer ces journées harassantes, il leur fallait encore traîner leur canot chargé jusqu'à l'Anse-aux-Fraises avant de se mettre à dépecer leurs proies pour en tirer des gallons d'huile. Un matin de février, en route vers leur lieu de chasse, Laurent leur rappela ce qu'il considérait être sa meilleure chasse.

—Te rappelles-tu la fois du barbu?

—À qui le dis-tu!

—Je ne l'ai pas manqué, mais le vinyenne a bien failli renverser le canot. Il n'était pas mort, le maudit. Heureusement que tu l'as bien eu à la tête avec le harpon, parce qu'on y passait tous les deux. Il a donné un vilain coup avant de mourir.

—J'cré ben! Mais faut dire que c'est le plus gros que j'ai jamais vu.

—Je comprends donc! Tu t'en souviens, on n'a jamais été capable de l'embarquer dans le canot avant de l'avoir ramené sur la glace. J'aimerais bien en chasser un autre pareil. Ils sont plus que rares. On n'en voit pas souvent et faut être chanceux pour pouvoir les approcher assez pour les tirer. Ils sont méfiants sans bon sens. N'empêche qu'il a rapporté dix-huit gallons d'huile. Il était vraiment gros, huit pieds de long. Il pesait bien huit cents livres! Il a fait notre journée à lui tout seul.

—Y a en comme ça. Des vrais coups de chance.

Tout en parlant, ils avaient mis leur canot à l'eau. Le jour s'annonçait beau. Ils se laissèrent porter par la marée baissante, s'efforçant de repérer la mouvée des loups-marins au large et de s'en approcher sans bruit. Ils manœuvrèrent en douceur, puis Laurent en aperçut un qui s'amusait à suivre le sillon du canot. Quand il fut à portée de fusil, Laurent chuchota à l'oreille de Côme qui lui tournait le dos et ne l'avait pas vu:

—Derrière. Un beau harpe. Un vrai beau du Groenland!

Côme fit signe à Laurent de ne pas bouger. Il s'empara du fusil.

—Laisse-moi le tirer.

Il se tourna lentement, visa et tira sans hésiter. Ils virent l'animal tourner sur lui-même et s'en approchèrent. Au moment où Côme s'apprêtait à le harponner, le phoque sauta et fit chavirer le canot. S'accrochant à leur embarcation à la dérive, les hommes se dirigèrent rapidement vers un morceau de glace flottante sur lequel ils purent grimper et hisser le canot qu'ils vidèrent en vitesse. Heureusement, les deux avirons supplémentaires qu'ils ne manquaient pas d'emporter étaient attachés sur le côté de l'embarcation. La remettant à l'eau, ils se mirent à ramer comme des déchaînés, ce qui les empêcha de geler. Quand ils arrivèrent à l'Anse-aux-Fraises, ils coururent chez Côme avec une seule chose en tête : un bon feu. S'ils avaient pu, ils se seraient assis dedans. Quand, après avoir avalé une double ration de gin et s'être séchés, ils purent enfin cesser de trembler, Laurent dit à Côme :

— Il y a des journées comme ça.

Sa réflexion les fit éclater de rire. Ils savaient que le récit de cette mésaventure viendrait s'ajouter à tous ceux qu'ils rapportaient de chacune de leurs chasses. Ce qui chagrina le plus Laurent, ce fut la perte de ses fusils et du harpon. Par miracle, seul le croc était resté fiché par la pointe dans un banc. Mais dès le lendemain, ils étaient de nouveau prêts à se mettre en chasse. Laurent avait pu trouver un autre fusil au phare. Côme avait mis la main sur un harpon. Ils chassèrent encore quelque temps, mais déjà le printemps approchait. Les mères loups-marins allaient mettre bas et Laurent, comme bien d'autres, détestait chasser à cette période de l'année. Les blanchons n'avaient aucune valeur pour eux : leur fourrure blanche n'intéressait personne. Il n'y avait que les squatters, eux qui ne respectent rien, qui continuaient à les chasser.

Une fois leurs petits aptes à se débrouiller, les mâles et les femelles regagnaient leurs lieux de prédilection du côté du Groenland et de Terre-Neuve, et la chasse à Anticosti ne reprenait vraiment qu'à l'été avec les loups-marins communs ou de grève, friands de saumons, qui envahissent les bords des nombreuses rivières de l'île et en remontent le cours. Mais Laurent n'y participait pas. Le phare réquisitionnait sa présence, et il comptait bien profiter de la fin des classes pour courtiser davantage celle dont l'image ne quittait plus son esprit et la demander en mariage.

Quand, au printemps, Côme et Laurent firent le bilan de leurs chasses, ils se partagèrent la jolie somme de trois cents dollars.

— Ils sont les bienvenus, s'exclama Laurent. J'en aurai besoin pour mes noces.

Côme lui demanda :

— Avec l'institutrice ?

— Avec elle, si elle le veut bien.

— J'espère ben que nous serons invités aux noces.

— Je serais un beau sans-cœur si je ne vous invitais pas, toi et Anita. Tu seras le premier informé. J'ai bien hâte d'être marié.

— Tu penses ça parce que tu ne l'es pas… insinua Côme.

— Pourquoi dis-tu ça ? questionna Laurent.

Côme le regarda en hochant la tête. Puis, sortant sa pipe, il la bourra et avant de l'allumer, il expliqua :

— C'est toujours plus beau avant que pendant. Ce qu'on imagine est plus doré que ce qu'on vit. N'empêche…

S'arrêtant au milieu de sa phrase, il alluma sa pipe. Laurent le relança :

— N'empêche quoi ?

— Un mariage, c'est un coup de dé. D'après moi, ça marche une fois sur deux. Il faut souhaiter que, comme moi, tu tombes sur la bonne. Mais j'pourrais en compter sur tous les doigts des deux mains qui n'ont pas sorti le numéro gagnant.

— Tu ne connais pas Jeanne. Elle est vraiment gentille.

— J'en doute pas. Mais il arrive parfois que même les plus gentilles finissent par sortir leurs griffes.

— J'vais m'arranger pour qu'elle les garde bien rentrées, assura Laurent en riant.

# Chapitre 19

# Baie-des-Anglais

Pendant que Laurent s'adonnait à la chasse, son père poursuivait sa tournée. Après l'Anse-aux-Fraises, il dirigea tout naturellement ses pas vers Baie-des-Anglais située à deux milles du phare. Il comptait bien s'arrêter chez sa fille et profiter de son séjour pour y visiter les quelques personnes parlant français. En effet, ce petit village de pêcheurs, un peu semblable à l'Anse-aux-Fraises, était occupé surtout par des familles anglaises. En fait, les hommes étant tous à la chasse, ce sont les femmes qu'il rencontra, car c'étaient elles qui connaissaient le mieux les besoins de leurs proches.

Il s'arrêta d'abord chez Lorraine. Elle se montra très heureuse de le voir, se plaignant toutefois de ne pas avoir souvent de visite.

— Laurent chasse le loup-marin comme ton mari et tu sais qu'Ernest est allé trapper dans le bout de la Jupiter. Quant à ta mère, elle ne quitte guère la maison. Elle se dit fatiguée depuis quelque temps. Et toi !

D'après ce que je vois, l'enfant que tu portes pousse bien.

— Il fait sa place comme un grand.

— Nous feras-tu un garçon ou une fille ?

— On en aura la surprise dans quelques mois.

— Mais qu'est-ce que tu sens ?

— Je ne sais pas. C'est mon premier.

— Il va falloir tout prévoir pour sa naissance. Penses-tu que Bill serait d'accord pour que tu accouches chez nous ?

— Je ne sais pas.

— On pourrait venir te chercher une couple de semaines avant. Ça serait facile de faire venir l'accoucheuse de l'Anse-aux-Fraises.

— Anita ?

— Oui, et ta mère serait bien fière de t'avoir pour un temps à la maison. Tu lui manques beaucoup, comme à tes sœurs, d'ailleurs. Qu'est-ce que tu en dis ?

— Ça ne serait pas une mauvaise idée, parce qu'ici à la Baie, la sage-femme ne dit pas un mot de français. En plus, je ne la connais pas. Tandis qu'Anita…

— Parles-en donc à Bill !

Lorraine ne paraissait pas trop enthousiaste à l'idée d'en glisser un mot à son mari. Son père s'en rendit compte.

— Si tu veux, je peux lui en parler moi-même.

— Faites donc ça, p'pa. Venant de vous, y a plus de chances que ça passe.

— Est-ce qu'il revient de la chasse tous les soirs ?

— Oui. Mais il rentre très tard.

— Et le dimanche, il est ici ?

— Oui.

— Dans ce cas-là, je vais venir un bon dimanche avant longtemps. Tu le salueras pour nous autres.

Wilfrid, ayant son monde à rencontrer, ne s'attarda pas plus longtemps chez sa fille. Comme la dernière fois qu'il l'avait vue, il trouva qu'elle semblait soucieuse. Il ne reconnaissait pas sa Lorraine. Il attribua ce changement au fait qu'elle était enceinte.

De chez elle, il se rendit chez Baptiste Lavoie. C'était un des plus vieux habitants de la Baie. Il ne vivait que de ses pêches et se disait trop vieux pour chasser. Pendant que les autres hommes de la place passaient leurs journées à la chasse, il demeurait seul à la Baie, tuant le temps comme il le pouvait à bretter d'un bord et de l'autre. Il reçut Wilfrid avec bonne humeur, à la manière de qui n'a pas grand monde avec qui parler.

— Batêche ! Si c'est pas notre Wilfrid. Entre donc ! Tu te fais ben trop rare ! Me semble qu'on te voit rien qu'une fois par année.

— C'est à peu près ça. J'ai mon travail. Je profite que la lumière est éteinte pour faire ma tournée.

— Tu te rends-tu compte, Wilfrid, que ça fait betôt vingt-cinq ans que j'sus icitte ?

— Le temps passe vite.

— Quand j'sus v'nu des îles, batêche, y avait quand même pas mal plus de monde à la Baie qu'à présent.

Pis y a eu le feu. Une dizaine de maisons ont flambé. Ensuite, c'est l'innocent à Stockwell qui a toute changé quand y a acheté l'île. Il lui a pris une idée de fou de charger des rentes annuelles de dix piastres à chacun. Ça faisait l'affaire de personne. Quand le gouvernement a décidé d'offrir des maisons gratis à Hull à ceux qui voulaient partir, la Baie s'est presque vidée. Y doit ben y avoir vingt familles qui ont sacré le camp. Depuis c'temps-là, batêche, ç'a plus jamais été pareil.

Wilfrid l'écoutait sans rien dire. Il avait entendu cette histoire une bonne vingtaine de fois. Dès qu'il le rencontrait, Baptiste replongeait dans le passé et ressassait de la sorte les mêmes souvenirs. Wilfrid savait fort bien que le vieux pêcheur n'aurait rien à réclamer, car il se faisait une gloire de se suffire à lui-même. Wilfrid ne manquait pourtant pas de lui rendre visite, persuadé que ça lui faisait plaisir. Il resta un moment avec lui, puis se rendit chez Wilbrod Giasson où il savait qu'il allait trouver la plupart des femmes de la Baie. Elles avaient l'habitude, quand leurs hommes chassaient le loup-marin, de se retrouver chez Gertrude, une femme solide que rien ne rebutait, un boute-en-train à la parole facile. Les femmes y emmenaient leurs petits trop jeunes pour l'école et elles papotaient une bonne partie de la matinée, tout en allaitant leurs bébés, pendant que les autres enfants s'amusaient ensemble.

Wilfrid se demandait toujours ce qu'elles pouvaient tant avoir à se raconter. Il fut reçu avec beaucoup d'enthousiasme. Elles en avaient long à dire sur ce qui manquait à la Baie. C'est Gertrude qui s'exprima la première. Elle dit d'un ton moqueur :

— On sait que ta lumière est éteinte, Wilfrid.

Les autres éclatèrent de rire. Elle poursuivit d'un ton décidé :

— T'es mieux de la rallumer à plein si tu veux pas oublier la moiquié de c'que j'veux.

Quand elle vit Wilfrid s'apprêter à noter ce qu'elle désirait obtenir, elle tendit la main, prit une feuille posée sur une tablette tout près d'elle et la lui remit.

— Ce n'est pas la peine, mon Wilfrid, que t'écrives tout ça. Wilbrod l'a faite faire par monsieur l'curé la dernière fois qu'il l'a vu.

— Est-ce que ça fait longtemps ? s'enquit Wilfrid.

— Non pas ! Mon homme, c't'un prévoyant. Il a pensé : "Wilfrid va ben passer betôt" et il a d'mandé à m'sieur l'curé de lui écrire nos besoins.

Wilfrid s'étonna.

— Betôt pour lui c'est des mois plus tard ?

— En plein ça. De quossé donc qu'on a de besoin d'une année à l'autre ? C'est du pareil au même.

Wilfrid saisit la feuille, la parcourut rapidement du regard et commenta :

— Je vais m'en occuper. Il devrait pouvoir avoir tout ça avec le *Packet Hole*** au printemps. Et vous autres aussi, mesdames, vous devez bien avoir de quoi à commander ?

---

** Navire du gouvernement.

Une petite brunette répondit pour ses compagnes :

— On se contenterait ben des mêmes affaires que Gertrude et Wilbrod.

— Dans ce cas-là, je multiplierai par dix. Pour le reste : tabac, rhum, gin, sirop d'érable, farine, mélasse, cassonade, etc. Vous pourrez vous les procurer comme d'habitude chez Leblanc. Vous n'avez pas besoin de tissu, de fil, de laine, d'aiguilles ?

— Ça, on peut l'avoir par Thériault de Havre-Aubert.

Voyant que tout le monde semblait heureux de son sort, Wilfrid retourna au phare. Il lui restait encore quelques visites à faire à des habitants demeurant loin des deux principaux villages et qui, pour la plupart, se suffisaient à eux-mêmes. Il ferait ses commandes, puis il pourrait s'adonner à un de ses passe-temps favoris : réaliser un puzzle. Il en avait un de mille morceaux représentant un navire en pleine mer avec un phare tout au fond. Rose l'aiderait à le faire. Il y mettrait quelques jours et ensuite, tout dépendrait des messages reçus. Peut-être aurait-il le temps de mettre de l'ordre dans l'album de photos et les papiers de la famille. Puis il lui faudrait allumer la lanterne et dès lors sa vie ne lui appartiendrait plus pour plus de six mois.

# DEUXIÈME PARTIE

# LA VIE RÊVÉE

## (1894)

# Chapitre 20

# Laurent chez Lorraine

Depuis que Jacques Cartier avait pris possession d'Anticosti au nom du roi de France en 1535, les gens qui s'établissaient sur cette île inhospitalière avaient à peu près le même tempérament : ils étaient indépendants, n'acceptaient pas qu'on leur impose des règlements et aimaient vivre en paix loin des embêtements. Ils subsistaient dans un milieu rude, loin de tout, mais chérissaient leur liberté. Ils pêchaient et chassaient comme et quand ça leur convenait, voyant à ne manquer de rien et se contentant du peu qu'ils possédaient. Même la terre où ils résidaient ne leur appartenait pas. Ils n'en étaient que les locataires. Ils n'auraient toutefois jamais changé leur sort contre celui de quiconque.

Anticosti était faite pour des gens aptes à se suffire à eux-mêmes. Les moyens de subsistance ne manquaient pas, tant du côté de la terre ferme que de la mer. Un bon pêcheur pouvait facilement nourrir sa famille par ses prises et se faire suffisamment d'argent en vendant les surplus pour vivre fort décemment. Ils ne nageaient pas dans le grand confort, mais ce genre de vie leur plaisait, et à tous les fruits de la mer – morue, hareng, capelan, saumon et homard – qu'ils prenaient, ils ajoutaient également celui de leurs chasses, si bien qu'ils n'enviaient personne.

Bill, le mari de Lorraine, était ce genre d'homme ne craignant pas la solitude, heureux de pêcher et de chasser, et surtout jaloux de son temps. Étonnamment, quand Lorraine lui avait annoncé qu'elle était enceinte, il n'avait pas sauté de joie. Il appréhendait peut-être le fait d'avoir moins de liberté en ayant des enfants. À tout le moins, c'était la conclusion à laquelle en était arrivée Lorraine. Elle ne se plaignait pas, mais seule à la maison, elle s'ennuyait du temps où elle vivait entourée de ses parents, et de ses frères et sœurs. Elle recevait rarement de la visite. Étant nouvelle à Baie-des-Anglais, si elle avait de nombreuses connaissances, elle n'avait pas encore de véritables amies.

Un jour, revenu plus tôt de la chasse aux loups-marins, son frère Laurent décida de lui faire la surprise d'une visite. Il aimait lui jouer des tours. Aussi, plutôt que de frapper à la porte, il s'amusa à gratter dans les fenêtres en disparaissant quand il croyait la voir surgir. Il recommença ce manège trois ou quatre fois et s'apercevant que Lorraine ne réagissait pas, il finit par pousser la porte en disant :

— Salut, grande sœur, c'est ton petit frère détestable qui vient voir comment tu te portes, ou mieux, comment se comporte le fruit de tes entrailles.

Elle était à l'évier et lui tournait le dos. Il fut étonné de la lenteur qu'elle mit à lui répondre.

— Nous allons bien tous les deux, petit frère.

Au ton de sa voix, et d'autant plus qu'elle n'était pas venue vivement à sa rencontre, il se rendit compte qu'elle ne filait pas comme elle le laissait entendre. Il s'approcha d'elle et la serra dans ses bras comme il avait toujours aimé le faire. Ce n'est qu'à ce moment qu'il vit son visage tuméfié.

— Qu'est-ce qui t'est arrivé ?

— Je me suis enfargée dans une chaise et je me suis blessé le visage en tombant contre le coin de la table.

— Et le bébé ?

— Ma chute n'a rien changé. Il est bien accroché comme un bon Cormier.

— Et sans doute aussi un bon Bérard.

— Peut-être bien.

Ils en étaient là dans leurs échanges quand Bill arriva. Laurent ne put s'empêcher de penser : « En parlant de la bête, on lui voit la tête. » Son beau-frère entra en jurant :

— Sacrement, le beau-frère ! Qu'est-ce tu fais icitte ?

— Je suis venu voir Lorraine.

— T'en profites pendant que j'sus pas là ?

Laurent hésita avant de répondre :

— Ça me fait doublement plaisir quand tu y es. De même, je peux vous voir tous les deux.

Bill ne daigna même pas jeter un coup d'œil à Lorraine. Il se dirigea droit vers le fond de la pièce. Il en revint, une bouteille à la main.

— Un peu de gin, l'beau-frère ?

— Certainement. On va pouvoir trinquer à nos chasses.

Bill lui tendit un verre qu'il remplit. Il s'en versa un et le leva :

— À nos chasses !

— Et au futur petit Bérard, ajouta Laurent.

À cette évocation, il vit le visage de Bill s'allonger. Son beau-frère avala le contenu de son verre d'un trait et le temps de le dire, il le remplit pour le vider de nouveau. Laurent avait à peine entamé le sien que Bill demanda :

— Pis ? Tu fais des bonnes chasses ?

Laurent lui fit part des succès de ses expéditions récentes et lui parla également de leur mésaventure quand le canot avait chaviré. Bill le semonça :

— Ça t'apprendra à chasser avec un autre que moi !

— Il y a des années que je chasse avec Côme et c'était la première fois que ça nous arrivait. Dans quel bout chasses-tu et avec qui ?

— Noël pis moé, on va par en bas du côté du golfe, des fois jusqu'à la gueule d'la Jupiter. Ça dépend des jours et du temps. On a nos spots.

— Au fond, à ce que je vois, on chasse pas mal tous dans les mêmes parages.

Tout en parlant, Bill avait vidé son verre et s'en servait un autre. Laurent n'avait toujours pas terminé le sien. Son beau-frère lui offrit de le remplir. Laurent refusa, disant qu'il lui fallait retourner au phare. Bill se fâcha :

— Coudonc, sacrement ! T'aimes pas mon gin ?

— Allons donc ! Ton gin est bien bon, mais comme je te le dis, j'ai du chemin à faire.

Laurent pensait qu'il lui offrirait de partager leur souper, mais Bill, dérangé par les effets de la boisson, devenait chicanier et vindicatif.

— Quand t'auras l'goût de prendre un bon coup avec moé, tu r'viendras. Maintenant, scram !

— Ne te fâche pas, reprit Laurent. N'oublie pas que j'étais d'abord venu voir ma sœur.

— C'est ça. Ta sœur passe avant l'beau-frère. Y est pas gardien d'la lumière, lui. C'est seulement un p'tit pêcheur d'morues pis un chasseur d'loups-marins. Bill Bérard, y prend un coup pas mal fort. Y est pas d'notre monde à nous, les Cormier. Sacrement ! Y a pas rien que les Cormier qui sont du monde honorable à Anticosti !

Laurent resta quelque peu interloqué de ce discours. Il l'attribua au fait que son beau-frère commençait à être paqueté, ce qui le faisait déparler. De retour au phare, il laissa entendre à sa mère que Lorraine se portait bien. Son père était occupé au télégraphe.

Il avait toute une série de commandes à expédier. Laurent aurait aimé lui faire part de ses doutes à propos de Bill, mais il ne voulut pas le déranger, se promettant de lui parler plus tard.

# Chapitre 21

# Le courrier

Le printemps se faisait attendre comme chaque année. Après six mois d'isolement, Anticosti avait hâte de renouer avec le reste du continent. Du côté de Gaspé, Wilfrid avait appris par le télégraphe que le *Packet Hole*, le navire avec lequel on livrait le courrier, s'apprêtait à faire la traversée vers Anticosti. Wilfrid s'empressa de faire savoir la nouvelle par toute l'île. Quand Télesphore vint livrer le lait, il l'informa de l'arrivée prochaine du bateau. « De même, se dit-il, tout le monde va le savoir, tant à l'Anse-aux-Fraises qu'à Baie-des-Anglais. Quant à ceux de Fox Bay, à l'autre bout de l'île, ils l'apprendront bien par Rosario au phare de la Pointe-Heath. Tiens, justement, je vais lui faire savoir la nouvelle. »

Le lendemain, du haut de la tour, à l'aide de ses jumelles, Wilfrid surveilla la mer jusqu'à ce qu'il voie poindre au large le *Packet*. L'arrivée du courrier au bout de tous ces mois d'attente s'avérait un des événements les plus marquants de l'année. Il surveilla la manœuvre quand le vaisseau jeta l'ancre au large. Il vit qu'on mettait une barque à la mer. Les postiers ne tarderaient pas à apparaître non loin du phare. Il descendit prévenir Laurent d'atteler Oliver à la charrette. Au bout d'un quart d'heure, la barque s'approcha du bord et avant qu'elle ne s'échoue, Laurent commanda au cheval de s'avancer dans l'eau à la rencontre des postiers. L'animal, habitué, s'arrêta quand il eut de l'eau jusqu'au poitrail et attendit sans broncher.

— La traversée a été bonne ? s'enquit Laurent.

— Autant qu'on peut le souhaiter.

— Y a beaucoup de malle ?

— À plein ! Cinq sacs.

Déjà un des hommes lui tendait le premier. En moins d'une minute, les cinq se retrouvèrent dans la charrette et les postiers firent marche arrière pour regagner leur goélette.

— À quand la prochaine livraison ? leur cria Laurent.

— Dans deux semaines !

Laurent fit faire demi-tour à Oliver et regagna le phare où tout le monde l'attendait avec impatience. Ils se mirent à trois, Wilfrid, Rose et Laurent, pour faire le tri, ne manquant pas de s'exclamer dès qu'un colis leur semblait différent des autres. Dans un tas, ils classèrent lettres et colis pour l'Anse-aux-Fraises, et dans l'autre, ceux et celles de Baie-des-Anglais. Wilfrid se chargea des lettres qui leur étaient destinées.

— Tiens, dit-il à Rose, des nouvelles de ta sœur Blandine. Espérons qu'elles sont bonnes.

Laurent, qui continuait son tri, s'écria :

— Une lettre pour mademoiselle Jeanne !

Wilfrid, déjà occupé à la lecture d'une missive provenant d'Ottawa, prit le temps de lancer d'une voix moqueuse :

— J'en connais un qui ne se fera pas prier pour la lui porter.

— Je n'hésitais pas à le faire par les années passées, se défendit Laurent.

Ils continuèrent leur travail jusqu'à ce qu'ils soient satisfaits de leur tri. Les lettres étaient ainsi réparties dans l'ordre où elles seraient livrées. Laurent choisit de porter d'abord celles destinées à Baie-des-Anglais. Il comptait s'arrêter chez sa sœur avant de se rendre à l'Anse-aux-Fraises. Il prévoyait d'arriver au moment de la fin des classes afin de pouvoir se retrouver seul avec Jeanne. Il avait précieusement placé, dans la poche de sa veste, la lettre qui lui était adressée.

Il fit comme il l'avait décidé, ne perdant pas de temps pour faire sa livraison à Baie-des-Anglais. Il distribuait rapidement ses lettres, ne saluant les gens que d'un bref bonjour, les sachant anxieux de connaître le contenu de leur courrier. Plusieurs personnes, toutefois, étant analphabètes, l'arrêtaient pour lui demander de prendre le temps de leur lire leurs lettres. Il le faisait volontiers, apprenant de la sorte les nouvelles tant attendues depuis six mois. Il y était question, la plupart du temps, de maladies et de naissances, quand ce n'était pas d'accidents et de décès, le tout assorti des derniers potins et chicanes de villages.

Quand, au bout de trois heures, il eut terminé sa livraison, il se dirigea droit à la maison des dunes. Il croyait bien trouver Lorraine sur le seuil de sa porte. Il fut étonné de ne pas l'y voir. Elle l'attendait plutôt à la cuisine, assise sur sa chaise berçante qu'elle ne quitta pas, se plaignant d'un mal de jambes qu'elle attribuait à sa grossesse et laissant même entendre qu'elle avait l'impression de porter des jumeaux.

— Ou bien des jumelles ! s'exclama Laurent.

Elle protesta :

— Non, surtout pas !

— Pourquoi donc ?

— Bill ne me le pardonnerait pas. Il veut tellement des garçons !

Impressionné de la voir si grosse, Laurent lui demanda :

— C'est pour quand déjà ?

— Dans une couple de semaines, je pense bien.

— Tu ne devais pas venir accoucher à la maison ?

— Bill ne veut rien savoir. Il dit que la bonne femme Mearwater saura aussi bien y voir qu'Anita.

— Toi, qu'est-ce que t'en dis ?

— C'est lui qui décide.

Le temps filait et Laurent n'avait pas terminé ses livraisons. Il avait également hâte de remettre sa lettre à Jeanne. Il embrassa Lorraine en lui conseillant de prendre bien soin d'elle et lui promit, même si ça ne plaisait pas à Bill, de voir à ce qu'elle accouche dans les meilleures conditions possible.

— Écoute, te vois-tu tenter d'expliquer quelque chose à cette sage-femme qui ne comprend pas un mot de français ? Je vais revenir en parler à Bill avec p'pa.

Lorraine eut beau protester, l'idée de Laurent était faite. Elle savait qu'elle perdrait son temps en essayant de l'en dissuader.

Tout au long du trajet vers l'Anse-aux-Fraises, il tâta dans sa poche à quelques reprises la lettre destinée à Jeanne, tentant de deviner qui en était l'expéditeur, se demandant s'il ne s'agissait pas de cet amoureux dont elle avait parlé. De temps à autre, laissant la bride, il jetait un coup d'œil sur l'enveloppe tellement mal oblitérée qu'il ne pouvait lire d'où elle provenait. L'expéditeur n'y avait malheureusement pas inscrit son adresse de retour. C'était mieux ainsi, car s'il avait deviné qu'elle venait de l'ancien amoureux de Jeanne, il aurait été tenté de la faire disparaître.

Dès qu'il fut à l'Anse-aux-Fraises, il recommença sa distribution, mais il eut moins de lettres à lire parce que plusieurs se proposaient de confier cette tâche au curé. La dernière, celle de Jeanne, il la lui remit après le départ des enfants. Il s'attendait à ce qu'elle l'ouvre en sa présence. Elle le fit languir.

— Je passerai au phare samedi, si tu veux bien venir me chercher.

— Avec plaisir. Je vais dire à ma mère que tu dîneras avec nous autres.

Examinant l'enveloppe qu'elle tenait encore à la main, elle ajouta :

— Je gage que tu aimerais savoir de qui elle vient et ce qu'elle contient. Eh bien ! Samedi, je te raconterai de quoi il est question dans cette lettre si ça en vaut le coup. Tu as eu une grosse journée, ne te sens pas obligé de me tenir compagnie. J'ai beaucoup d'ouvrage pour demain. On se verra samedi ! J'ai tendance à croire que j'aurai pas mal de choses à te dire.

Tout au long du trajet entre l'Anse-aux-Fraises et le phare, Laurent s'interrogea sur ce qu'elle avait sous-entendu. « Pour moi, se dit-il, elle a deviné d'où vient cette lettre. »

# Chapitre 22

# Une curieuse demande

Laurent attendait le samedi avec autant d'impatience qu'un jeune élève sa journée de congé. Il était anxieux de se rendre à l'Anse-aux-Fraises et d'en ramener celle qu'il considérait comme sa fiancée. Quand il arriva à la maison d'école un bon quart d'heure d'avance, Jeanne se moqua de lui.

— Toi qui prétends avoir l'heure inscrite dans tes veines, une fois de plus tu t'es trompé d'un quart d'heure !

— Jamais de la vie, j'avais tellement hâte de te voir !

Le sentant aussi fébrile, elle ne manqua pas sa chance de le taquiner.

— Quinze minutes d'avance pendant les fréquentations, une demi-heure de retard après...

Laurent sourit et répliqua :

— C'est toi qui le dis ! Je veux bien l'entendre, mais ça me passe sur le dos comme une lettre à la poste.

— Tsst! Tsst! reprit-elle. Je vois, puisque tu y fais allusion, que cette lettre te trotte encore dans la tête. Ne t'inquiète pas, je saurai bien en parler à table, tout à l'heure.

Comme ils avaient beaucoup de temps avant le dîner, Laurent choisit, par fantaisie, de prendre la direction opposée à la Pointe-Ouest. Il s'arrêta devant le cap de la Vache qui pisse. De l'eau en abondance dégoulinait jusqu'au sol.

— Tu avais raison, dit-il, c'est vraiment une vache qui déborde. Si au moins elle donnait du lait…

Sa réflexion leur arracha un fou rire. Elle lui sut gré de l'avoir emmenée jusque-là, simplement pour lui rappeler ce bon souvenir. Heureux de la voir de si belle humeur, Laurent claqua de la langue et Oliver se mit en route. Il décida de passer tout droit à la Pointe-Ouest afin de se rendre saluer sa sœur à Baie-des-Anglais.

— Lorraine sera tellement heureuse de te voir et j'aurai l'occasion de constater comment va sa grossesse. Sais-tu qu'elle croit attendre des jumeaux?

— Vraiment? Quelle belle nouvelle!

Jeanne allait du côté de Baie-des-Anglais pour la première fois. Tout était nouveau pour elle. Elle se pâmait devant le paysage à chaque détour de la route. Ils arrivèrent vers les onze heures. Lorraine était seule.

— Regarde qui je t'amène, annonça fièrement Laurent.

Un sourire illumina le visage de sa sœur quand elle aperçut Jeanne. Les deux femmes s'examinèrent quelques secondes avant de s'embrasser. Lorraine était vraiment grosse.

— Tu as raison de croire que tu portes deux bébés ! s'exclama Jeanne.

— Laurent t'en a parlé ?

— Bien sûr ! J'espère que tout se passera bien. Tu devrais vraiment aller accoucher chez toi. Anita en a vu d'autres, elle saura certainement y faire.

— Je vais m'en occuper, promit Laurent, Bill ou pas… Nous viendrons te chercher cette semaine.

Lorraine allait protester, mais Laurent ne lui en donna pas le temps.

— Grande sœur, pour une fois, tu devras écouter ton jeune frère. Donner la vie est trop important pour que ça se fasse n'importe comment. P'pa et m'man sont du même avis. Je leur en ai parlé. Au début, p'pa a dit qu'il fallait laisser le choix au futur père. Mais m'man a répondu spontanément : "Ce n'est pas lui qui accouche !" Comme elle ne parle jamais, il en est resté saisi. Depuis, il est d'avis que tu accouches à la maison. Voilà mon message, grande sœur. Prépare-toi. Je viendrai te chercher dès mardi.

— Et Bill ?

— Nous ne lui laisserons pas le choix. Il devra se faire à cette idée.

Lorraine semblait à la fois contrariée et consentante. Laurent ajouta :

— Ne nous en veux pas, mais nous devons te quitter. Nous sommes attendus à la maison. À propos, où est Bill ?

Lorraine haussa les épaules.

— Avec ses amis, sans doute.

Laurent n'insista pas. Il avait compris que son beau-frère devait être en train de prendre un coup quelque part. « Pourvu qu'il ne fasse pas de folies, se dit-il. Je ne le lui pardonnerais jamais. » Ils reprirent le chemin de la Pointe-Ouest. Arrivés au phare, ils se rendirent directement à la maison où Rose les attendait impatiemment.

— Vous avez donc mis bien du temps !

— Nous avons été saluer Lorraine à Baie-des-Anglais.

— Comment va-t-elle ?

— Très bien, mais ça ne saurait tarder. Mardi, j'irai la chercher.

— Et si son mari s'y opposait ?

— Il ne pourra pas, car il ne sera pas là.

Ils passèrent à la salle à manger sans plus tarder. Wilfrid allait redescendre de la tour. Il s'apprêtait à allumer la lanterne dans deux jours. Tout était en ordre pour les mois à venir. Comme il le faisait chaque fois qu'il voyait Jeanne, il ne manqua pas de la complimenter pour sa mise et son humeur.

— Je me réjouis toujours de vous avoir parmi nous, mademoiselle. Votre seule présence égaie la place. Laurent ne manque jamais de nous donner de vos nouvelles, mais rien ne peut compenser le bonheur de vous voir en personne !

Il récita le bénédicité et tous prirent place. Le potage n'était pas encore servi que Laurent amenait sur le tapis le sujet qui lui fatiguait l'esprit depuis quelques jours : la fameuse lettre.

— Vous savez que Jeanne a reçu une lettre par le dernier courrier.

Jeanne lui jeta un regard chargé de reproche. Elle ne semblait pas heureuse qu'il ait abordé aussi vite ce sujet.

— En effet, confirma-t-elle, une lettre de ma tante Florence.

— Qui ne contient pas de mauvaises nouvelles, j'espère ? demanda Wilfrid.

— Non, à part le décès de mon oncle Ovide, un frère de ma mère, un des seuls que j'ai connus. Les autres vivaient loin de Saint-Cyprien. Mon oncle était le deuxième mari de ma tante Florence. Il n'avait pas d'enfant, mais il m'aimait beaucoup. Ma tante me dit qu'il m'a laissé un petit héritage et que si je veux le toucher, je devrai aller le chercher à Saint-Cyprien cet été.

— Je présume, reprit Wilfrid, que vous vous proposez de faire ce voyage une fois l'école terminée.

— Certainement.

— Dans ce cas, faites-le-moi savoir, je verrai à le préparer de manière à ce que tout se passe bien. J'imagine que vous avez l'intention de nous revenir.

Jeanne montra une hésitation. Le cœur de Laurent s'arrêta de battre. Heureusement, la jeune femme affirma :

— C'est dans mes intentions.

— Comptez-vous enseigner une autre année ?

— Ça ne dépend pas que de moi. Il y a quelqu'un que vous connaissez qui a son mot à dire dans tout ça. Peut-être bien que je ferai l'école une autre année ou peut-être bien que non.

Wilfrid, que cette réponse intriguait, s'informa :

— Qu'est-ce qui vous empêcherait d'enseigner ?

Jeanne répondit d'un ton espiègle :

— Un mariage, par exemple.

De la main droite, Wilfrid se frappa le front.

— Je commence à me faire vieux. Je mets plus de temps à comprendre. Pour ma part, mademoiselle, je n'ai aucune objection à ce mariage. J'attendrai que le jeune homme concerné vienne faire sa demande.

Jeanne se tourna vers Laurent. Il était rouge jusqu'à la racine des cheveux.

# Chapitre 23

# L'accouchement

Comme il l'avait promis, Laurent se rendit à Baie-des-Anglais le mardi suivant et malgré les protestations de sa sœur, il la ramena au phare.

— Bill sera furieux.

— Je lui ai laissé un mot, rétorqua Laurent. S'il n'est pas en mesure de le lire, il n'aura qu'à se rendre chez Ignace. Je l'informe où tu es et qu'il est le bienvenu n'importe en quand, comme il dit si bien. Tout ce qui touche les naissances ne concerne pas les hommes. Tu seras entre bonnes mains avec Anita, Aurélie et notre mère. N'oublie pas qu'Anita et Aurélie ont à elles deux plus de quatre cents naissances. Une de plus, une de moins, ou deux de plus, deux de moins...

— On voit, p'tit frère, que ce n'est pas toi qui vas accoucher. Bill ne le prendra pas.

— À ce que je sache, ce n'est pas lui non plus qui va le faire...

— Mais ces enfants sont les siens.

— Ce n'est pas une raison pour qu'ils naissent dans une crèche comme l'enfant Jésus, seulement entourés d'un âne et d'un bœuf.

— Tu n'exagères pas un peu ?

— À peine.

À leur arrivée au phare, ils furent accueillis en grandes pompes. Rose avait vu à ce qu'il ne manque rien dans la chambre où sa fille devait donner naissance. Anita venait d'arriver de l'Anse-aux-Fraises pour la rassurer. Elle ne fut pas longue à confirmer que Lorraine était porteuse d'au moins deux vies.

— Il était grand temps, dit-elle. Demain, au plus tard, je ne serais pas étonnée que ça soit fait.

— Dans ce cas, tu vas rester parmi nous, insista Rose. C'est bien inutile que tu retournes à l'Anse pour en revenir aussitôt.

Anita installée, Wilfrid pria Laurent d'aller chercher Aurélie.

— Je ne serai tranquille que quand elles seront là toutes les deux, soupira-t-il.

— Et le docteur ?

— Ne perds pas de temps à le chercher. Si tu le trouves tout de suite et s'il est à jeun, tu peux le ramener, sinon oublie-le.

Laurent se mit en route sans tarder. Comme chaque fois qu'il se rendait à l'Anse-aux-Fraises, il ne manqua pas de chanter tout au long du chemin. Quand il passa près de l'école, il mit le cheval au pas. On entendait les écoliers réciter à haute voix une leçon. Fermant les yeux, il n'eut guère de difficulté à se figurer celle qui menait le jeu devant la classe. Il ne s'attarda pas, cependant, et dirigea Oliver jusqu'à l'avant-dernière maison de l'Anse, une bicoque qui avait connu de meilleurs jours. Prenant son courage à deux mains, il entra et parvint à convaincre la vieille Aurélie de se rendre au phare en sa compagnie. Quand il était question de naissance, la vieille acceptait de quitter son nid, sinon c'était bien inutile de tenter de la faire sortir de chez elle.

Il s'informa à gauche et à droite. Personne n'avait vu le docteur. Ça ne valait pas la peine de le chercher. Laurent ne mit guère de temps à reprendre la route de la Pointe-Ouest. Quand il parvint à la maison en fin d'après-midi, ce fut pour apprendre que Lorraine avait crevé ses eaux. Il fit rentrer la vieille dans la maison et se retira au phare où se trouvaient déjà son père et les petites.

Habitués à tout mener, les deux hommes tournaient impatiemment en rond en attendant que la nature fasse son œuvre. Heureusement, Lorraine fit bien les choses, car à peine deux heures plus tard, l'accoucheuse ouvrait la porte de la maison et hurlait du côté du phare pour attirer l'attention des hommes.

— Wilfrid, te voilà grand-père de deux tourterelles !

Les deux hommes se précipitèrent vers la maison. Les nouveau-nées emmaillotées jusqu'au bout du nez dormaient dans leurs bers comme des princesses. Il fut aussitôt question de leurs prénoms. Lorraine y avait pensé, mais comme elle ignorait si ce seraient des garçons ou des filles, elle n'avait pas arrêté ses choix. Chacun y alla de ses suggestions : Bernadette et Antoinette, recommanda Laurent. Lucille et Lucette, proposèrent les petites. La mère, qui se reposait, les écoutait débattre et sur ses lèvres se dessinait un léger sourire. Elle savait qu'elle aurait le dernier mot. Ils se rallièrent immédiatement à sa décision.

— J'avais pensé à Mélanie et Mélina, mais je préfère Mélanie et Milaine.

— Ce sera Mélanie et Milaine, approuva Rose.

Le grand-père fut du même avis. La grand-mère conseilla :

— Maintenant, Lorraine, repose-toi pendant que les petites dorment.

— J'ai déjà hâte de leur revoir la binette.

— Je sais, mais pense un peu à toi. Tu auras besoin de toutes tes forces, surtout au début. J'irai t'aider autant que je pourrai.

— Pourvu que Bill ne s'interpose pas.

Les deux femmes venaient à peine de se taire quand on entendit des hurlements à la porte.

— Sacrement de Cormier de mon cul ! Qui vous a permis d'emmener ma femme ?

Laurent ouvrit brusquement la porte, repoussant du même coup son beau-frère.

— Si tu veux la voir de même que tes jumelles, il va falloir que tu changes d'humeur.

— Des jumelles, sacrement ! Y manquait pu rien qu'ça.

Bill avait beau être furieux, Laurent ne perdit pas l'occasion de lui rappeler :

— Es-tu en train d'oublier que c'est toi qui les lui as faites ?

— Des jumelles. *Shit !* Ça vaut même pas la peine de les voir.

Il cracha par terre, tourna les talons et partit en grommelant comme il était venu. La nuit était descendue sur Anticosti. Par une échancrure des nuages, la lune parut soudain, semblable à un œil entrouvert. Laurent pensa : « C'est sans doute un signal du ciel. Nous aurons tout intérêt à l'avoir constamment à l'œil. »

Une semaine après la naissance des jumelles, Lorraine voulut retourner chez elle. Rose insista pour l'y accompagner et Wilfrid la laissa partir. « De même, se dit-il, Bill devrait se tenir tranquille. »

Il leur fallut attendre l'arrivée sur l'île du nouveau curé pour faire baptiser les jumelles. L'abbé Bolduc vint s'installer à l'Anse-aux-Fraises à la fin d'avril. Il se proposait de se rendre à Baie-des-Anglais une semaine après son arrivée. Wilfrid alla le rencontrer. Il s'entendit avec lui pour que les petites soient baptisées après la messe du dimanche suivant. Milaine aurait pour parrain et marraine ses grands-parents, Wilfrid et Rose. N'ayant pas de parenté sur l'île, Bill voulut que son ami Stanley soit parrain de Mélanie. Wilfrid, qui ne voyait pas la chose d'un bon œil, parvint, après une longue discussion, à convaincre son gendre qu'il vaudrait mieux que l'enfant ait un parrain et une marraine dans la même famille que sa sœur. Bill finit par convenir d'un ton méprisant :

— Comme vous le voulez. Après tout, c'est rien qu'une fille !

Wilfrid ne releva pas la remarque. Il décida que Laurent en serait le parrain. Toutefois, quand il fut question de la marraine, on écarta d'emblée Desneiges et Fabiola, parce que le choix de l'une aurait trop fait de peine à l'autre. Wilfrid se rendit à l'Anse-aux-Fraises où il frappa à la porte de l'école. Jeanne vint ouvrir.

— Veuillez me pardonner mon intrusion, mademoiselle. J'ai une question importante à vous poser. Êtes-vous bien décidée à demeurer parmi nous l'an prochain ?

— J'en ai l'intention, si vous voulez toujours de moi et si rien ne change dans ma vie.

— Dans ce cas, j'ai un service à vous demander. J'ai cru voir que vous vous adonniez bien avec ma fille Lorraine.

— Je la considère comme une amie.

— Parfait, je me fais donc son messager. Accepteriez-vous d'être la marraine d'une de ses jumelles ?

De surprise, Jeanne porta la main à sa bouche. Elle était à la fois profondément émue et étonnée de cette requête.

—Ce serait un très grand honneur, finit-elle par murmurer.

—Alors, nous comptons sur vous dimanche prochain à Baie-des-Anglais. Vous serez la marraine de Mélanie, dont le parrain sera mon fils, Laurent.

Au sourire qui se dessina sur les lèvres de l'institutrice, le gardien comprit qu'il venait de la rendre très heureuse.

Tel que convenu, les jumelles furent baptisées le dimanche suivant, sans grande pompe. Leur père avait commencé beaucoup trop tôt à célébrer…

# Chapitre 24

# Le retour d'Ernest

Le printemps donnait enfin signe de vie. La neige disparaissait à vue d'œil. Du côté de la Jupiter, les trappeurs avaient fait le dernier relevé de leurs pièges. Sur leurs traîneaux s'empilait le fruit de leurs chasses. Ernest avait bien appris : il rapportait des dizaines de peaux dont il allait tirer un assez bon magot. Mais il fallait voir le traîneau d'Horace ! On eût dit qu'un homme avec une immense panse y dormait. Horace transportait une petite fortune qu'Ernest avait largement contribué à constituer. « L'an prochain, se promettait-il, j'aurai mes lignes de trappe. Mon traîneau débordera autant que le sien. »

Pour lors, il s'en revenait après quelques mois de chasse, heureux et satisfait. Il avait réellement trouvé son bonheur : vivre en forêt, dans le calme profond de la nature, à son rythme, sans contrainte, tout en étant son propre maître et n'ayant de comptes à rendre à personne.

Romulus tirait allègrement le traîneau par cette belle journée d'avril. Anticosti était bien sortie de l'hiver. Ça se voyait par tout ce qui bougeait autour, oiseaux et animaux. Le chien filait à bonne allure. Il s'arrêta soudain brusquement et se mit à gronder. Ernest n'eut pas le temps de saisir sa carabine. Une mère ourse se dressait devant eux. Romulus fonça sur elle. Ernest le laissa filer. D'un coup de patte, la mère ourse écarta chien et traîneau. Ernest la vit se dresser sur ses pattes arrière, puis se diriger droit vers lui. Il se laissa choir dans la neige et ne bougea plus. La bête lui asséna un coup qui l'envoya rouler quelques pieds plus loin. Il retomba sur le ventre, le nez dans la neige, feignant d'être mort. L'ourse s'approcha, tourna autour de lui, le flaira, et le retourna du bout du museau. Ernest se mordit les lèvres pour ne pas gémir. Il resta mou comme un chiffon. Voyant qu'il ne bougeait plus, la bête s'éloigna. Il était toujours conscient, mais se savait blessé gravement, car il sentait du sang s'écouler d'une de ses cuisses. Il attendit encore un instant puis parvint, de peine et de misère, à s'asseoir dans la neige. Il regarda autour de lui et aperçut l'arrière du traîneau à quelques dizaines de pieds. S'il voulait s'en sortir, il lui fallait à tout prix se rendre jusque-là. Il fit un effort pour se lever, se retenant pour ne pas hurler. Sa jambe lui faisait terriblement mal et il perdait beaucoup de sang. Il se traîna sur ses coudes jusqu'au cométique retombé à l'envers sur le sol, les lisses en l'air. Il fouilla à l'arrière, mit la main sur une lanière de cuir et un bout de bois. Péniblement, il parvint à se faire un garrot à la cuisse. Il appela Romulus. Le chien semblait avoir été blessé, il bougeait à peine. Ernest s'approcha et se rendit compte que son chien était empêtré dans l'attelage, ce qui l'empêchait de se dresser sur ses pattes. Il parvint à le libérer, puis la tête se mit à lui tourner et il perdit connaissance. Quand il revint à lui, l'animal lui léchait la figure tout en émettant des plaintes.

Reprenant enfin ses sens, Ernest commanda à Romulus de tirer. L'animal s'y employa si bien que le cométique se vida de son contenu et retomba sur ses lisses. Il réussit à s'y glisser à plat ventre et commanda à son chien: «À la maison!» Quelques heures plus tard, alors qu'il sortait pour se rendre au phare, Laurent entendit aboyer. Reconnaissant les jappements de Romulus, il se retourna vivement. Il entra dans la maison en portant son jeune frère dans ses bras. En deux temps, trois mouvements, il l'étendit sur place, examinant rapidement ses blessures. Il courut à la cuisine d'où il revint avec pansements et onguents, puis s'affaira à nettoyer les plaies. Il y appliqua de l'onguent, entoura la jambe d'un pansement, et desserra un peu le garrot.

Au même moment, son père arriva du phare. Se rendant compte de ce qui se passait, il commanda aussitôt à Laurent:

—Attelle Oliver et file directement chez la Sauvagesse. Tu nous la ramènes. Dis-lui ce qui se passe pour qu'elle apporte les bons onguents et les bons remèdes. En passant à l'Anse-aux-Fraises, informe-toi si notre ivrogne de docteur est là. S'il est en condition de venir, ramène-le avec la Sauvagesse.

Laurent ne mit guère de temps à se mettre en route. Le chemin de la berge était toutefois encombré de branchages de toutes sortes qu'il devait contourner. Il était impatient d'arriver à destination et, surtout, il espérait que la Sauvagesse soit chez elle. Il poussa un long soupir quand il vit de la fumée monter de sa cheminée. La femme n'hésita pas à l'accompagner. Elle fouilla dans une vieille armoire où elle rangeait ses remèdes. Les gens la surnommaient la Sauvagesse parce qu'elle avait du sang indien, et tous reconnaissaient ses dons de guérisseuse. Elle savait qu'on ne manquerait pas de bien la récompenser pour ses services, ce qui la rendait d'autant plus accommodante. Une fois de plus, à l'Anse-aux-Fraises, on ignorait où pouvait être le docteur. Laurent fila le plus vite qu'il le put jusqu'au phare.

Dès leur arrivée, la guérisseuse se mit à sa tâche, appliquant un cataplasme composé d'herbes diverses sur les principales plaies d'Ernest. On pouvait voir sur sa cuisse le dessin précis des griffes de l'ourse. Ce n'était pas beau à regarder. Le blessé était semi-conscient. Wilfrid appréhendait des complications si jamais les plaies s'infectaient. Pour sa part, Laurent commenta :

— Heureusement qu'il a pu se faire un garrot qui a tenu, sinon il serait mort au bout de son sang. Je me demande comment il y est parvenu. D'après ses blessures, je suis persuadé qu'il a été attaqué par une mère ourse. L'île en est infestée et il n'y a pas pire temps de l'année pour en croiser une. Elle devait être avec ses petits. Comme il arrivait en vitesse, elle s'est crue attaquée et elle a réagi.

Il brûlait de partir découvrir l'endroit où Ernest avait croisé le chemin de l'ourse. Il comptait bien récupérer ses effets sans doute éparpillés le long du trajet. Pour lors, la brunante tombait et il n'était pas question de se mettre en péril pour pareille expédition. Il remit le cométique en bon état et décida, si le temps le permettait, de partir le jour suivant. En cours de route, il ferait sentir à Romulus un morceau de linge d'Ernest et il espérait que le chien le mènerait sur les lieux de l'accident. Le lendemain, à une quinzaine de milles du phare, il put récupérer à peu près tout ce qu'Ernest rapportait de ses chasses : des peaux de martre et de loutre surtout, quelques pièges, ainsi que ses effets personnels, sa carabine, des munitions dans un sac, ses raquettes, deux couvertures, une paire de mocassins, un peu de tabac dans une blague, un long couteau, une pelle et une hache. Plus loin dans le bois, il découvrit un sac de toile éventré. Ernest y conservait de la nourriture, une bête s'en était régalée. Satisfait de ses trouvailles, Laurent retourna au phare en pensant : « Au moins, il n'aura pas tout perdu ! »

Le gardien s'inquiétait toutefois de l'état de son fils qui, malgré les soins de la Sauvagesse, ne semblait pas s'améliorer. Il se rendit au télégraphe et expédia un message à Gaspé. Son seul espoir de pouvoir évacuer Ernest vers la ville résidait dans l'arrivée prochaine du vaisseau de la malle. On lui confirma que le *Packet* se mettrait en route le lendemain et qu'il serait à Anticosti au milieu de l'après-midi. Il n'hésita pas.

— Si on ne veut pas le perdre, chuchota-t-il à Laurent, il faut qu'il soit demain à bord du *Packet*. Le capitaine me promet qu'il le conduira directement à Sept-Îles où il pourra peut-être recevoir des soins avant d'être emmené à Québec en goélette ou à bord d'un vapeur, si par chance, il y en a un à l'ancre là-bas.

— J'irai avec lui, s'écria spontanément Laurent.

Le lendemain, ils transportèrent le blessé dans la charrette jusqu'au-devant de la barque du *Packet*. Laurent n'avait pas changé d'idée. Il tenait à accompagner son frère. Ernest était fiévreux. Il délirait par moment. Laurent promit d'expédier des nouvelles par le télégraphe dès qu'il en aurait la chance.

Ils transférèrent Ernest avec précaution dans la chaloupe du *Packet*, puis Laurent y monta à son tour. Wilfrid regarda l'embarcation s'éloigner en emportant ses fils. Il ne la quitta pas des yeux jusqu'à ce qu'il soit assuré que tous les deux se trouvaient bien à bord du vaisseau. Il fit faire demi-tour à Oliver. Il y avait beaucoup de bon à habiter Anticosti mais, parfois, la vie se chargeait de rappeler à quel point les secours s'avéraient loin. Il ne manqua toutefois pas de constater que son fils était chanceux dans sa malchance. S'il avait fallu que l'accident se produise en plein hiver…

Tout ce drame se déroula sans que Rose en soit informée. Elle avait passé quelques jours chez Lorraine et ne revint au phare avec le laitier Télesphore qu'au lendemain du départ de Laurent et d'Ernest. Elle fut étonnée de ne pas voir Laurent à la maison. Wilfrid devait se résoudre à lui raconter ce qui s'était passé. Malgré l'inquiétude qui le tenaillait, il s'efforça de la rassurer du mieux qu'il le put.

— Tu me caches quelque chose, dit Rose.

— Je ne te cache rien. Ernest a eu un accident. Je l'ai envoyé se faire soigner à Québec. Laurent voulait l'accompagner.

— Comment s'est-il blessé ?

— Un animal l'a attaqué.

— Quelle sorte d'animal ?

— Une mère ourse. Il a pu se défendre, mais il a été blessé à une cuisse. Je craignais que sa plaie s'infecte. J'aimais mieux qu'il se fasse soigner par un bon docteur. Nous avons profité de l'arrivée du *Packet* avec la livraison de la malle pour l'envoyer à Québec.

Les explications de Wilfrid semblèrent la satisfaire, mais elle y revenait à la moindre occasion.

— Quand est-ce que nous allons avoir des nouvelles ?

— Laurent a dit qu'il nous expédiera un télégramme dès qu'il pourra.

— Il n'est pas pressé de le faire…

— Il faut lui laisser le temps. Ça ne devrait pas tarder. Ils doivent être proches d'arriver à Québec à l'heure qu'il est.

Wilfrid ne parvenait pas à apaiser Rose. Heureusement, les premières nouvelles transmises de Québec par Laurent, au bout de quelques jours, furent un baume pour toute la famille. Ernest était hors de danger. Les médecins assuraient qu'il se remettrait bien de cet accident. « Toutefois, il se peut qu'il ait des séquelles, laissa entendre Laurent. Il marchera en boitant. » « Entre ça et mourir… », se réjouit Wilfrid. Connaissant son fils, il savait fort bien que ce handicap ne l'empêcherait pas de faire sa vie comme il l'entendait.

# Chapitre 25

# Des nouvelles du monde

En livrant le courrier, le *Packet* avait également apporté les journaux des six derniers mois. Dès qu'il avait une minute de libre, Wilfrid plongeait le nez dedans. Il les classa d'abord par ordre chronologique et commença par éplucher ceux d'octobre. Aux repas, il faisait part à Rose des nouvelles qui l'avaient le plus impressionné.

— C'est pas croyable ! Il se passe des choses presque sous notre nez et nous n'en prenons connaissance que par les journaux quelques mois plus tard ! Je me demande, par exemple, comment il se fait que personne ne m'a parlé de ce jeune homme…

— Quel jeune homme ?

— Un Américain de vingt-cinq ans, Martin Curley. Figure-toi qu'il s'est chicané avec son père. Il s'est amené à Québec et de là, il est descendu à pied sur la Côte-Nord jusqu'à la Pointe-aux-Esquimaux.

— Il a eu du courage de marcher d'même ! Il aurait bien pu s'y rendre en bateau.

— Peut-être qu'il n'avait pas assez de sous pour se payer un passage. Pour moi, il a dû descendre en faisant des petits travaux à une place ou à l'autre. Mais il y a bien d'autres nouvelles encore plus étonnantes. Savais-tu que les pêcheries du Canada sont les plus vastes du monde ? En plus, parmi les pêcheries maritimes les plus importantes, on trouve Anticosti.

— C'est vrai qu'on a beaucoup de poissons et en masse de pêcheurs.

— En parlant de pêcheurs, il y en a proche de huit mille qui ont eu le droit à la prime de trois piastres, cette année. J'avais dit à Bill de s'inscrire, mais il n'a pas voulu. Ça fait qu'il a perdu sa prime. Il est vraiment sans génie.

— Notre gendre est une moyenne tête dure. Il fait comme il veut et Lorraine n'a pas grand-chose à dire.

— J'espère qu'il ne lui fait pas de trouble, au moins.

— Pas durant le temps que j'y étais, en tous les cas.

— J'ai bien peur que notre fille va avoir des problèmes avec, il prend un coup pas mal fort.

— Pendant que j'étais là, il y a plusieurs soirs qu'il n'est pas rentré coucher. Lorraine dit que dans ce temps-là, il passe la nuit chez son ami Stanley.

— Stanley, le garçon à Jimmy ?

— D'après moi, c'est pas un bon ami pour lui.

— Pauvre Lorraine, soupira Wilfrid, elle s'est mis la corde au cou solide. Espérons pour elle que ça ne tournera pas mal.

—Heureusement qu'elle a du caractère. Je pense bien qu'elle ne se laissera pas faire.

Tout en causant, Wilfrid s'était levé de sa berçante afin d'allumer sa pipe au feu du poêle. Il revint de la cuisine avec une feuille sur laquelle il avait inscrit quelques notes.

—Ça t'intéresse-tu que je te donne d'autres nouvelles?

—Bien sûr!

—Bon, d'abord, le nouvel hôtel de Québec, le Château Frontenac, vient d'être inauguré. Je te promets que si j'en ai la chance, je vais t'y amener un de ces bons jours.

—C'est pas dans nos moyens.

—Qui sait? En mettant de l'argent de côté peu à peu juste pour ça… Bon. À part ça, regarde les prix de la nourriture à Montréal. Un pain ordinaire vaut 5 cents, une livre de beurre 22 cents, une pinte de lait 8 cents, une douzaine d'œufs 28 cents, une livre de fromage 15 cents, une livre de sucre 4 cents, une livre de bœuf 5 cents et une livre de porc 12 cents. Quand on compare à ce que ça nous coûte, on n'est pas trop perdant à part pour le bœuf et le beurre, et encore: Télesphore ne nous les vend pas trop cher.

Ce fut au tour de Rose de se lever. Elle alla fureter à la cuisine et en revint au bout d'un moment en demandant:

—Je serais curieuse de savoir le prix de la farine.

Wilfrid parcourut ses notes.

—Ah, ben ! Je ne l'ai pas marqué. Si je le vois, je te le dirai.

Le lendemain, Wilfrid feuilleta les journaux à la recherche du prix de la livre de farine. De temps à autre, il prenait quelques notes. Le soir au souper, il avait encore beaucoup de choses à raconter à Rose.

—Il paraît qu'il y a cent cinquante-deux phares, juste dans la province de Québec. J'ai beaucoup de misère à croire ça. Mais une chose qui m'étonne encore plus et que je ne manquerai pas de rapporter à Ernest, c'est qu'il y en a seulement trois qui ont un sifflet de brume.

—On peut se compter chanceux de ne pas en avoir un, parce qu'il paraît que c'est bien fatigant à entendre quand ça se met à beugler. Je préfère notre canon à brume.

—Tu peux le dire ! Je ne sais pas si c'est la même chose pour toi, Rose, mais comme il ne tire qu'aux vingt minutes, il me semble que je finis par ne plus l'entendre. J'ai aussi appris par les journaux qu'il y a eu quatre-vingt-cinq naufrages cette année au pays. Bien sûr, c'est pas juste par ici. Le pays est grand d'une mer à l'autre et du côté de la Colombie-Anglaise, il y en a sûrement. J'imagine qu'ils ont compté ceux-là aussi... À part ça, il y a une nouvelle bien intéressante à propos du téléphone, l'invention de monsieur Bell. À Montréal, la compagnie qui porte son nom est celle qui a le plus de lignes au Canada. Ils ont trente-trois mille cinq cents appareils et tu ne me croiras pas, mais il y a eu plus de soixante-douze millions de communications l'année dernière. J'ai bien hâte que ça puisse remplacer le télégraphe. On sauverait un temps énorme à pouvoir se parler directement plutôt qu'à pitonner comme on le fait.

— Tu as bien raison. Je suppose qu'un jour, avec le progrès, les gens vont pouvoir se parler d'même.

— Il y a bien d'autres choses que j'ai notées encore, comme les statistiques sur les poissons. À part le maquereau qui a diminué, c'est toujours la morue qui est la plus pêchée et ensuite le saumon, le hareng et le homard. Comme de raison, c'est la morue qui rapporte le plus, mais ensuite le saumon et le homard viennent avant le hareng.

Wilfrid se désennuyait de la sorte les soirs quand il n'avait plus à se préoccuper de la lumière ni de l'entretien du phare, de la lanterne et des dépendances. C'étaient pour lui les seuls moments de répit qu'il se permettait et il les appréciait à plein.

# Chapitre 26

# La fin de l'année scolaire

Déjà, sur l'île, se manifestaient les premiers signes de l'été. À l'école, Jeanne n'en avait plus que pour une semaine. Desneiges et Fabiola l'avaient informée de ce qui était arrivé à leur frère Ernest. Elle savait que Laurent l'avait accompagné à Québec. Quand les petites lui apprirent que tout allait bien pour Ernest, elle s'en montra très heureuse. Toutefois, elle avait hâte de savoir quand Laurent serait de retour. Un après-midi, après l'école, elle accompagna les petites jusqu'au phare. Beau temps mauvais temps, les enfants parcouraient ainsi tous les jours, aller et retour, le trajet de quatre milles entre le phare et l'école. Jeanne savait qu'elle allongerait le chemin en les menant dans l'autre direction, mais elle tenait à leur faire voir le cap de la Vache qui pisse. Elle leur demanda d'abord :

— Êtes-vous déjà allées de ce côté ?

— Non, répondirent-elles.

— Eh bien, je veux vous montrer quelque chose qui vous intéressera.

Elle leur indiqua le cap.

— Savez-vous comment on appelle ce cap ?

Ni Fabiola ni Desneiges n'en avaient entendu parler.

— C'est le cap de la Vache qui pisse.

Elles trouvèrent ce nom bien curieux.

— Moi, je l'ai rebaptisé le cap de la Vache qui déborde.

Les jeunes filles s'amusèrent de ce nom bien trouvé. Elles reprirent ensuite le chemin du phare tout en causant de tout et de rien. Elles le connaissaient par cœur et ne manquèrent pas d'indiquer à Jeanne toutes sortes de particularités qu'elles avaient remarquées : ici une source, là un arbre rabougri ressemblant à une sorcière, plus loin une grande pierre posée comme un banc et à un détour de la rive, un trou ressemblant à une caverne.

— À chaque fois que j'arrive ici, dit Fabiola, j'ai comme l'impression qu'un monstre va sortir de ce trou.

— Tu as trop d'imagination, lui reprocha sa sœur.

Jeanne, que tout cela amusait, répliqua :

— On n'en a jamais trop. C'est bon, parfois, de rêver et c'est justement notre imagination qui nous permet de le faire. Comme ça, nous gardons notre bonne humeur même les jours de brume et de mauvais temps.

Rendue au phare, Jeanne y fut reçue par Wilfrid et Rose comme s'il s'était agi de leur fille.

— Quelle belle surprise! Qu'est-ce qui nous vaut votre visite?

— Je suis venue m'enquérir si vous avez pu organiser mon retour à Saint-Cyprien.

— Je l'avais promis, confirma Wilfrid, et je suis un homme de parole.

— J'en suis bien heureuse et je vous en remercie. Est-ce pour bientôt?

— Quelques jours après la fin des classes.

— Croyez-vous que Laurent sera de retour d'ici là?

— Je ne peux pas vous le promettre, mais si jamais vous partez avant qu'il ne revienne, vous pourrez toujours lui laisser un mot.

— Je le ferai, mais j'aimerais tellement mieux le voir!

Jeanne soupa en compagnie de Wilfrid, de Rose et des filles. Quand il fut question qu'elle retourne à l'Anse-aux-Fraises, le gardien s'y opposa.

— Vous ne ferez pas ce trajet à la noirceur. Vous allez dormir ici et vous repartirez demain matin avec les petites. Je vous accompagnerais bien ce soir, mais je dois rester au phare, puisque les garçons ne sont pas là.

— Mais j'ai du travail pour demain matin.

— Allons donc! Une fois n'est pas coutume. Vous saurez bien occuper les enfants, j'en suis sûr.

Jeanne passa la nuit à la Pointe-Ouest. Le lendemain, elle revint à l'Anse-aux-Fraises avec Desneiges et Fabiola qui ne cessèrent de placoter tout au long du trajet.

— Savez-vous, mademoiselle, ce que je vais faire plus tard ? demanda Desneiges.

— Non pas !

— Maîtresse d'école comme vous.

— Vraiment ?

— Oui, c'est décidé. Nous irons pensionnaires l'année prochaine à la Pointe-aux-Esquimaux et je vais pouvoir étudier pour devenir savante comme vous.

— Moi, dit Fabiola, je serai infirmière. Je veux soigner les malades. Quand quelqu'un sera blessé comme Ernest, je saurai comment le guérir.

Elles parvinrent à l'école au moment où les autres enfants y arrivaient. Jeanne trouva l'expérience agréable. Quand elle s'approcha de la porte pour la déverrouiller, les enfants, pressés d'entrer, l'entourèrent. Elle eut l'impression d'être la mère d'une famille nombreuse et pensa de nouveau : « Quand je serai mariée, j'aurai une trâlée d'enfants. »

Son vœu de voir Laurent avant qu'elle parte fut exaucé, puisque Ernest et lui regagnèrent l'île la veille de son départ. Elle n'eut pas à courir au-devant de lui. À peine avait-il mis les pieds à l'île qu'il se précipita chez elle.

— Mon père m'a appris que tu partais demain.

— C'est vrai. N'oublie pas que j'ai un héritage à toucher. Mais avant tout, Laurent, je veux que tu me dises comment va Ernest.

— Très bien, sauf qu'il boite de la jambe droite. Les docteurs croient que ce sera comme ça jusqu'à la fin de ses jours. Il a été chanceux de ne pas y rester.

— Je suis heureuse qu'il s'en soit tiré !

— Ce sont les risques que prennent les trappeurs et tous ceux qui, comme eux, se promènent seuls en forêt.

Laurent avait hâte d'en venir à ce qui les concernait tous les deux et l'inquiétait passablement. Il ne tarda pas à poser la question fatidique :

— Est-ce que tu reviendras ?

Elle lui sourit.

— Voyons, Laurent. Je ne m'en vais pas à l'autre bout du monde et je n'ai qu'une parole. Aurais-tu déjà oublié ce que j'ai dit un certain jour chez toi ? As-tu seulement fait ta demande ?

Pris de court, Laurent se mit à marmotter.

— Veux-tu seulement de moi ? insista-t-elle.

— Tu sais bien que c'est mon plus grand désir.

— Dans ce cas, je ne quitterai pas l'île sans t'entendre me demander en mariage.

— Demain, avant ton départ, je te promets de le faire.

# Chapitre 27

# Le départ de Jeanne

On ne pouvait souhaiter plus belle journée pour prendre le large. Des goélands en quête de nourriture planaient dans le ciel puis atterrissaient en pagaille sur la rive, se disputant un poisson mort ou quelque mollusque. Ils se chamaillaient entre eux comme des gamins à savoir lequel mériterait d'avaler ce mets de choix. Plus loin sur la berge, deux renards disséquaient une proie. L'air sentait le varech. Il faisait vraiment bon vivre.

Très tôt en cette journée exceptionnelle, Laurent se retrouva à la porte de l'école. Il conduisit Jeanne jusqu'au phare. Le *Packet* ne devait paraître au large que vers le milieu de l'après-midi. Jeanne dîna au phare. Il fut question de son oncle et de ce mystérieux héritage. Elle n'avait aucune idée de ce qu'il pouvait comporter. Laurent lui fit promettre de ne pas trop s'attarder à Saint-Cyprien. Il avait hâte de pouvoir fixer la date de leur mariage.

—Je ne serai pas longtemps partie, promit-elle. Je n'ai plus d'attache là-bas. Il ne me reste que ma tante. Ma vraie famille est maintenant ici.

Wilfrid, qui l'aimait bien, fut tout heureux de l'entendre s'exprimer de la sorte.

—Pour le retour, assura-t-il, il n'y a rien de très compliqué. À ce temps-ci de l'année, il y a toujours une goélette, la *Marjolaine*, qui part de Rimouski le lundi matin pour la Côte-Nord. Elle fait escale à la Pointe-aux-Esquimaux. Une fois là, il ne se passe guère une journée sans qu'une goélette ou l'autre s'amène à l'île.

—Je me ferai reconduire la veille à Rimouski. Je coucherai là et le lendemain, je monterai à bord de la *Marjolaine*. Ensuite on verra bien.

—À votre retour, lui dit le gardien, que comptez-vous faire ?

Vivement, Laurent prit la parole.

—Nous comptons nous marier si vous m'en accordez la permission.

Son père le regarda, affichant un sourire narquois.

—Enfin… soupira-t-il. Il était grand temps que tu te décides ! Tu sais bien que rien ne nous fera plus plaisir que de vous voir ensemble, d'autant plus que vous pourrez habiter ici puisque je compte sur toi pour me remplacer comme gardien.

Tout était dit. De l'autre côté de la table, ravie, Jeanne se parait d'un de ses plus beaux sourires. Toujours du même ton posé, le gardien constata :

— Puisque vous vous mariez, vous ne pourrez plus enseigner.

— En effet.

— Il nous faut donc voir à engager une nouvelle institutrice.

— Les gens de l'Instruction publique ne permettent qu'à des femmes célibataires d'enseigner. Voilà un bien curieux règlement. Nous devons également fournir de la main de notre curé une preuve de bonnes mœurs. Lorsque je suis venue à Anticosti, j'ai bien failli me voir refuser ce certificat parce que j'étais quasiment fiancée quand j'ai renoncé à me marier. Monsieur le curé m'a beaucoup interrogée sur mes projets d'avenir. "Pourquoi je vous fournirais un certificat si vous avez l'intention de vous marier ?" J'ai dû lui faire comprendre qu'il valait mieux que je puisse enseigner pendant un an ou deux encore, plutôt que de demeurer à ne rien faire. Voilà ce qui m'a permis de venir ici. C'était mon destin.

Elle dit cela le sourire aux lèvres pendant que de l'autre côté de la table, Laurent buvait chacune de ses paroles, mesurant toute la chance qu'il avait eue de la rencontrer. Quand, au milieu de l'après-midi le *Packet* fut en vue, Laurent attela Oliver. La mer était calme. Il attendit qu'une barque du vaisseau soit mise à l'eau. Il fit monter Jeanne dans la charrette. Le cheval s'avança tranquillement vers le large. Laurent avait le cœur serré. Après tous ces mois passés en sachant

Jeanne toute proche, il avait de la difficulté à se faire à l'idée de la voir partir.

Quand la barque du *Packet* aborda la charrette, Laurent tendit au matelot la valise de Jeanne. Il lui prit ensuite la main pour l'aider à passer de la charrette à l'embarcation. Il ne la laissa pas partir sans lui voler un baiser. Dès qu'elle fut sagement assise à bord de l'embarcation, elle lui en souffla un autre de la main. Oliver voulut retourner au bord. Laurent le retint un moment, le temps de voir s'éloigner la barque, puis, le cœur gros, il fit faire demi-tour au cheval, non sans, de temps à autre, se retourner pour voir où en était rendue celle qu'il aimait. Arrivé sur la rive, il poussa un long soupir. Il savait que les jours à venir s'étireraient comme des nuages gris gorgés de pluie.

Dès son retour au phare, son père, bien conscient de ce qui se passait, requit son aide pour blanchir la tour. C'était un travail dangereux qui demandait beaucoup d'attention. Wilfrid comptait là-dessus pour lui changer les idées. Ils montèrent au sommet. À la plate-forme sous la lanterne, ils fixèrent de solides crochets de fer. Ils y accrochèrent deux poulies dans lesquelles ils enfilèrent des câbles arrimés à un tablier suspendu. Laurent y monta. Son père lui tendit une large brosse et un baril de peinture. Laurent se mit aussitôt à l'ouvrage. Faisant graduellement descendre le tablier, il s'affaira à peindre à grands coups de brosse les murs de bois qui, comme des couvertures, enveloppaient la tour de pierre.

En moins de deux jours, il avait terminé ce travail, n'ayant pas manqué de baliser la tour de deux bandes rouges qui semblaient dégouliner du sommet jusqu'au sol, comme deux coulisses de sang identiques. Le phare de la Pointe-Ouest dans ses habits neufs, tel un veilleur, pouvait continuer fièrement et fidèlement à indiquer la route aux milliers de navires croisant au large. Tout était en ordre. La lanterne faisait son travail. Le canon de brume était prêt à tonner. La saison de la navigation pouvait maintenant se dérouler comme elle se devait et Wilfrid enfin dormir en paix. Il n'avait plus d'inquiétude, tout était en ordre. Du large, le phare avec sa puissante lampe pouvait être aperçu de très loin par beau temps, et par temps de pluie, le canon faisait son ouvrage. Quoi qu'il arrive, Laurent avait bien fait ses devoirs et se sentait plus que jamais le gardien de la lumière.

## Chapitre 28

# Chez Lorraine

La saison de pêche avait commencé et Ernest y participait comme les années passées. Laurent se languissait de ne pas voir Jeanne. Il donnait un coup de main à sa mère dans la préparation du jardin, mais il ne tenait pas en place. Il avait besoin de bouger. Sa mère s'inquiétant du sort de Lorraine, il décida un beau matin d'aller lui rendre visite, histoire de voir comment ça allait avec les jumelles.

L'été s'annonçait beau. Le printemps avait laissé parfois à désirer, alternant une journée de soleil avec trois ou quatre jours de vent et de pluie. Mais depuis une semaine, le beau temps tenait, et les feuilles nouvelles des bouleaux et des peupliers dessinaient des taches de verdure parmi les épinettes noires et rabougries de la rive. Laurent marchait d'un bon pas, revoyant en pensée le visage souriant de Jeanne. Il échafaudait les plans de ce que serait leur vie. Une chose toutefois l'inquiétait quelque peu. Ils allaient être contraints de vivre avec ses parents. Ils ne pourraient pas prendre leur place avant des années, quand son père lui céderait vraiment son poste. Il l'aimait bien, le père, mais il trouvait qu'il en menait large. C'était un homme habitué à gérer des situations difficiles, tout en menant plusieurs dossiers de front. Son rôle de juge de paix ajouté à celui de gardien de la lumière avait fait de lui un homme autoritaire fortement ancré dans ses idées et qu'il ne faisait pas bon contredire. Il était cependant doué d'un bon jugement et reconnu comme un homme juste et pacifique.

Laurent songeait à tout ça quand il aperçut les premières demeures de Baie-des-Anglais. Il s'arrêta un moment. Il aimait admirer les maisons sagement alignées le long de la berge. Pour lors, les barques de pêche étaient au large et le village paraissait désert. Des pièces de vêtement flottaient çà et là au vent sur quelques cordes à linge, semant des éclairs de couleur sur les maisons grises. Quelques enfants s'amusaient le long d'un ruisseau. Un garçon se servait d'un filet à papillons pour attraper des menés.

Laurent jeta un coup d'œil du côté du logis de Lorraine. Rien ne bougeait. Il s'y rendit directement, espérant surprendre sa sœur en arrivant à l'improviste. Lorraine était si ordonnée qu'il pourrait la taquiner à propos d'un objet quelconque à la traîne ou mal rangé. Il n'avait pas oublié qu'à sa première visite, elle montrait un visage tuméfié, résultat d'une chute. Il ne l'avait crue qu'à moitié.

Il entra en s'annonçant à haute voix comme il le faisait toujours.

— Voici l'ogre de la Pointe-Ouest. Il a le goût ce midi de croquer deux bébés identiques de sexe féminin de préférence.

Lorraine, qui donnait le sein à une des jumelles, réagit à peine. Elle fit mine de se préoccuper de l'autre jumelle dans son ber.

— Allons, grande sœur ! Tu n'es pas heureuse de revoir ton frère préféré ?

Constatant qu'elle ne répondait pas, il alla droit au but.

— Voilà qui est triste. J'ai perdu la vraie Lorraine quand elle s'est mariée. Que se passe-t-il, grande sœur ?

Quand il vit qu'elle s'efforçait de ne pas se tourner vers lui, il s'approcha. Elle avait de nouveau des meurtrissures au visage et arborait un œil au beurre noir.

— Cette fois, ne me raconte pas que tu t'es enfargée dans une chaise. Il ose te frapper. Il te fait des misères et tu endures tout ça sans nous prévenir ?

Elle le regarda en haussant les épaules.

— C'est mon mari.

— Raison de plus pour qu'il te respecte. Pourquoi acceptes-tu de rester avec cette brute ? Certainement pas parce qu'il est bon pour toi.

— Il l'est. Il nous fait vivre.

— Ça ne lui donne pas la permission de te battre !

— Nous sommes mariés.

—Tu n'as qu'à le quitter jusqu'à ce qu'il apprenne à te respecter.

—On ne désunit pas ce que Dieu a uni.

—On croirait entendre monsieur le curé.

—Et papa aussi.

—Si je comprends bien, tu crains de revenir parmi nous parce que tu es mariée. Crois-tu que si p'pa apprend ce que Bill te fait, il refusera que tu reviennes à la maison?

—Tu le connais: le devoir avant tout et le devoir d'une mère est d'être chez elle avec ses enfants et son mari.

—Mais quand le mari ne le mérite pas?

—Et comment penses-tu que je pourrais convaincre papa?

—S'il te voyait comme tu es aujourd'hui, ça suffirait.

—J'ai trop honte.

Laurent n'en croyait pas ses oreilles.

—Honte de quoi?

—De ne pas être celle que Bill attendait.

Laurent se tut un moment. Il se demandait vraiment comment sa sœur pouvait se laisser battre et s'en attribuer le tort.

—Un homme a aussi ses obligations.

—Il les remplit bien. Nous ne manquons de rien.

Il s'approcha derrière elle et la serra dans ses bras.

—Pauvre grande sœur. Dans quel pétrin t'es-tu mise? Cet homme n'était pas digne de toi. Il ne t'aime pas, sinon au lieu de te battre, il te gâterait. Ça ne peut vraiment pas continuer comme ça. Maman se proposait de venir passer quelques jours avec toi.

— Retiens-la, je t'en prie. Dis-lui d'attendre. Pas un mot de ce qui se passe. Les choses vont s'arranger.

— Il te bat quand il a bu ?

Lorraine acquiesça d'un signe de tête. Laurent promit de ne rien révéler, mais précisa :

— Si jamais tu as le courage de lui parler, fais-lui savoir que la prochaine fois qu'il lèvera la main sur toi, il aura affaire à moi.

— Je t'en supplie, le pria Lorraine, ne te mêle pas de ça.

— Je t'aime trop, grande sœur, pour le laisser continuer à te brutaliser. Que tu le veuilles ou non, il va savoir ma façon de penser.

Il la quitta sur ces paroles et se rendit directement chez Martin Bourque, propriétaire du seul débit de boisson des lieux. Là, il commanda un verre de gin qu'il sirota lentement. Bourque voulut savoir ce qui l'amenait chez lui.

— J'ai affaire à mon beau-frère.

— Bill ? Il devrait pas tarder. Stanley et lui font des bonnes pêches de c'temps-citte.

— Heureux de l'apprendre.

L'aubergiste eut beau tenter d'en savoir plus, il se buta au silence de Laurent. Quand enfin Bill se pointa avec son acolyte, Laurent se leva et marcha droit dans leur direction.

— Salut, l'beau frère! lança Bill de façon désinvolte.

— Salut! T'auras pas besoin de me demander pourquoi je suis ici, parce que je vais te le dire. La prochaine fois que tu lèveras la main sur ma sœur, je te promets que tu auras affaire à moi et que tu t'en souviendras longtemps. Et tu as tout avantage à te retenir dès ce soir.

Il ne lui laissa pas le temps de réagir. Lui tournant le dos, il partit d'un bon pas en direction de la Pointe-Ouest. Ce ne fut qu'une fois rendu au bout de la rue qu'il cessa d'entendre les invectives de son beau-frère et ce ne fut qu'en apercevant de loin le phare qu'il retrouva son calme. «Celui-là, se dit-il, il est préférable qu'il ne sache pas ce qui l'attend. Je vais lui faire payer toutes les misères qu'il fait à Lorraine.»

# Chapitre 29

# Un naufrage

Un nuage de pluie creva au moment où Wilfrid se dirigeait de la maison jusqu'au phare. Il accéléra le pas pour se mettre à l'abri. Il y eut une série d'éclairs suivis de roulements de tonnerre. Laurent descendait de la tour. Son père lui dit :

— Le diable range ses cargaisons de péchés.

— Il risque d'avoir de l'ouvrage pour un bon bout de temps. Ça semble pris pour de bon. Espérons que nos pêcheurs l'ont vue venir, celle-là.

— Ouais ! Sinon il risque d'y avoir de la casse. Tu vas voir à mettre le canon en marche ?

— Je m'en occupe tout de suite, promit Laurent en sortant sous un torrent de pluie.

Wilfrid monta à la lanterne. Tout était en ordre. Il vit à ce qu'aucun courant d'air n'éteigne les lampes. Elles semblaient bien inutiles au cœur d'un pareil orage, à ne servir qu'à éclairer les nuages qui, tels des pansements d'ouate, enveloppaient entièrement la tour. Wilfrid les gardait pourtant allumées. « Qui sait, pensa-t-il, suffit d'une échancrure dans les nuages… D'un navire, on aperçoit la lumière et par une bonne manœuvre, on évite le naufrage.»

Anticosti, une fois de plus, menaçait de justifier sa renommée. Wilfrid se souvenait fort bien du double naufrage de transatlantiques près d'une dizaine d'années auparavant. Il y avait d'abord eu le *Titania* sur les rochers du cap Observation, puis le *Brooklyn* avec ses trente-trois passagers pas loin de la Pointe-Est. C'était par des journées comme celle-ci. Il avait appris tout cela bien après coup. Mais maintenant qu'il avait le télégraphe, les nouvelles lui parvenaient beaucoup plus rapidement. Il s'attendait à voir crépiter l'appareil pour annoncer la perte d'un ou de plusieurs navires. Ça ne manquait jamais quand la nature se déchaînait d'un coup. Il savait que de nombreuses goélettes viendraient de la Côte-Nord à la recherche de marchandises provenant des vaisseaux échoués. «Le malheur des uns fait le bonheur des autres», songea-t-il.

Quand il redescendit de la tour, il entendit la détonation du canon. Laurent faisait son ouvrage. Ils entrèrent à la maison en même temps. Il y avait un bon feu dans l'âtre de la cuisine. Laurent s'en approcha pour se réchauffer. L'orage continuait de plus belle. Son père vint l'y rejoindre.

—Je ne serais pas surpris qu'on reçoive des messages de détresse.

—Rien d'étonnant avec un pareil temps. Il ne faudrait pas qu'il en fasse un de même le jour de mes noces.

—Justement! En as-tu parlé au curé?

—Non, j'attends le retour de Jeanne, mais c'est plus facile d'organiser un mariage depuis que le curé reste en permanence à l'Anse.

—Ça ne fait rien, tu devrais commencer à tâter le terrain. Des noces en août, il me semble que ça serait le moment idéal. D'habitude, c'est le plus beau mois de l'année, et en plus, les maringouins auront presque tous disparu.

Ils en étaient là dans leur conversation quand le télégraphe se fit entendre.

—Vous aviez raison, p'pa. C'est un S.O.S.!

Wilfrid se précipita sur l'appareil. Il confirma qu'il captait le message et demanda des précisions. L'émetteur signala que le vapeur *Hippolyte* avec vingt hommes à bord venait de s'échouer non loin de la Pointe-Est. On réclamait du secours. Wilfrid laissa entendre qu'il transmettait le message à qui de droit. «Tenez bon, dit-il, vous aurez bientôt de l'aide.» Il s'empressa de communiquer avec Rosario au phare de la Pointe-Heath. Rosario venait lui aussi de capter le message. Il expédiait son aide à Fox Bay. La tempête diminuait. Il y aurait sans doute un capitaine de goélette prêt à prendre le large, à condition, bien entendu, de pouvoir toucher une prime et mettre la main sur des ballots de marchandises provenant du vapeur en détresse.

—Les squatters de Fox Bay ne font jamais rien pour rien, pesta Wilfrid. Ce sont de vrais requins.

Ils ne bougent que s'ils ont un profit à faire. Ils n'aideraient personne gratuitement pour toute une terre.

— Vous avez raison, approuva Laurent, mais dans les circonstances, c'est mieux que rien.

Il sortit ensuite en vitesse pour tirer un coup de canon. Rosario prévint Wilfrid qu'il prenait les choses en main et le télégraphe se tut. Quand le gardien retourna à la tour, le ciel s'était suffisamment dégagé pour qu'il puisse apercevoir un yacht qui avait jeté l'ancre entre la Pointe-Ouest et Baie-des-Anglais. Il en avertit Laurent qui venait aux nouvelles.

— Penses-tu qu'ils ont l'intention de mettre une barque à la mer ?

— S'ils le font, ils iront sans doute du côté de la Baie.

Ils surveillèrent pendant un moment jusqu'à ce qu'ils détectent du mouvement à bord. Une embarcation se détacha du yacht pour se diriger, comme l'avait supposé Laurent, vers Baie-des-Anglais. Laurent était curieux de savoir de qui il s'agissait.

— Je vais voir, dit-il.

Il attela Oliver et partit sans plus tarder vers la Baie. Quand il revint deux heures plus tard, il fit rapport à son père :

— Rien de bien important. C'est, semble-t-il, un yacht expédié par un millionnaire américain pour venir chercher le corps de son fils, un jeune homme nommé Martin Curley. Il paraît qu'il s'est tué en tombant d'un toit à la baie Hangara sur la Côte-Nord.

Le yacht s'est arrêté ici le temps de laisser passer l'orage.

— Martin Curley, murmura Wilfrid, ça me dit quelque chose. Ah! Ça me revient, c'est ce jeune homme qui est descendu de Québec à pied l'automne dernier. Je l'ai lu dans les journaux. On ne pèse pas grand-chose dans la main de Dieu.

Wilfrid voulut s'enquérir du sort des naufragés. Rosario lui apprit qu'ils avaient été ramenés à Fox Bay par l'*Ocean Bride*. Le capitaine s'était payé en recueillant une bonne partie des marchandises dont des flanelles, des draps et des cotonnades, de même que beaucoup de laine. Le vapeur était cependant une perte totale. La *Sainte-Marie* allait venir de Gaspé afin d'y ramener les naufragés et les faire monter à bord d'un vaisseau en route pour Southampton, d'où provenait leur navire.

— Tout est bien qui finit bien, conclut Wilfrid quand il raconta tout ça à Laurent et Rose au souper. Cependant, je me demande quelle sorte d'hommes sont ces squatters de Fox Bay. Ils ne font vraiment jamais rien par charité.

— Rien ne les obligeait, risqua Laurent.

— Comment ça? s'indigna son père. Il me semble que quand des vies humaines sont en jeu, on n'a pas à calculer.

— Sans doute! Il faut croire que ces gens ne pensent pas comme nous.

— Non seulement ils ne pensent pas comme nous, mais ce sont des profiteurs. Ils vivent sur des terres qui ne leur appartiennent pas et ne veulent rien donner en compensation aux propriétaires. Monsieur Stockwell, leur agent, m'en a parlé dernièrement. Il paraît qu'il a toutes les misères du monde à leur faire cracher un sou.

— Parlant de monsieur Stockwell... Il profite bien lui aussi du poste qu'il détient. Il ne se prive pas de pêcher le saumon tant qu'il le veut à la Jupiter. Il dit que seul lui détient les droits de la compagnie pour la pêche au saumon.

— J'ai idée qu'il a raison. À ma connaissance, la Governor n'accorde pas de droits de pêche sur les rivières d'Anticosti.

— Ils devraient le faire. Il y a du beau poisson qui se perd. Il me semble qu'il y aurait moyen de faire beaucoup de sous avec un tel commerce. Si j'étais propriétaire de l'île...

— Mais tu ne l'es pas et ne le seras jamais, trancha Wilfrid. Un propriétaire peut bien faire ce qu'il veut.

— Je suis d'accord, pourvu que ça ne nuise à personne.

— Changement de propos. J'ai appris par mon ami Placide que le gouvernement fédéral a accordé un contrat pour la construction d'un quai à la Pointe-aux-Esquimaux. Il va fournir tout le fer nécessaire. Si quelqu'un d'ici vient à en entendre parler ...

Laurent l'interrompit.

—Vous savez bien, p'pa, que si vous êtes au courant, d'autres aussi en sont informés. Y en a qui vont
se mettre à hurler, ça ne tardera pas.

Laurent ne pouvait dire plus juste, car quelques
jours plus tard, Wilfrid fut contraint d'organiser une
réunion.

# Chapitre 30

# Le quai

Ils furent six, menés par Maxime Richard de l'Anse-aux-Fraises, qui se présentèrent au phare ce matin-là. Ils discutaient vivement entre eux, mais se turent dès que Wilfrid les reçut.

— Votre silence m'intrigue, messieurs, commenta le gardien. Vous ressemblez à une bande de conspirateurs.

Ils se regardèrent du coin de l'œil, ce qui, contre toute attente, lui arracha un sourire. Il entra directement dans le vif du sujet.

— Je vais vous sauver du temps et bien des détours. Je gage que vous êtes ici pour une question de quai.

— Batêche! s'écria Maxime. Qui t'en a parlé?

— Personne. Mais comme j'ai appris que la Pointe-aux-Esquimaux va en avoir un, j'ai bien pensé que vous viendriez me voir pour que nous en réclamions un à notre tour.

L'aubergiste le regarda, jeta un coup d'œil dans la direction des autres. Il allait parler quand Rose s'approcha.

— Vous prendrez bien un p'tit quelque chose, offrit-elle en souriant. Du gin, peut-être ?

Ils se regardèrent de nouveau du coin de l'œil. Maxime les tira de l'embarras en déclarant :

— Nous ne sommes pas venus pour ça, mais c'est pas d'refus, Rose. D'autant plus que nous avons beaucoup à parler.

Elle les quitta et Wilfrid reprit la parole.

— Bon. Il est certainement légitime que nous demandions un quai. Ça fait assez longtemps que nous devons aller au-devant des visiteurs en charrette dans l'eau. Ce n'est pas un caprice, loin de là. Les Forsyth nous en promettaient un et même deux du temps qu'ils étaient propriétaires d'Anticosti, avec en plus des chemins de fer, des magasins, le diable à quatre.

— Y ont même pas tenu deux ans, fit remarquer Maxime. Quarante des familles qui sont venues en se fiant à leurs belles promesses étaient r'parties après deux ans. Y les avat mis dans la misère. Du pauvre monde qui n'avat plus de quoi manger. Heureusement que les autres par ensuite ont pu planter des pétaques, parce que, ben crère, y aurat tous crevé d'faim.

Dans son coin, Elphège qui brûlait d'envie de dire son mot, enchaîna :

— Forsyth, ç'a été de la broue sans savon. Stockwell n'a pas été mieux. Allez voir dans les vieux hangars de Baie-des-Anglais, il reste encore des masses, des enclumes, des carrosses, des poignées de cercueil, des selles anglaises et toutes sortes d'affaires inutiles du même genre. Ils ne savaient pas que ce qu'on a d'besoin pour vivre sur une île comme icitte, c'est des charrues, des pics, des pelles, des haches, des marteaux, des égoïnes et du manger en masse, jériboire !

Rose revenait avec son gin et des verres.

— Tenez, messieurs, à défaut de manger, on peut bien boire.

Ils ne se firent pas prier pour se servir. Wilfrid reprit là où ils avaient laissé.

— Ce que vous dites de Forsyth et de Stockwell est juste. Vous avez entièrement raison. Mais même si on se plaignait jusqu'à la fin des temps, ça ne changerait rien à rien. Pour le moment, c'est d'un quai dont il est question. Si nous voulons que notre demande soit considérée, il va falloir une pétition de tout le monde de l'île.

— Nous pouvons nous en charger pour l'Anse-aux-Fraises, assurèrent-ils.

— Je suppose que vous voulez que je m'en occupe pour Baie-des-Anglais et le reste de l'île ? Je veux bien, mais ça ne servira à rien, d'après moi.

— Comment ça ?

Wilfrid s'arrêta et les regarda l'un après l'autre.

— Vous le savez tout aussi bien que moi.

Ils se montrèrent étonnés.

— De quoi c'est que t'as derrière la tête ?

— Avant tout, il faut nous entendre sur l'emplacement de ce quai. J'ai dans mon idée que vous vous êtes empressés de venir en parler en premier parce que le quai, vous ne le voyiez qu'à une place, c'est-à-dire vis-à-vis de l'Anse-aux-Fraises.

— Rien de plus normal, jériboire, on est les plus nombreux.

— D'une dizaine seulement en comptant les enfants.

— On est les plus nombreux quand même.

— Peut-être. Cependant, bien des habitants de l'île ne s'intéresseront pas à l'emplacement. Pourvu qu'il y ait un quai…

— On pourrait quand même leur faire dire leur préférence.

— Ceux de Fox Bay ne voudront rien savoir. Ils sont heureux quand on ne les achale pas. Ils ont leurs barques et ils sont indépendants. Ceux de Baie-des-Anglais vont vouloir l'avoir devant leurs portes. Pensez-vous que le gouvernement va faire quoi que ce soit pour que ça se réalise ? Non. Un quai à Anticosti, il va y en avoir un le jour où tout le monde sera d'accord sur la place où il doit être.

— Si on choisissait un endroit entre les deux ?

— Entre les deux, il n'y a pas de bon mouillage et en plus, ce ne sera pratique pour personne.

— On le mettra où, ce quai ?

Personne ne voulait céder et Wilfrid savait fort bien que s'il en parlait aux gens de Baie-des-Anglais, il n'aurait pas plus de succès. Il y aurait certainement des études menées afin de déterminer le meilleur emplacement, et avant qu'il y ait l'apparence d'un quai à Anticosti, il faudrait sans doute attendre des années. Il réfléchit longuement à la question après que la délégation de l'Anse-aux-Fraises fut repartie. Puis, il pensa à un compromis. Il valait mieux avoir un quai quelque part que pas de quai du tout. Il se rendit de nouveau à l'Anse-aux-Fraises le lendemain et fit part de son idée.

— Nous allons adresser une pétition à Ottawa. Nous allons y inscrire les noms de tous les habitants de l'île. Ceux qui savent signer la signeront, les autres y mettront une croix. Ceux qui ne voudront pas signer ne signeront pas, mais si jamais le quai se fait, ils n'y auront pas accès. Nous ne parlerons pas d'emplacement. Les ingénieurs du gouvernement viendront et ils décideront de la meilleure place où le mettre. Nous nous arrangerons avec ça. Si nous sommes chanceux, dans deux ou trois ans, sinon plus, comme les habitants de la Pointe-aux-Esquimaux, nous verrons arriver les matériaux pour le construire. C'est à prendre ou à laisser.

L'idée de Wilfrid fit son bout de chemin, sinon son tour de l'île. Il dut se mettre en route pour obtenir l'avis de tous les habitants, même ceux qui demeuraient dans des endroits isolés. Il se rendit à Fox Bay et parvint à arracher quelques signatures, surtout celles des propriétaires de barques. Ils ne voulaient pas se voir refuser l'accès au futur quai. Fort de cette pétition, il mit du temps à rédiger une belle lettre de présentation soulignant tous les inconvénients que les Anticostiens avaient à subir du manque de quai. Il s'efforça ensuite de démontrer tous les avantages qu'en retireraient non seulement les habitants de l'île, mais également tous ceux qui, pour une raison ou une autre, devaient venir à Anticosti. Il termina sa lettre en écrivant: «Une si grande île mérite bien d'être abordée facilement à au moins un point de ses deux cent soixante milles de tour.» Il la glissa dans une enveloppe avec la pétition et l'expédia par le premier bateau de la poste. Quand il en eut terminé avec cette affaire, il poussa un long soupir, satisfait d'avoir rempli sagement son devoir. Il aimait se sentir utile de la sorte et se félicitait de pouvoir compter sur son fils aîné à qui il confiait de plus en plus la bonne marche du phare. Il se disait: «Il fera un bon gardien de la lumière.»

## Chapitre 31

# Le retour de Jeanne

Laurent ne comptait pas voir revenir Jeanne avant quinze jours. Malgré tout, il espérait chaque matin son retour. Il l'attendit vainement tout au long de cette deuxième semaine. Sachant qu'elle devait s'embarquer un lundi à Rimouski, il devint impatient de la voir se poindre le mardi ou le mercredi suivant. Il passa presque tout son mardi en haut de la tour à scruter le fleuve avec la lunette d'approche, se faisant un devoir de suivre le parcours de la moindre goélette. Son attente fut déçue. Tôt le lendemain, il recommença ses observations. Il fut récompensé en début d'après-midi, quand une goélette se dirigea en direction du phare. Il descendit de la tour à la course, attela Oliver, et sans attendre, le fit avancer dans le fleuve.

La journée était belle et l'eau, sans être chaude – elle ne l'était jamais dans ces parages –, permettait toutefois d'y séjourner un moment. Il attendit impatiemment qu'on mette une barque de la goélette à l'eau. Il vit que non pas une, mais deux femmes y montaient. Bientôt, il reconnut Jeanne. Que se passait-il ? Il eut sa réponse quand Jeanne lui présenta sa tante Florence, une femme tout en chair, un monument qu'il parvint, non sans difficulté, à faire passer de la barque dans la charrette. Elle avait tenu à faire le voyage jusqu'à Anticosti pour deux raisons : servir de témoin au mariage de sa nièce et connaître son futur mari avant les noces.

— Je te dirai, avait-elle lancé à Jeanne, si ce sera un bon mari pour toi.

— Voyons, ma tante, vous ne devinerez pas ça en le voyant.

— Ma fille, tu peux te fier sur moi. J'en ai vu d'autres. Si tu savais le nombre de futures mariées à qui j'ai conseillé de ne pas le faire. Elles ne m'ont pas écoutée et s'en sont mordu les pouces ensuite. Est-ce qu'il boit ?

— Ça fait bien cent fois que je vous répète que non. Laurent est le mari qu'il me faut.

— Bon. Tu apprendras qu'il vaut mieux prévenir que guérir. Quand tu auras dit oui, ne viens pas te plaindre ensuite si tu découvres qu'il boit. Tu sauras me dire que j'avais raison de te mettre en garde. Il n'y a rien de pire qu'un homme qui se soûle. Crois-moi, j'en sais quelque chose. Ton oncle, Dieu ait son âme, aimait beaucoup plus la bouteille que moi. Heureusement qu'il n'a jamais levé la main sur moi, parce qu'il serait mort avant son temps.

Tout en s'efforçant de ne pas la contredire, Jeanne rageait de l'entendre. Sa tante était têtue. Elle ne démordait pas facilement de ses idées arrêtées et il valait mieux ne pas la contredire parce que si on avait le malheur de le faire, on n'avait pas fini de l'entendre déblatérer au sujet de tous ces mâles indignes de se marier. Ils n'étaient tous que des profiteurs. Il n'y en avait pas un seul qui arrivait à la cheville de leur pauvre épouse. Les femmes étaient toutes soumises et toujours dévouées à leur devoir. Aucun homme ne les méritait. «Nous faisons des enfants, nous les élevons et tout ce qu'ils veulent, c'est en avoir d'autres et en plus, dès qu'on a le dos tourné, ils les font avec d'autres. Mon Dieu que la vie est donc mal faite!»

Combien de fois, au cours des journées passées chez sa tante, Jeanne avait-elle entendu pareil refrain? Elle avait touché rapidement les cinq cents dollars de l'héritage et n'ayant plus rien à faire à Saint-Cyprien, elle serait revenue au bout d'une semaine à Anticosti, mais la tante avait insisté pour l'accompagner et Jeanne avait dû patienter encore une autre semaine…

— Pourquoi es-tu allée enseigner si loin? Il n'y a pas d'écoles dans notre coin? Avais-tu besoin de t'exiler à l'autre bout du monde et sur une île à part ça?

— Mais ma tante, il n'y a rien qui vous oblige à venir là-bas.

— C'est ça! Dis donc franchement que tu ne veux rien savoir de moi.

— Voyons, ma tante, vous savez très bien que ce n'est pas ce que j'ai voulu insinuer. Je voulais simplement vous épargner un tel voyage.

— Non, je le sais. Tu as peur que je voie ton futur mari et que je t'apprenne qu'il n'est pas fait pour toi. Voilà pourquoi tu ne veux pas que je t'accompagne. Si c'est vraiment ça que tu désires, je vais rester ici et tu t'arrangeras toute seule. Tu n'es même pas reconnaissante pour ce que je fais pour toi.

Jeanne écoutait patiemment ces lamentations en cherchant comment mettre fin à ce déluge.

— Ma tante, vous savez bien que j'apprécie énormément tout ce que vous faites pour moi.

— Si tu l'apprécies, pourquoi tu n'en parles pas?

— Je viens justement de vous en faire part.

— Apprends, ma fille, que ce n'est pas comme ça qu'on montre son appréciation. Il n'y a qu'une seule façon de le faire, c'est d'approuver les conseils qu'on reçoit et, justement, je veux t'éviter de commettre une bêtise.

Jeanne en avait assez entendu. Elle répliqua:

— Comment pouvez-vous affirmer que je fais une erreur et me répéter que je me mets les pieds dans les plats alors que vous ne connaissez même pas Laurent?

— Voilà pourquoi je veux t'accompagner là-bas. Et toi, tu laisses entendre que j'y serai de trop.

— Je n'ai jamais dit ça.

— C'est tout comme. Voilà toute la reconnaissance que tu me manifestes. Sans moi, tu n'aurais jamais entendu parler de l'héritage.

— Je vous remercie de m'en avoir prévenue. Ça va me permettre d'apporter un trousseau pour mon mariage. Ce n'est pas avec le petit cent piastres que j'ai gagné comme salaire et avec lequel j'ai dû vivre toute l'année que j'aurais pu me constituer un trousseau.

— De quoi te plains-tu ? Tu étais logée et chauffée gratuitement.

— Oui ! Mais il fallait aussi que je mange, et la nourriture n'est pas donnée à Anticosti.

— Raison de plus pour vivre ailleurs et oublier ton jeune homme. Comment s'appelle-t-il déjà ?

Jeanne se fâcha carrément. Elle haussa même le ton :

— Vous le faites exprès, ma tante. Vous savez très bien qu'il s'appelle Laurent. Je ne vous le répéterai plus. Bon, ça fait ! J'ai besoin de savoir si nous partons lundi. Allez-vous vous décider une fois pour toutes ? Est-ce que vous venez avec moi à l'île ?

La tante ne répondit pas. Elle se contenta de bouder pendant quelques jours et quand Jeanne décida de partir pour Rimouski, elle fut du voyage.

Arrivée au phare, elle fit celle que tout intéresse. On l'installa dans la chambre qu'avait occupée Aline. Comme Jeanne ne pouvait pas retourner vivre à l'école, elle occupa la dernière chambre libre du deuxième étage. La tante en profita pour justifier sa présence :

—J'avais raison. Tu vois ce qui pourrait se passer si je n'étais pas là! Jamais je n'aurais pu croire qu'une future mariée pouvait loger dans la même maison que son futur mari. Tu vois dans quelle sorte de famille tu vas mettre les pieds.

Jeanne avait le goût de répliquer en lui conseillant fortement de prendre la première goélette pour le continent. Elle se contint et la laissa déblatérer. Son seul souhait était de la voir disparaître dès après les noces. Fort heureusement, Laurent ne perdit pas de temps. La date du mariage fut fixée une semaine après le retour de Jeanne.

Trois jours avant la cérémonie, Laurent accrocha un chapelet à la corde à linge. Puis il dit à Jeanne :

—Je me rends cet après-midi à Baie-des-Anglais afin d'inviter Lorraine à nos noces. Veux-tu m'y accompagner ?

—J'irais volontiers, mais tu ne connais pas ma tante. Elle est capable de faire tout un scandale parce que nous aurons été là-bas sans elle. Choisis, elle nous accompagne et j'y vais, sinon tu peux y aller seul.

—Tu ne m'en voudras pas si j'y vais sans toi ?

—Non. Je te comprends, mais reviens vite.

—J'y pense, quelle robe mettras-tu pour notre mariage ?

—Ma robe du dimanche.

—Si je demandais à Lorraine de te prêter sa robe de noce ?

— Tu serais bien gentil de le faire, mais je pense que je vais me perdre dedans.

— M'man devrait pouvoir arranger ça.

❦

Laurent ne mit guère de temps à parcourir les deux milles séparant la Pointe-Ouest de Baie-des-Anglais. Il était heureux. Dans quelques jours à peine, il allait pouvoir enfin tenir Jeanne dans ses bras. Il avait hâte de l'embrasser à sa guise et surtout de lui montrer, en s'unissant à elle, à quel point il l'aimait. Il marchait rapidement. Toutes sortes de pensées défilaient en lui. Il était soucieux du temps qu'il ferait le grand jour. Il accordait peu de confiance dans le chapelet accroché à la corde à linge et cela d'autant plus que depuis quelques jours, le temps se montrait particulièrement maussade.

Laurent repassait dans sa tête tout ce qu'il avait à faire avant le mariage : préparer la chambre du fond, celle qu'ils allaient occuper, voir à ce qu'il ne manque rien pour les noces et surtout fournir au curé tous les détails qu'il allait inscrire au registre. Il ne devait pas oublier de demander à la tante Florence son nom de famille. Comment allaient-ils s'arranger, Jeanne et lui, pour vivre en compagnie de ses parents ? Il était l'aîné. C'était normal qu'il s'occupe d'eux pendant leurs vieux jours, mais ce n'était pas rare qu'une bru ne parvienne pas à s'entendre avec ses beaux-parents. Il se disait :

« Jeanne n'est certainement pas comme ça. Elle est tellement tolérante ! Je fais bien de marier une institutrice. »

Il arriva ainsi à la Baie, l'esprit plein d'interrogations. Une fois de plus, il voulut surprendre sa sœur par sa visite. Il fit le tour de la maison et, sans faire de bruit, entra par la porte arrière. Lorraine, qui vidait des poissons, n'eut pas le temps de se cacher. Laurent vit tout de suite que Bill l'avait encore battue. Elle eut une bonne excuse pour se dérober devant lui : une des jumelles pleurait. Elle se précipita vers son ber.

— Il t'a encore frappée. Ne tente pas de le nier ! Ça se voit trop bien. Je ne peux pas m'en occuper maintenant, mais il ne perd rien pour attendre… Je veux te dire que Jeanne est revenue. Nous nous marions dimanche. Je suis venu t'inviter aux noces.

— Je ne sais pas si Bill voudra qu'on y aille.

— Je voudrais bien qu'il t'en empêche ! Je vais lui régler son cas bientôt, à ce… Tu vas voir…

Il fit une pause pour se calmer, puis reprit :

— Ernest va venir te chercher avec Desneiges et Fabiola samedi matin. Sois prête ! Si Bill ne veut pas venir, qu'il reste ici et se pacte la fraise. J'ai aussi autre chose à te demander. Prêterais-tu ta robe de noce à Jeanne ?

— Je ne l'ai plus.

— Comment ça ?

— Bill l'a donnée à Mariette à Maxime Richard.

— Elle se marie ?

—Non. C'était pour rembourser une vieille dette.

—Jeanne sera déçue. Mais ne t'en fais pas, on s'arrangera autrement. Les petites vont bien ?

—Ce sont des anges.

—Tant mieux. Avec le père qu'elles ont, c'est quand même étonnant. Elles doivent tenir de toi.

—Il n'est pas si pire que ça. Il est correct quand il ne boit pas.

—Mais il boit tous les jours. Grande sœur, laisse-moi me marier et tu vas voir que ton Bill va apprendre à se contrôler.

Il s'approcha du ber double, jeta un coup d'œil aux jumelles, embrassa sa sœur et partit non sans avoir répété :

—Samedi matin, Ernest va venir. Sois prête ! Oh ! J'oubliais. J'ai suspendu un chapelet à la corde à linge.

Lorraine esquissa un sourire. Comme l'eau du fleuve avait coulé depuis ce jour-là ! Pourtant, ça faisait à peine plus d'un an…

# Chapitre 32

# Les noces

On ne marie pas son aîné tous les jours. Wilfrid voulut que cette célébration soit la plus grandiose possible. Il invita aux noces tous ceux qu'il put, tant de l'Anse-aux-Fraises que de Baie-des-Anglais. Il était inutile de penser voir beaucoup de monde à l'église pour la cérémonie. Le temple était encore en construction et ne pouvait pas recevoir une grande foule. Tout de même, ce dimanche matin mi-couvert et mi-ensoleillé où le curé présida au mariage, il y avait près d'une quarantaine de personnes à l'église. La tante Florence trônait en avant sur un ancien banc de bois posé là temporairement. Elle l'occupait entièrement à elle seule. Les futurs mariés se tenaient debout, devant l'autel, tandis que Wilfrid et Rose prenaient place tout à côté sur un vieux banc de sacristie qui avait dû faire le tour de bien des églises avant de s'échouer à Anticosti. À moins qu'il n'ait été repêché d'un naufrage quelconque, tout comme les chaises où prenaient place Desneiges et Fabiola, de même que les invités.

Il n'aurait pas fallu demander à Laurent ce que le curé avait dit durant son sermon. Son esprit était préoccupé par trop de pensées pour qu'il s'arrête à ce que le prêtre pouvait marmonner. Il tentait de se figurer ce que serait leur vie et imaginait de quelle façon il s'efforcerait de rendre Jeanne heureuse. Il se voyait déjà père d'une dizaine d'enfants. Il rêvait. De temps à autre, il jetait un coup d'œil à sa compagne. Elle écoutait attentivement les recommandations du curé pendant que lui, ses regards fixés sur elle, était fasciné par son charme. Elle ne portait pourtant qu'une robe toute simple, mais sa beauté lui venait d'abord et avant tout de l'éclat de son visage, de la vivacité de ses yeux et de ce sourire qui quittait rarement ses lèvres.

Tout au long de la cérémonie, Laurent fut un peu ailleurs. Il répondit un « oui, je le veux » enthousiaste lorsque le prêtre lui demanda s'il désirait épouser Jeanne Longpré. Il passa l'anneau au doigt de Jeanne, lui sourit et n'eut ensuite qu'une pensée, celle de se retrouver seul avec elle.

Les noces furent réussies, le repas fabuleux. Il y avait de tout, mais surtout du homard à profusion dont tout le monde se régala, sauf la tante Florence qui n'aimait pas le poisson et encore moins ces grosses bêtes laides avec des pinces. Laurent ne put s'empêcher de l'imaginer munie de pinces à la place des bras.

Un des moments les plus émouvants fut celui où Lorraine vint offrir ses vœux aux nouveaux mariés.

Tout le monde défilait, chacun y allant de ses bons souhaits. Lorraine s'approcha. Tout ce qu'elle put formuler fut :

—Je vous souhaite beaucoup de bonheur et de nombreux enfants.

Laurent l'embrassa et la serra dans ses bras. Elle éclata en sanglots. Jeanne fit de son mieux pour la consoler.

— Tu ne seras plus jamais seule, promit-elle. Désormais je serai là, tout près. Je n'ai pas oublié que je suis la marraine de Mélanie. J'irai passer beaucoup de temps avec toi.

Les autres invités se succédèrent et la dernière à s'amener, pourquoi s'en étonner, ne fut nulle autre que la tante Florence. Du bout des lèvres, elle dit :

— Permettez-moi d'en douter, mais j'espère quand même que vous aurez une bonne et belle vie ensemble.

Laurent fit un clin d'œil à Jeanne et répondit :

— Merci pour vos vœux. Il ne vous reste plus qu'à avoir un bon retour à Saint-Cyprien. Justement, le bateau de la malle vient à l'île demain.

Jeanne dut se pencher rapidement pour que la tante ne s'aperçoive pas qu'elle allait éclater de rire. Fort heureusement, au même moment, quelqu'un leva son verre aux mariés et c'est une Jeanne toute souriante qui se tourna vers Laurent.

La fête se poursuivit tard dans la soirée au son des violons et de l'accordéon. Wilfrid passait d'un groupe à l'autre, s'entretenant avec tous ceux qui le considéraient un peu comme l'Ancien, celui qui veillait aux besoins de tout un chacun. Tout se déroulait dans la bonne humeur quand les réjouissances furent interrompues par les vociférations de Bill qui, armé et fin soûl, surgit au milieu du groupe. Le silence se fit. Les musiciens firent taire leurs instruments. Tout pouvait se produire.

— Ma femme ! hurlait-il. Où est ma femme ?

Sans la moindre hésitation, Wilfrid se dirigea droit vers lui.

— Elle est ici. Viens !

Étonné sans doute de l'intervention de son beau-père, Bill baissa son fusil et le suivit. Maxime Richard n'attendait que ce moment de distraction de sa part et d'un coup de pied, il lui fit sauter l'arme des mains.

— Tu viendras pas gâter les noces, Bill Bérard. T'étais invité comme tout le monde. T'avais rien qu'à v'nir. Maint'nant, tiens-toé tranquille, sinon tu vas tellement te faire arranger l'portrait que tu te reconnaîtras plus.

Bill fit mine de foncer. Les hommes le retinrent jusqu'à ce qu'il se calme. Il se mit à brailler. Il ne fallait rien attendre de plus de la part de cet ivrogne. Lorraine s'approcha.

— Les noces ne sont pas encore finies. Je rentrerai à la maison demain avec les petites.

Il la regarda d'un air perdu, en grognant. Le gardien s'avança.

— Tout ce dont tu as besoin, assura-t-il, c'est d'une bonne nuit. Tu fileras mieux demain quand tu auras dessoûlé.

Wilfrid se tourna d'un côté et de l'autre. Quand il aperçut Ernest, il lui fit signe de venir d'un geste de la tête.

— Le lit dans la cabane du canon est-il en bon état?

— Oui, p'pa!

— Nous allons l'y mener pour la nuit.

Ernest et Côme poussèrent Bill devant eux. Il n'eut pas le courage de protester. Quelques minutes plus tard, après avoir vomi dans un tas de broussailles, il tomba tête première sur la paillasse et ne bougea plus.

— Il en a pour jusqu'à demain, constata Côme. Ne le laissons pas nous gâcher notre plaisir.

Revenus au milieu de la cour, ils se mêlèrent aux danseurs. Jeanne avait rejoint Lorraine. Elle tenta de l'apaiser.

— Ne t'en fais pas. Demain, tout ira mieux.

— Demain, peut-être, mais après-demain…

— Un jour à la fois, lui répondit Jeanne. Il faut vivre un jour à la fois. Tu verras, les choses vont finir par se replacer.

Laurent s'approcha. Voyant que les femmes causaient calmement, il alla rejoindre son père qui discutait avec un groupe d'invités de l'Anse-aux-Fraises. Le quotidien reprenait le dessus. La question du quai revenait sur le tapis. Laurent se mêla à la conversation.

Pendant ce temps, la nuit accomplissait son œuvre petit à petit. Les groupes se faisaient de moins en moins nombreux. Un grand feu avait été allumé au milieu de la place. On avait cessé de l'alimenter. Les noces tiraient à leur fin. Vers minuit, les derniers fêtards partirent et en même temps, la musique se tut. Wilfrid paya les musiciens. Du feu, il ne restait plus que quelques tisons qu'Ernest éteignit en y jetant un seau d'eau. Les femmes avaient regagné la maison. Laurent y entra en même temps que son père.

— Tu es content de ta journée ? demanda Wilfrid.

— À plein et Jeanne aussi. On ne pouvait pas demander mieux.

— Dans ce cas, profite bien de ta nuit aussi ! La première est souvent la meilleure. Mais ne vous pressez pas trop pour faire un enfant.

— Ça ne vous dirait pas d'être une troisième fois grand-père ?

— Oui, à condition que ce ne soit pas comme pour les deux premières.

— Pauvre Lorraine, dit Laurent. Il va falloir faire quelque chose.

Avant de gagner son lit, le gardien s'assura que le phare faisait bien son œuvre. Dehors, le temps devenait maussade. Un bon vent se levait.

— Pourvu qu'il ne fasse pas tempête, marmonna-t-il.

La mariée s'était déjà retirée dans la chambre. Quand Laurent la rejoignit et qu'ils furent enfin seuls, ils réalisèrent en une nuit tout ce à quoi ils n'avaient fait que rêver depuis le temps qu'ils se connaissaient.

Après, dans leurs bavardages, quand ils firent allusion aux propos de la tante Florence, leurs rires éclatèrent et durèrent tant que la maison du phare en conserva longtemps les échos.

Chapitre 33

# L'établissement au phare

Jeanne faisait maintenant partie de la famille. Elle devait y faire sa place sans rien bousculer des habitudes de la maison. Le lendemain des noces, les nouveaux mariés eurent droit à un traitement particulier. Ils n'apparurent dans la cuisine que vers les huit heures. Rose et Wilfrid, comme tous les matins, s'étaient levés avec le soleil. Desneiges et Fabiola les rejoignirent à la cuisine.

— Profitez bien du reste des vacances, leur dit leur père. Comme nous n'avons pas pu engager d'institutrice, c'est décidé, vous partez pensionnaires avant la fin du mois.

— Où ça ?

— Au couvent des sœurs de la Charité à la Pointe-aux-Esquimaux.

— Vous pouvez déjà commencer à faire vos bagages, conseilla leur mère. Jeanne vous aidera. Elle a plus l'habitude que nous là-dedans. Votre père a fait venir la liste des choses qu'il vous faut pour l'année. Il va falloir acheter certaines affaires que nous n'avons pas. Peut-être qu'on sera même obligé de nous rendre à la Pointe-aux-Esquimaux pour les trouver.

— Oh, m'man ! Nous aimerions y aller avec vous.

— Ce n'est pas moi qui m'y rendrai, mais Jeanne. Si votre père veut que vous l'accompagniez, je n'ai pas d'objection.

Les deux filles se mirent à harceler leur père pour le convaincre de les laisser aller à la Pointe-aux-Esquimaux. Fabiola attaqua la première :

— Il nous faut des uniformes, p'pa. Jeanne ne pourra pas les acheter si nous ne sommes pas avec elle. Elle n'aura pas notre grandeur.

— Puis, si nous sommes là, renchérit Desneiges, nous pourrons visiter notre couvent. Vous savez, ça sera difficile de rester là durant dix mois sans revenir pendant le temps des fêtes.

Pour la forme, Wilfrid se laissa tirer l'oreille.

— P'pa, nous promettons de ne pas nous plaindre et de bien travailler toute l'année.

— Nous aurons seulement des bonnes notes. Vous serez fiers de nous.

Leurs arguments finirent par le faire plier, et Wilfrid, bien au fait du va-et-vient des navires, organisa leur voyage. Jeanne fut heureuse de pouvoir rendre service de la sorte. Laurent se montra moins enchanté de son absence durant deux jours. D'un air moqueur, Jeanne le taquina :

— Tu m'apprécieras davantage à mon retour. C'est bon, parfois, tu sais, de se sentir désirée.

Laurent n'avait rien à redire. Il s'approcha d'elle et l'embrassa.

— Sois prudente.

— Ne t'inquiète pas, je tiens trop à toi pour faire des folies !

Elles partirent dès le lendemain, profitant du passage d'une goélette marchande en route vers la Côte-Nord. Le temps était au beau fixe et la mer d'huile. La traversée se fit sans difficulté. La Pointe-aux-Esquimaux n'était qu'un petit village qui, cependant, pouvait se vanter d'avoir un magasin général où l'on trouvait un peu de tout. Avec l'église, le couvent était l'édifice le plus imposant de la place.

Dès leur arrivée, Jeanne et les filles se dirigèrent sans tarder vers le couvent. Il leur fallait obtenir plus d'informations sur ce que devait être le trousseau de Desneiges et Fabiola. Elles y furent reçues par une religieuse qui se montra fort aimable, leur faisant visiter l'édifice puis répondant de façon précise à toutes les questions que les futures pensionnaires avaient à poser.

— Oui, vous pouvez vous procurer ici plusieurs effets dont vous aurez besoin. Nos élèves qui ont terminé leurs études nous laissent leurs uniformes.

Peut-être que l'un ou l'autre pourrait vous aller. Non, ce n'est pas nécessaire de vous préoccuper de vos cahiers, nous pourrons vous en fournir. Ce que vous ne trouverez pas ici, vous pourrez sans doute vous le procurer au magasin général. Bien entendu, nous avons congé le samedi et le dimanche. Il y a bien quelques périodes de ces journées où vous devez étudier, mais en général, c'est congé pour assister à la sainte messe et aussi aux vêpres.

Rassurées par ces renseignements et après avoir acheté chacune un uniforme, Fabiola et Desneiges se promenèrent dans le village, s'arrêtèrent au magasin général afin de compléter leurs achats, puis elles déclarèrent à Jeanne :

— Nous serons bien au couvent. Nous allons étudier comme il faut afin de devenir aussi savantes que toi.

— Le principal, conseilla Jeanne, c'est de faire de votre vie ce qui vous plaira le plus.

Desneiges dit spontanément :

— Tu le sais : je serai institutrice !

— Et toi, Fabiola ?

— Je voulais être infirmière, mais je ne sais plus trop. Je verrai plus tard.

— Donnez-vous le temps d'y penser comme il faut, leur fit remarquer Jeanne.

Elles se dirigeaient vers l'auberge où elles allaient passer la nuit lorsque Desneiges se pencha et cueillit une marguerite au bord de la route. Se tournant vers Jeanne, elle demanda :

— Est-ce que tu désires avoir beaucoup d'enfants?

Jeanne lui répondit qu'elle l'espérait, tout comme Laurent.

— Je peux te révéler combien vous en aurez.

— Allons donc! Serais-tu devenue une prophétesse?

— Oui, répondit Desneiges, le plus sérieusement du monde.

Elle ajouta:

— Tends ta main droite, la paume vers le haut.

Jeanne s'exécuta. Desneiges prit la marguerite qu'elle avait cueillie et lui enleva pétale après pétale, qu'elle déposa dans la paume de Jeanne.

— Reste la main tendue et ferme les yeux, commanda Desneiges.

Jeanne s'exécuta. Desneiges lui donna une petite tape sous la main. Les pétales volèrent en l'air. Desneiges compta.

— Sept, fit-elle. Vous aurez sept enfants.

— Qu'est-ce qui te fait dire ça?

— Compte les pétales qui sont retombés dans ta main.

Il y en avait exactement sept.

# Chapitre 34

# Laurent se fâche

Du haut de la tour, ce matin-là, Laurent remarqua qu'il y avait passablement d'activité du côté de Baie-des-Anglais. Plusieurs barques tournaient au large. Toutefois, Laurent eut beau se servir de la lunette d'approche, un bosquet d'arbres l'empêchait de bien voir ce qui se passait près de la rive. Il en parla à son père au moment du déjeuner.

— Il y a beaucoup d'agitation du côté de la Baie.

— Qui est due à quoi?

— J'aimerais bien le savoir.

— Si tu estimes que ça en vaut la peine, tu n'as qu'à aller voir.

— Je pense que je vais m'y rendre et en profiter pour faire une petite visite à Lorraine. Jeanne m'accompagnera, de même Lorraine aura de la compagnie.

Ils partirent dès après le déjeuner. Jeanne était tout heureuse de cette sortie. La journée s'annonçait belle, ni trop chaude ni trop fraîche. Il n'y avait pas de vent.

La mer montrait beau visage. De courtes vagues venaient mourir sur la rive et Oliver filait bon train pendant que les amoureux multipliaient les baisers.

— Tu sais qu'il paraît qu'on ne reste pas toujours aussi amoureux ? laissa tomber Laurent. Les premiers temps on l'est, puis avec l'habitude, ça diminue.

— Je le sais, parce que l'amour ce n'est pas ça. L'amour, me répétait ma grand-mère, c'est ce qui reste quand on n'est plus amoureux.

Laurent la regarda en souriant.

— J'ai marié une grande savante !

Sa remarque les fit s'esclaffer. Pendant ce temps, Oliver avait continué sa route. Ils furent bientôt en vue de la Baie. Jeanne s'empressa de recommander :

— Tu me mènes tout de suite chez Lorraine.

— J'allais te le proposer. J'irai voir ensuite ce qui se passe au bord de la mer. Si mes yeux ne me trompent pas, je crois bien savoir de quoi il s'agit.

— Qu'est-ce que tu penses que c'est ?

— Ça me semble être une baleine échouée.

Laurent avait raison, car dès qu'ils furent plus près, ils se rendirent compte qu'après avoir traîné le cétacé jusqu'au bord, les hommes s'affairaient à le dépecer. Tout le village était là.

Jeanne questionna :

— Qu'est-ce qu'ils vont en faire ?

— De l'huile. Ils devraient en retirer quelques dizaines de barils. Regarde là-bas, il y en a qui commencent déjà à faire fondre la graisse.

De la fumée épaisse montait en tourbillonnant vers le ciel.

—Ils vont vendre cette huile et s'en partager les profits. Sur une île comme la nôtre, il est bien rare que quelque chose se perde vraiment.

Tout en parlant, il dirigea Oliver chez Lorraine. Il prit le temps de descendre avec Jeanne afin de saluer sa sœur. Quand il la vit, lui qui ne sacrait jamais s'écria:

—Le sacrement! Il t'a encore touchée! Ça va faire! Où est-il?

Il n'attendit pas de réponse et ressortit aussi vite. Laissant Oliver attaché devant la maison, il descendit à grands pas vers la rive. Les hommes étaient passablement avancés dans leur travail. On apercevait une grande partie du squelette de la baleine. Sans perdre de temps, Laurent s'approcha. Il demanda au premier du bord:

—Où est Bill?

L'homme tendit l'index.

—Par là.

Laurent l'aperçut en train de boire, appuyé contre une barque. Il se dirigea droit vers lui.

—Salut, le beau-frère. Tu prends un coup pour te donner du courage afin de battre ma sœur à soir?

Le ton de la voix de Laurent fit taire tout le monde autour.

—Es-tu trop soûl ou trop lâche pour te battre? Viens me montrer si tu es un homme! Viens si tu ne chies pas dans tes culottes!

Bill cracha par terre et fonça sur Laurent. Il tenait dans la main droite un couteau à dépecer. Laurent esquiva le coup.

—Il te faut un couteau, mon soûlon. Tu n'es pas capable de te battre contre un homme sans d'autres armes que tes deux poings. Pas d'arme, ça ne te réussit qu'avec les femmes?

Voyant qu'ils pourraient assister à une bonne bagarre, les autres hommes s'étaient regroupés autour des belligérants. Personne n'intervenait pour les séparer. Bill fonça encore. Cette fois, d'une jambette, Laurent lui fit mordre la poussière et fit du même coup sauter le couteau de sa main, non sans avoir été touché au bras. Le sang dégoulinait. Quand Bill fut de nouveau sur ses pieds, Laurent le défia :

—Allons, mon salaud, montre que tu es un homme. Viens que je t'arrange la face pour que tu t'en souviennes et laisses ma sœur en paix. Touches-y une autre fois et je vais t'arranger si bien que tu ne seras plus jamais capable de le faire.

Bill s'avança. Laurent lui asséna un coup de poing qui le fit reculer de quelques pas.

—Tu m'as touché avec ton couteau. As-tu peur du sang? Approche, mon sacrement, que je te fasse payer tes lâchetés. Approche !

Bill ne bougeait pas. Vif comme un chat, Laurent bondit. Sa ruade fit rouler son beau-frère dans la poussière. Sans attendre, il lui donna un coup de pied dans les côtes.

— Celui-là est pour Lorraine, cracha-t-il.

Mais il n'en avait pas fini avec l'ivrogne :

— Lève-toi, si t'es un homme ! Bats-toi, mon maudit peureux ! C'est pas une femme sans défense qui est devant toi. Montre-nous que tu as quelque chose entre les deux jambes si tu n'as rien entre les deux oreilles.

Il donna le temps à Bill de se remettre debout. Tout autour, les hommes s'animaient. Des gageures se tenaient. Bill, bâti comme un ours, aurait pu le vaincre d'une seule prise bien appliquée. Mais Laurent sautait d'un côté et de l'autre, et dès que Bill approchait, il lui allongeait un coup qui touchait infailliblement sa cible. Chaque fois, il l'apostrophait avec une insulte du genre :

— Celui-là, c'est parce que t'es rien qu'un salaud.

La blessure de Laurent le faisait souffrir. Il avait hâte d'en finir. Il frappa Bill encore à deux reprises : une pour le traiter de lâche et l'autre de soûlon. Puis il l'acheva d'une droite au menton. Bill s'écrasa sur le dos au milieu du sentier. Tournant les talons en se tenant le bras, Laurent se dirigea droit vers sa charrette. Il s'y appuya un moment et s'écroula. Des hommes l'aidèrent à se relever et le conduisirent dans la maison des dunes où Jeanne et Lorraine le reçurent, tout en émoi. Elles s'occupèrent immédiatement de lui. Il avait perdu beaucoup de sang. Elles s'empressèrent d'arrêter l'hémorragie. Quelques minutes plus tard, prévenu de la bagarre par les spectateurs, le docteur se présenta chez Lorraine. Il avait l'habitude de soigner des blessures de ce genre. Il s'y employa si bien que Laurent fut hors de danger. Jeanne était bouleversée et Lorraine désolée. Elles se firent raconter ce qui s'était passé.

— Pourvu que Bill ne revienne pas en pleine nuit, gémit Lorraine.

Wilbrod Giasson et Boniface Savoie décidèrent de rester sur place.

— S'il décide de revenir, il va avoir affaire à nous autres. Laurent a bien fait de lui régler son compte. Mais il aurait dû se méfier. Bill est d'même. C'est un sournois.

Le lendemain, après une bonne nuit, Laurent se sentit suffisamment remis pour regagner le phare. Il n'eut pas à se préoccuper de mener la charrette, car, inquiet de ne pas le voir revenir, Wilfrid avait envoyé Ernest aux nouvelles. Ils quittèrent la Baie en faisant promettre à Lorraine de les faire prévenir si jamais Bill faisait de nouveau des siennes.

— Il a eu sa leçon, assura Laurent. Il ne devrait plus te faire de troubles.

En cours de route, Ernest dit :

— Je n'ai pas voulu en parler devant Lorraine, mais avec un soûlon comme Bill, on peut s'attendre à tout.

Inquiète, Jeanne se colla à Laurent.

— Il aurait pu te tuer. Va savoir ce qu'il fera à Lorraine…

# Chapitre 35

# Ernest et le saumon

Ernest n'était pas homme à se laisser imposer des règlements. Il savait parfaitement que la compagnie propriétaire de l'île se réservait exclusivement la pêche sur toutes les rivières coulant sur son territoire. Mais ce n'était certes pas ce qui allait l'arrêter. Anticosti était renommée pour ses rivières à saumons. L'été se prêtait d'ailleurs on ne peut mieux à cette pêche. Les ours le savaient fort bien. Ils se rendaient au bas des chutes et se régalaient de ce poisson exquis. Les saumons remontaient les rivières de l'île pour aller frayer et passaient la belle saison à l'ombre dans les fosses le long des cours d'eau avant de gagner à l'automne les frayères qui les avaient vus naître. Un bon pêcheur pouvait facilement capturer à la ligne six ou sept de ces poissons combatifs en une journée.

Monsieur Stockwell, un des plus importants actionnaires de la compagnie propriétaire d'Anticosti, ne se privait pas pour pêcher le saumon à la rivière Jupiter une bonne partie de l'été. Il invitait des amis à l'accompagner. Tout le monde de l'île le savait et ça les faisait rager de ne pas pouvoir en faire autant. Pourtant, ils ne se risquaient pas vers l'intérieur des terres où de nombreuses rivières recelaient un grand nombre de saumons. Ernest, lui, s'y enfonçait sans crainte chaque été. Il n'allait pas se priver de saumon alors que les rivières en regorgeaient.

En cet été 1894, il ne dérogea pas à son habitude.

— P'pa, si ça ne vous dérange pas, je ne viendrai pas coucher à la maison pour une couple de semaines. J'aime mieux rester sur le bateau, de même je ne serai pas obligé d'y retourner chaque matin. Comme vous savez, on part au large avec le début de la clarté et en plus, la marée est bonne très tôt.

— On te verra dimanche à la messe.

— C'est ça !

Son père ne faisait pas d'objection, car il avait Laurent pour le remplacer au besoin. Avant de partir, Ernest prit la précaution de parler à Laurent.

— Je ne serai pas à la pêche au large, mais sur une rivière de l'île. Tu me couvres si jamais, pour une raison ou une autre, p'pa me fait chercher.

— Sois sans inquiétude. D'abord, ça prendrait une raison majeure pour qu'il te fasse revenir. Ensuite, si nécessaire, je m'occuperai si bien du canon de brume qu'il ne se rendra même pas compte que ce n'est pas toi qui le fais fonctionner. Sois prudent tout de même : les ours aiment le saumon.

— À qui le dis-tu! Mais moi, je n'aime pas les ours et ils le savent. Je serai à l'Anse-aux-Fraises pour la messe dimanche prochain et l'autre dimanche aussi.

— Quand comptes-tu revenir à la maison?

— Dans deux semaines et demie. Si je retarde d'un jour ou deux, ne t'en fais pas. Si ça dépasse trois jours, tu pourras commencer à te demander ce qui se passe. Si je ne suis pas de retour après trois semaines, viens voir où j'en suis.

Il partit à la mi-juillet. Il ne se risqua pas sur la Jupiter où il aurait pu se faire prendre. Il se rendit en douce à la rivière la Loutre où il connaissait une fosse imbattable. Il pêcha à la ligne six ou sept saumons par jour, les faisant fumer la nuit afin de ne pas se trahir par la fumée durant la journée. Comme promis, il revint au village les dimanches pour la messe. Au bout de deux semaines et demie, reprenant son embarcation chargée jusqu'au bord en longeant la côte, il rapporta au phare le plus clair de ses prises, disant qu'il avait consacré à cet achat l'argent empoché depuis plus d'un mois à la pêche à la morue. Ainsi, toute la maisonnée pourrait en profiter au cours de l'hiver.

Jeanne adorait le saumon fumé. Elle lui demanda d'expliquer comment on s'y prenait pour le fumer.

— Il n'y a rien de plus facile, affirma-t-il d'un ton solennel. D'abord, tu t'assures d'attraper du saumon.

— Je le sais bien, dit Jeanne, je ne suis pas sotte. Comment je pourrais en faire fumer s'il n'y en a pas?

Ernest la regarda d'un air moqueur.

—Je faisais comme les institutrices à l'école quand elles veulent voir si l'élève est attentif. Bon. À part le saumon, il faut du bois et il ne se bûche pas tout seul. En plus, il est préférable d'avoir de l'érable ou du chêne, et ce sont des raretés à Anticosti. Mais, vois-tu, ceux qui fument le poisson savent tout ça et ils se procurent le bois nécessaire.

—Ensuite ?

Il répondit le plus sérieusement du monde :

—Ils le font fumer.

—Tu fais ton drôle, commenta Jeanne sans s'impatienter, mais j'aimerais savoir dans les détails comment ils s'y prennent.

—Bon, dans ce cas-là, écoute bien ton beau-frère, chère belle-sœur. Il va tout t'apprendre du début à la fin.

—Je ne demande pas mieux.

—Il faut un fumoir comme un tipi indien, par exemple, de la sciure de bois, du saumon éviscéré et étêté qu'on prend le temps de bien saler. Il faut également de quoi faire brûler la sciure. On dépose les filets de saumon sur des claies de bois au-dessus d'un feu, mais de façon à ce qu'ils ne cuisent pas. Et là, on les fait fumer. Voilà ! C'est pas plus compliqué que ça !

Jeanne le regarda en souriant.

—Tu ferais un bon instituteur. Tu viens de m'apprendre là des choses très intéressantes. Mais moi aussi je pourrais t'enseigner quelque chose qui te rendrait service tous les jours de ta vie. Écoute bien ta belle-sœur. Il s'agit de s'asseoir, de prendre une plume, du papier et de l'encre, et de reproduire sur le papier ce que l'on trouve dans un livre. Comme ça, on apprend à écrire : a, b, c, etc. Puis voilà qu'après quelques jours ou quelques semaines d'effort, on sait lire et écrire. Tu vois, ce n'est pas plus difficile que ça. En plus, sais-tu une chose ? Moi, ta belle-sœur, je suis capable de te le montrer. Comme ça, quand tu iras dans les bois ou à la pêche, tu pourras lire toutes les informations qu'on trouve, par exemple, le long des rivières, comme : "Il est strictement défendu de pêcher sans autorisation", ou bien : "Défense de passer", ou encore : "Avis ! Tout chasseur pris sur ces lieux est passible d'une amende de vingt-cinq dollars".

Laurent entra au moment où Jeanne terminait ses explications. À voir la grimace qui se dessinait sur le visage d'Ernest, Laurent se mit à rire à s'en tenir les côtes. Furieux, Ernest explosa :

— Tu lui as dit ?

— Quoi ?

— Ah ! Tu sais bien, à propos du saumon.

— Je n'ai rien dit du tout.

— Comment ça se fait, alors, qu'elle le sait ?

— Voyons donc, p'tit frère ! Tu ne sais pas qu'une institutrice, c'est comme une mère ? Elle connaît tout et si elle l'ignore, elle le devine.

Dans son coin, Jeanne, sourire aux lèvres, ne put se retenir d'ajouter :

—Voilà, cher beau-frère! Ce n'est pas plus compliqué que ça!

⚜

L'été filait vers sa perte. Avant de poursuivre leur vol vers leurs refuges d'hiver, les oiseaux migrateurs en quête de nourriture envahissaient déjà les berges. Comme Rose le faisait chaque année, elle se mit à la préparation de tout ce qui allait servir à la confection de confitures de fruits, de marinades et de ketchup qu'on verrait apparaître sur la table tout au long de la morte-saison. Elle était heureuse de pouvoir compter sur l'aide de Jeanne qui ne demandait pas mieux que de participer.

—Une institutrice, disait Jeanne, ça sait beaucoup de choses, mais elle en a encore énormément à apprendre, surtout dès qu'elle cesse d'enseigner.

Rose aimait sa bru et se faisait un plaisir de lui montrer ses meilleurs trucs en cuisine, ceux que toute cuisinière souhaite transmettre avant de plier son tablier pour la dernière fois. Jeanne ne perdait pas un mot. Elle ne manqua pas, toutefois, de faire la remarque suivante à Laurent:

—Ta mère est vraiment une femme merveilleuse. Cependant, je m'inquiète pour elle, car il me semble qu'avant, elle n'était pas comme ça.

—Comme quoi?

— Elle me paraît bien fatiguée. Tu vois, elle est obligée de s'arrêter de plus en plus souvent pour se reposer un moment. On dirait qu'elle couve quelque chose.

— Elle ne rajeunit pas et une corvée comme celle qui s'en vient n'a rien pour la faire se sentir plus jeune. C'est de l'ouvrage, tu sais, de tout préparer pour les réserves de l'hiver.

— Je sais bien, mais une fois que tout sera prêt, ce sera encore passablement plus d'ouvrage de produire tout ça. C'est certainement une méchante charge, et il me semble que ta mère est si fatiguée qu'elle n'y arrivera pas.

— Ce sont des idées que tu te fais. De toute façon, m'man est habituée de travailler dur. Une chose est certaine, je suis bien content qu'elle puisse compter sur ton aide. Tu vas voir, il y a des moments de l'année ici qu'on n'oublie jamais à cause des odeurs, et celui du temps des confitures et des marinades en est un exceptionnel.

— Souhaitons que ta mère puisse passer à travers cette corvée, conclut Jeanne.

❧

Le mois d'août agonisait. Ce fut le branle-bas à la maison du phare. Desneiges et Fabiola partaient pour leur année de pensionnat à la Pointe-aux-Esquimaux.

Parce qu'elles quittaient la maison toutes les deux, elles se montrèrent courageuses et leur départ ne fut pas trop pénible. Elles eurent droit, de la part de leur mère, à un chapelet de recommandations.

— Écoutez tout ce que les sœurs vont vous dire.

— Ne vous inquiétez pas, m'man. Nous avons promis de bien réussir notre année.

— Écrivez-nous tant qu'il y aura des vaisseaux qui viendront à l'île.

— C'est promis.

— Mangez bien ! Faites pas les difficiles.

Il n'y avait rien à répondre, et ni l'une ni l'autre ne firent de remarque. Elles étaient habituées à manger de tout, ça ne changerait pas là-bas.

— Ne manquez pas de vous laver comme il faut et de bien ranger vos affaires. Ne vous chicanez pas avec les autres. Faites attention à votre linge. Si vous avez besoin de quelque chose de spécial, faites-nous-le savoir par le télégraphe. Monsieur Vigneau, au phare de l'Île-aux-Perroquets, peut nous envoyer des messages. Arrangez-vous pour qu'il ait des nouvelles de vous autres à nous communiquer. Cet hiver et même avant, dès novembre, habillez-vous comme il faut pour ne pas attraper froid. Si vous êtes malades, écoutez bien ce que les sœurs et le docteur vont vous dire. Faites vos prières du soir et du matin.

— Pour ça, dit Laurent, les sœurs ne manqueront pas d'y voir.

—Apprenez parfaitement vos leçons et étudiez comme il faut. En plus, faites attention de bien choisir vos amies.

Desneiges et Fabiola écoutaient ces recommandations d'une oreille distraite. Elles auraient encore duré longtemps si leur père n'était pas venu les prévenir que le vaisseau qu'elles devaient prendre était en vue. Laurent avait préparé cheval et charrette. Après des adieux à leur père, leur mère et Jeanne, elles montèrent dans la voiture et Laurent la fit avancer dans le fleuve.

# Chapitre 36

# La disparition

Maintenant qu'il avait réalisé sa pêche annuelle de saumons, Ernest revint coucher au phare. Il se permit de prendre congé une journée avant de retourner pêcher la morue en compagnie du vieux Boniface Savoie dont le fils Horace venait de filer avec un Montagnais du côté de la Côte-Nord, en prévision de leurs chasses d'automne.

Ernest se leva avant l'aube et partit vers Baie-des-Anglais en se promettant, comme il le faisait chaque jour, une pêche miraculeuse. Il se dirigea droit vers la maison de Boniface, s'emparant des filets de pêche et des rames là où le vieil homme les avait étendus la veille pour les faire sécher. Il descendit vers la barque échouée à quelques pieds du rivage. Déjà, tout le village se remettait à vivre. Les hommes portaient en silence leurs agrès de pêche à leurs embarcations. On n'entendait que le bruit sourd des rames et des cannes à pêche qu'on glissait tout au fond.

Déjà, si on en jugeait au clapotis provenant de la mer, quelques barques se dirigeaient vers le large.

Ernest déposait à peine les filets et les rames dans le doris que Boniface arriva à son tour, portant les lignes, une gaffe et un seau duquel dépassait un vieux sac de toile contenant leur déjeuner.

— Tu es là, constata le vieil homme.

— Comme promis.

Le jour n'était pas encore levé. C'est à peine si les deux hommes pouvaient distinguer leurs silhouettes se détachant sur le miroir lisse de la mer.

— Tu as fait bonne pêche au saumon ?

— Excellente. Nous avons nos provisions pour l'hiver.

— Espérons que nous serons gâtés aujourd'hui.

Ernest tâtonna le long de la barque pour glisser les rames dans les tolets. Il descendit à l'eau et donna une poussée à l'embarcation afin de la dégager du sable où elle gisait. Se donnant un élan, il sauta dedans et s'empara des rames. En quelques coups, il la dirigea droit vers le large. Pendant ce temps, Boniface avait commencé à hisser la voile. Le vent la gonfla d'un coup comme une panse de vache. Ils entendaient les oiseaux de mer, devinant seulement à leurs cris s'il s'agissait de mouettes, de goélands ou d'hirondelles de mer. Ils savaient que ces oiseaux tourneraient tout le jour autour de leur barque en quête d'appâts perdus. Poussé par un bon vent arrière et la marée montante, le doris fila au large. La journée s'annonçait belle. L'aurore fit lever le jour comme s'il tirait peu à peu au-dessus de l'horizon la couverture de la nuit. La mer était parfaitement lisse, mais le vent y creusait de temps à autre quelques rides. Devant eux, la surface de l'eau se mit à bouillonner.

— Voilà nos appâts de la journée, fit Ernest.

Il laissa glisser le filet dans le sillon de la barque. Elle vogua doucement au milieu de cette ébullition. Quelques minutes plus tard, leur diable grouillait de harengs. Boniface aida Ernest à le hisser à bord. Ils en versèrent le contenu dans un large bac de tôle près de la proue. Quelques goélands plus hardis s'approchèrent. Les hommes n'en firent pas de cas, sachant fort bien qu'ils n'oseraient pas se poser. Ernest tendit les lignes. Le vieil homme les amorça aux harengs. Ernest cargua la voile. L'embarcation ralentit, se mettant à basse vitesse. Les premières morues se laissèrent tenter. Ils en remontèrent chacun une.

Après un bâillement, Boniface expliqua :

— Nous avons bien fait de venir par icitte, nous y ferons notre journée.

Il tira le manche du gouvernail vers lui, faisant entreprendre un grand cercle à la barque.

— Nous ne nous éloignerons pas plus, suggéra-t-il.

— Quand on est dans la bonne talle, répondit Ernest, on y reste.

Le jour s'était levé pour de bon. À peine quelques petits nuages flânaient çà et là dans le ciel. Le soleil apparut à l'horizon, balayant d'un coup la surface de l'eau. Au loin se dessinait la silhouette de quelques barques en route vers le large. Ils étaient les seuls à avoir choisi de pêcher dans ce coin. Ils s'en félicitaient, car maintenant, le bout de leurs lignes s'agrémentait de deux belles prises. Ils ne parlaient pas beaucoup, habitués à pêcher en silence. Toutefois, Ernest le rompit pour dire :

— Si ça continue, nous serons de retour de bonne heure !

— Tant mieux, approuva Boniface. J'ai beaucoup d'ouvrage à la maison.

La langue d'Ernest semblait lui démanger, car il ajouta :

— Je dois aller voir ma sœur avant de retourner au phare.

Comme s'il mesurait ses paroles, le vieil homme mit quelque temps avant de demander :

— Après la volée que Laurent a donnée à Bill, il doit la laisser tranquille, j'imagine ?

— Tellement qu'il n'a pas remis les pieds chez lui depuis. Ce serait pas si pire, s'il avait au moins le cœur de la faire vivre. Il la laisse crever de faim avec ses deux enfants. Je lui ai apporté des provisions à matin. Je l'ai pas réveillée. J'ai laissé ça dehors contre sa porte en espérant que les chiens n'iront pas y mettre le museau.

En secouant la tête, Boniface se montra désolé :

— Je ne sais pas si on a les amis qu'on mérite, mais Bill aurait pu avoir mieux que Stanley.

— C'est connu, les soûlons se tiennent ensemble.

Le soleil était maintenant plus haut dans le ciel. Les barques s'étaient à ce point dispersées qu'ils n'en voyaient plus une seule autour d'eux. Ernest aimait ces moments où il pouvait se sentir presque seul au monde. L'air était bon. Des odeurs de varech y flottaient. Elles valaient, disait-il, tous les tabacs du monde. Leur pêche de la journée progressait rapidement. Affairés à leur tâche, ils ne parlaient guère, si bien que lorsque l'un d'eux le faisait, ses paroles semblaient provenir du fond de la mer.

— Nous serons chez nous betôt, assura Boniface. Si on le savait d'avance, ça s'rait ben commode. Rien n'empêche qu'aujourd'hui, si on s'était fié aux prévisions, ce s'rait pas icitte qu'on pêcherait. On aurait fait comme les autres et à l'heure qu'il est, on s'rait en plein golfe.

— Leurs prévisions, dit Ernest, ne valent pas mieux que de la marde d'écureuil. C'est pas en regardant dedans qu'on apprend ce qu'il a mangé.

— Tout de même un peu, mais ça vaut pas les boules de régurgitation des hiboux. Figure-toi qu'un hiver, j'en ai examiné plusieurs au pied d'un arbre du côté de l'Observatoire. Dans l'espace d'un mois, y avait avalé, le maudit cochon, près d'une centaine de souris à pattes blanches. Mais à l'arrivée du printemps, y avait changé un peu sa nourriture. En plus des souris, j'ai trouvé des peaux de couleuvre.

— Où est-ce qu'il les prenait?

—À mon idée, sur la Côte-Nord. Y allait chasser là et il revenait les digérer par icitte, parce que des couleuvres, tu le sais comme moi, y en a pas à l'île. Bon, ben ça suffit pour aujourd'hui, on retourne.

Le vieil homme fit faire demi-tour à la barque. Ce n'est qu'à ce moment qu'ils se rendirent compte de l'orage qui se préparait dans leur dos.

—Ah créié! En v'là tout un!

Des nuages s'amoncelaient comme des montagnes à l'est de l'île. Devant eux, le ciel bougeait, passant du noir au gris. D'abord chaud, l'air devint frais, puis froid. Ils filèrent sans tarder vers la Baie dont ils n'étaient pas très éloignés. Au fur et à mesure de leur approche, la mer passa au noir. Ils échouèrent leur barque, se dépêchant de l'amarrer à leur piquet de fer avant d'en vider le contenu. C'est alors que, demeuré dans l'embarcation, Boniface s'écria:

—Qu'est-ce qui se passe, Ernest? Regarde les piquets, ils sont tout bleus et toi avec!

Ernest jeta un coup d'œil autour de lui. Sur le cordage qu'il venait d'amarrer courait une ligne bleue tirant sur le violet. Au bout du piquet et de tous les autres aux alentours s'élevaient des aigrettes lumineuses. Il leva les bras et aperçut à l'extrémité de ses doigts de petites languettes bleues violacées qui crépitaient. Il ressentait une sensation de fourmillement comme si des doigts lui couraient dans le dos et le cou. Il lâcha tout et se précipita vers la berge. Boniface le rejoignit bientôt.

Se tenant à distance, ils regardèrent ce spectacle pendant un bon quart d'heure, puis ces gerbes lumineuses disparurent comme elles étaient venues. Ils se dirigèrent vers leur barque et récupérèrent leurs agrès et le fruit de leur pêche. Les nuages bas progressaient rapidement sur l'eau. L'orage allait éclater. Ils eurent le temps de tout mettre à l'abri.

—Je ne voudrais pas être au large... remarqua Boniface.

— Les autres, pourtant, y sont encore.

— On ne devrait pas tarder à les voir ressoudre.

La pluie tombait dru. Fouettée par le vent, elle frappait le sol par trombes, y laissant aussitôt une mare. Boniface, qui surveillait la berge, annonça :

— V'là Wilbrod et Baptiste. Y sont mouillés comme du varech au jusant. Les autres devraient suivre.

On entendait toutes les cinq minutes les coups de canon du phare.

— Coudonc ! s'exclama le vieux. D'habitude, c'est aux vingt minutes.

— Laurent doit faire une exception. Il ne s'agit pas d'un orage ordinaire.

Deux nouvelles embarcations venaient de rentrer. Boniface commenta :

— Pourvu que personne ne se perde. Un temps d'même, bien souvent, ça ne pardonne pas.

Ernest aida le vieux à saler les morues. Ils en remplirent un baril de chêne. Ce travail terminé, il déclara :

—J'm'en vas chez ma sœur. Si le temps change pas, j'vas coucher là. Demain, on retourne au large?

Le vieil homme le lui confirma d'un signe de tête.

⟶⟨❧⟩⟵

Le lendemain matin, le temps s'était remis au beau. Ernest se leva avant l'aube. Sa sœur était déjà debout. Une des jumelles avait été malade toute la nuit.

—Je reviens à soir, promit Ernest. S'il te manque de quoi, tu me le feras savoir.

Il partit sans plus tarder. Boniface l'attendait avec impatience.

—Dès qu'il fait clair, on part. Stanley et Bill ne sont pas rentrés. On va les chercher.

—Ils ne sont pas rentrés, vous en êtes sûr?

—Comme t'es là.

—Je pensais que Bill avait couché chez Stanley.

—Ils ne sont pas rentrés, c'est certain. Les autres m'ont dit qu'ils pêchaient très loin d'icitte et qu'ils étaient déjà à moitié paquetés tous les deux au début de la journée.

# Chapitre 37

# Lorraine à la maison

Ils s'y mirent à plusieurs durant des jours pour arpenter les côtes de l'île à la recherche des disparus. Avaient-ils chaviré ? Si oui, comment se faisait-il qu'on ne retrouvait pas de débris de leur embarcation ni à Anticosti ni sur la Côte-Nord ? Wilfrid fit une réflexion qui laissa Laurent et Ernest songeurs.

— Quand quelqu'un a idée de disparaître, une tempête comme celle d'hier est un moment tout désigné pour le faire.

Les paroles de son père tracassaient Laurent.

— Pourquoi auraient-ils voulu disparaître tous les deux ?

— Ils sont loin d'être des anges. On peut s'attendre à tout de leur part. On ne sait pas trop quelles idées ils ont derrière la tête. Il est rare sur nos côtes qu'une barque naufragée ne laisse pas de traces.

— Si je comprends bien, vous ne pensez pas qu'ils aient pu périr dans la tempête ?

—J'ai de la difficulté à le croire. C'était un gros orage, mais il n'a pas duré longtemps et les autres sont tous rentrés, même ceux qui sont moins expérimentés en mer. Il y a de quoi se poser des questions.

—Je me demande ce que vont devenir Lorraine et les jumelles dans tout ça.

—Elles ne sont pas dans la rue. En le mariant, Lorraine a couru après son malheur. Je l'avais avertie. Elle n'a pas voulu m'écouter.

—Mais là, au moins, si son mari a péri, elle va hériter de la maison. C'est toujours ça de pris. Je ne connais pas grand-chose dans les affaires de succession, ajouta Laurent, mais je pense qu'une veuve dont le mari n'est pas retrouvé ne touche rien avant des années, le temps de s'assurer qu'il est bien mort. La pauvre Lorraine va vivre bien maigrement, sans parler des deux petites… Déjà qu'il les laissait crever de faim.

La réflexion de Laurent ne tomba pas dans l'oreille d'un sourd. Wilfrid partit le lendemain pour Baie-des-Anglais. Il se rendit directement chez sa fille. Quand il y arriva, la pauvre tentait de calmer les jumelles en pleurs. Elle n'avait plus de lait à leur donner et pas un sou pour en acheter. Une voisine était avec elle. Les deux femmes furent visiblement soulagées de voir arriver le gardien. Wilfrid ne fit pas un long discours.

—Il n'y a rien de nouveau à propos de Bill?

—Non, rien en toute!

—Prends tes affaires, tu t'en viens à la maison.

Il donna quelques sous à la voisine.

— Pouvez-vous trouver du lait quelque part ?

La femme partit. Lorraine se mit à rassembler rapidement les effets qu'elle désirait emporter. Wilfrid patienta jusqu'au retour de la voisine. Quelques minutes plus tard, elle entrait et s'affairait aussitôt à réchauffer le lait. Dès qu'elles eurent avalé quelques gouttes, les jumelles cessèrent presque instantanément de pleurer.

— Bon, soupira Wilfrid. Nous allons pouvoir parler en paix. Tant que ton mari ne sera pas de retour, tu resteras à la maison. Les petites ont besoin de toi et elles doivent avoir de quoi manger tous les jours. Si ton homme revient, tu retourneras vivre avec lui. On ne sépare pas ce que Dieu a uni.

Il attendit que les jumelles soient rassasiées. Il remercia la voisine, puis se leva.

— Maintenant, partons !

Il s'empara du ber double où les bébés venaient de contenter leur faim et s'étaient aussitôt endormis. Il le souleva d'un seul bras et sortit. Il le hissa sur la voiture, retourna à la maison et revint, muni de couvertures, afin d'abriller convenablement les petites. Il aida ensuite Lorraine à déposer divers effets dans la voiture, dont ses hardes en particulier.

— Si tu as besoin d'autre chose, tu reviendras avec Laurent. Pour le moment, ce qu'il te faut, c'est un peu d'aide et de monde autour de toi et des jumelles. Ce n'est pas ce qui manque à la maison avec ta mère et ta belle-sœur. Est-ce que tu as quelque chose pour barrer ?

— Oui.

— Bon ben, fais-le. Il ne faut jamais tenter le diable.

Elle tira la porte et la verrouilla. Il tendit la main et aida sa fille à monter près de lui sur la charrette. Il commanda à Oliver :

— Hue !

La voiture se mit en branle.

— Regarde bien ces lieux, conseilla-t-il, peut-être est-ce la dernière fois que tu y viens. On n'a guère le désir de revenir là où on a été malheureux.

Lorraine ne se retourna pas. Wilfrid ne lui fit aucun reproche de tout le trajet. Il préféra lui parler de la vie qui l'attendait au phare.

— Ta mère sera heureuse de vous avoir, les petites et toi. Une mère a de l'amour à revendre, tu le sais, tu en es une, mais une grand-mère, on dirait qu'elle en a le double. Tes enfants, elle va les gâter. En plus, tu auras le plaisir de vivre avec ta belle-sœur. Jeanne est une femme instruite. Elle est patiente et douce, mais elle ne savait ni faire la cuisine ni tenir maison. Ta mère est en train de lui apprendre tout ça. Quand je laisserai mon poste à Laurent, la maison sera aussi bien tenue que le phare. Tu y auras ta place aussi long-temps que nous ne saurons pas ce qu'est devenu ton mari. S'il vit, tu n'auras pas d'autre choix que de retourner avec lui, s'il veut de toi et des enfants. Tu ne devais pas être très heureuse avec cet homme… Toute petite, tu souriais tout le temps et tu faisais notre bonheur, à ta mère et à moi. Espérons que cette joie qui t'habitait te revienne à la maison.

Il se tut. Lorraine pleurait. Il fit mine de ne pas s'en rendre compte, heureux qu'il était de la ramener au foyer. Quand il avait été question qu'elle épouse Bill, il s'y était opposé, mais Lorraine semblait tellement l'aimer qu'il avait fini par se plier à son désir. Aujourd'hui, il voyait qu'il avait raison, mais il ne triomphait pas, se reprochant de ne pas l'avoir empêchée de se jeter dans les bras de cet homme.

Quand la maison fut en vue, Oliver accéléra le pas. Il s'arrêta pile devant la porte. Wilfrid sauta à terre et tendit la main à Lorraine. Elle était attendue, car Jeanne lui ouvrit, Rose sur ses talons. Elle se jeta dans les bras de sa mère pendant que son père, tenant fermement le ber, le déposait près de l'entrée. Tout de suite, Jeanne se pencha sur les petites en s'exclamant :

— Comme elles sont mignonnes !

Laurent apparut à son tour. Il aida à décharger les maigres biens de sa sœur. Déjà, les femmes entraînaient Lorraine vers la salle commune. Wilfrid s'empara de nouveau du ber et les suivit pendant que Laurent se chargeait de conduire Oliver à l'écurie. Quand il revint à la maison, les femmes parlaient toutes en même temps. Rose avait une petite dans ses bras et Jeanne l'autre.

— C'est bien Mélanie ? s'assura Jeanne auprès de Lorraine. Elles se ressemblent tellement que je ne saurai jamais les différencier !

— Tu y arriveras quand ça fera quelque temps que tu les verras. Elles ne pleurent pas de la même manière et il y a des différences dans leur façon de boire, de rire et de babiller.

Wilfrid s'assit en retrait, tira sa pipe de sa poche et l'alluma. Simplement parce que Lorraine était là, il lui semblait que la vie reprenait comme autrefois. Laurent voulut prendre à son tour sa « fillole », comme il disait. Jeanne le reprit.

— On ne dit pas fillole mais filleule.

Il la taquina :

— Voilà l'institutrice qui parle. Fillole ou filleule, elle est belle quand même. Je pense qu'elle ressemble beaucoup à sa mère.

Jeanne la déposa dans ses bras.

— Entraîne-toi, l'invita-t-elle. Bientôt, sans doute, ce sera le ou la nôtre que tu prendras.

Ils cherchèrent tous des ressemblances aux petites, s'efforçant de souligner uniquement les traits qui, chez elles, pouvaient se rapprocher de ceux de leur mère. Comme rappelée à son devoir, Rose soudain se leva et après avoir déposé Milaine dans les bras de Wilfrid, demanda :

— Vous devez avoir faim ? C'est presque l'heure du dîner.

Jeanne se précipita pour l'aider. Wilfrid apprit à Lorraine :

— Tu reprendras ta chambre. Tu pourras avoir les filles avec toi. J'en connais un autre qui sera heureux de les voir.

— Qui donc ?

— Ernest.

— C'est vrai, je l'oubliais, celui-là. Est-ce qu'il est à la pêche?

— Avec Boniface. C'est une de leurs dernières sorties. Ernest a promis de tenter d'apprendre à lire et à écrire avant d'aller préparer son camp de chasse pour l'hiver.

— Dites-moi pas qu'il s'est enfin décidé!

— Avec une institutrice dans la maison, il ne pouvait guère faire autrement. Elle l'a convaincu.

Rose revenait de la cuisine en portant la soupière. Elle alla la déposer sur la table. Tous la suivirent à la salle à manger. Jeanne y disposait les couverts. Lorraine fut émue de constater que rien n'avait changé. Le même rituel qu'elle avait connu se déroula sous ses yeux. Wilfrid dit le bénédicité. Ils s'assirent ensuite. La soupière fit le tour de la table, chacun se servant à son tour. Le gardien s'empara de la miche de pain, y traça une croix avec le couteau et se mit en frais de la trancher. Mêlées au fumet de la soupe de poisson, les odeurs du pain frais remplissaient la pièce et, du coup, ce fut suffisant pour que Lorraine se mette à pleurer. Sa mère l'entoura de ses bras pour la consoler.

— Allons, allons, murmura-t-elle, le principal, c'est que tu sois là.

— Vous ne pouvez pas savoir à quel point vous m'avez manqué.

Laurent intervint:

— Toi aussi tu nous as manqué, grande sœur. Depuis que tu es revenue, il me semble que la maison n'est plus pareille.

— Bon ! intervint Wilfrid. Mangez parce que ça va refroidir et votre mère va encore dire que c'est de ma faute.

Sa réflexion les fit s'esclaffer.

## Chapitre 38

# La nouvelle institutrice

On était maintenant à la fin de septembre. Les jours raccourcissaient et l'haleine des nuits devenait de plus en plus froide. Les pêcheurs avaient rangé leur barque. Même si Wilfrid avait entrepris très tôt les démarches pour obtenir une nouvelle institutrice, aucune candidate ne s'était présentée. Alors qu'il se résignait à voir les enfants perdre une année scolaire, il reçut un télégramme l'avisant qu'une demoiselle Claire Lafrance était en route pour Anticosti.

La nouvelle institutrice arriva au phare en plein après-midi. Laurent se chargea d'aller l'accueillir à la barque. Dès que la voiture fut au sec, elle sauta à terre, la malle à la main. Elle était petite, mais énergique. « Une vraie boule de feu », se dit Wilfrid en l'accueillant.

— Bienvenue à Anticosti, mademoiselle ! Je connais beaucoup de monde qui seront heureux de vous savoir parmi nous, à commencer par les enfants qui se tournaient les pouces et usaient les nerfs de leurs parents.

Elle leva la tête vers Wilfrid :

— Vous n'avez rien à craindre, monsieur, ils ne réussiront pas à user les miens, ils sont à toute épreuve.

— Je suis content de l'entendre. Vous avez fait bon voyage ?

— Oui, même que j'ai tenu la barre un petit moment.

— Le capitaine vous a fait cette faveur ?

— Une institutrice n'en sait jamais suffisamment. Là, au moins, j'aurai appris un peu ce que ça fait de piloter un vaisseau.

Jeanne s'était approchée. Elle lui tendit la main.

— Bienvenue parmi nous. J'enseignais ici l'an dernier. Vous allez prendre ma place.

— Tu peux dire tu, je ne t'en voudrai pas ! C'est donc toi que je remplace… Peut-être bien que j'aurai besoin de tes conseils pour commencer, c'est ma première école.

— Ne te gêne surtout pas. Ça me fera plaisir de t'aider au besoin.

— Je présume que si tu n'enseignes plus, c'est parce que tu t'es mariée ?

— Oui, et tu connais déjà mon mari. Il est allé te chercher à la barque.

— Oh ! Bel homme à part ça. Est-ce qu'il y en a d'autres de même par ici ?

Wilfrid intervint :

— N'allez pas trop vite, mademoiselle. Je commence à trouver moins drôle de chercher une nouvelle institutrice chaque année. Si vous vous mariez, ce sera à recommencer. Je suppose que vous avez hâte de voir votre école. Excusez-moi de ne pas vous y conduire moi-même, j'ai du travail au phare, mais mon fils Ernest ne demandera pas mieux que de vous y accompagner. Et puis, tiens : Jeanne ira avec vous. Comme ça, vous aurez le temps de causer et elle aura tout loisir de vous dire tout ce que vous désirez savoir. Mais peut-être avant de partir, avez-vous besoin de satisfaire la nature et aussi de vous désaltérer ? Dans ce cas-là, bienvenue chez nous !

Elle accepta l'invitation de Wilfrid, mais ne s'attarda pas. Elle était impatiente de voir où elle allait désormais vivre au cours des prochains mois.

— Tu vas aimer l'Anse-aux-Fraises, promit Jeanne. On y est bien et les gens sont gentils. L'école est petite, mais suffit amplement pour la trentaine d'élèves qui la fréquentent encore. On n'y manque de rien. Tu devrais t'y plaire, en autant que tu aimes la solitude les fins de semaine. Les gens ne sont pas trop recevants, mais comme l'ouvrage ne manque pas, tu ne devrais pas t'ennuyer.

Ernest était passé par l'écurie afin d'atteler Oliver. Il arrivait en le tenant par la bride.

— Mon père m'a demandé, mademoiselle, de vous reconduire à la maison d'école. Si vous êtes prête, je le suis.

Elle ne se fit pas prier pour monter dans la charrette. Jeanne l'y suivit. Ernest commanda Oliver qui se mit docilement en route.

— L'école n'est qu'à quatre milles d'ici, expliqua Ernest. Vous savez que nous apercevons un peu du village du haut de la tour ? Par beau temps, comme de raison ! L'Anse-aux-Fraises est un tout petit village : treize familles en tout, des pêcheurs, mais du bien bon monde. Ils ont le cœur sur la main. Vous allez les aimer. Vous ne pouvez pas savoir comment mon père est heureux que vous soyez là.

— Quand est-ce que je vais commencer à enseigner ?

— Quand vous le voudrez, mademoiselle. C'est à vous de décider quand vous serez prête.

— Donne-toi une journée ou deux, conseilla Jeanne, le temps de te familiariser avec les lieux et l'école, le temps aussi de faire connaissance avec les enfants. Je suis certaine que dès demain, ils vont tourner autour de l'école.

— Ils vont déjà savoir que je suis là ?

— L'île a beau être grande, les nouvelles ne mettent guère de temps à en faire le tour. À l'heure qu'il est, tout le monde de l'Anse-aux-Fraises doit t'attendre avec impatience. Mais avant d'aller plus loin, j'aimerais bien connaître ton nom.

— Et moi le tien ! Je m'appelle Claire Lafrance.

Jeanne lui sourit.

— Tu as devant toi l'ancienne institutrice Jeanne Longpré.

Le trajet se poursuivit sans que les deux jeunes femmes cessent de parler. Ernest, sourire aux lèvres, conduisait Oliver sans avoir la possibilité de placer un mot. « Des vrais moulins à paroles », pensa-t-il en riant intérieurement.

La nouvelle institutrice se montra enchantée de ce que serait désormais son milieu de vie. En apercevant l'Anse-aux-Fraises, elle tomba amoureuse de l'endroit. Jeanne lui expliqua dans les grandes lignes ce qu'on attendait d'elle. Elle l'aida à mettre la salle de classe à sa main. Il ne manquait de rien. Tout était resté comme elle l'avait laissé en quittant les lieux.

— Tu es chanceuse. L'année dernière, à mon arrivée, il y avait beaucoup de choses que nous avons dû faire venir de Québec. Heureusement, j'ai tout reçu avant la fin de la navigation en octobre.

Pendant qu'elles parlaient, Ernest alla chercher un peu de nourriture pour la nouvelle institutrice qu'il trouvait, ma foi, bien à son goût. Il revint avec du pain, du lait et du fromage pendant que Jeanne expliquait à Claire comment, à l'avenir, elle devait procéder pour se procurer sa nourriture. Il y avait sur le mur avant de la salle de classe un plan grossier du village. Jeanne lui indiqua où elle pourrait trouver du pain, du lait et les autres denrées nécessaires à sa subsistance.

— De toute façon, il ne faudra pas t'inquiéter. Dès demain, tu vas voir arriver les célibataires du coin qui vont veiller à ce que tu ne manques de rien. Tu es logée et chauffée. Je suis certaine que tu vas aimer vivre ici.

Ernest intervint :

— D'ici à ce que je parte chasser, mademoiselle, demandez Ernest Cormier si vous avez besoin de quelque chose. Je rôde passablement souvent dans le coin. Tout le monde me connaît, même si je vis au phare. Si vous vous gênez, c'est vous qui pâtirez.

— Pas besoin de te fatiguer pour moi, je suis jeune, mais j'ai déjà vu neiger.

Elle dit ça en lui faisant un clin d'œil. Jeanne tira Ernest par la manche.

— Allons, il est temps de retourner là-bas.

En route, elle lui demanda comment il trouvait Claire.

— Elle est en vie. Une vraie boule de feu.

Il ne se doutait pas que son père avait eu exactement la même impression en la voyant.

— Je l'aime bien, poursuivit Ernest. Elle a l'air de savoir où elle va. Je pense que les enfants ne s'ennuieront pas avec elle. Je me demande d'où elle vient.

— Je m'en suis informée. Elle est de la région de Montmagny.

— Vraiment? Qu'est-ce qui peut l'avoir poussée à venir ici?

— Peut-être, comme ç'a été mon cas, une peine d'amour ou encore le goût de voir quelque chose de différent. Il est bien difficile d'expliquer parfois les raisons qui nous mènent. Il doit certainement y avoir une part du destin là-dedans. Si je n'étais pas venue ici, je n'aurais jamais eu le bonheur de connaître Laurent. La vie est vraiment mystérieuse. Changement de propos, quand est-ce qu'on commence tes cours?

— Demain, si tu veux.

## Chapitre 39

# Un élève difficile

Depuis quelques jours, l'automne montrait sérieusement le bout du nez. Comme il l'avait promis, Ernest s'efforça d'apprendre à lire et à écrire. Avec une patience d'ange, Jeanne se fit un devoir de le guider dans l'apprentissage du b.a.-ba. Il montrait de la bonne volonté pendant quinze minutes, puis se mettait à rêver et Jeanne devait continuellement le ramener sur terre.

L'ancienne institutrice cherchait un moyen de captiver son attention quand elle se dit qu'il n'y en avait qu'un : l'intéresser à un texte répondant à ses goûts. Elle commença à lui faire la lecture.

— "Il existe différentes façons de piéger la martre."

À peine avait-elle lu le titre de l'article en question, qu'il dit :

— J'en connais au moins deux.

— D'après cet article, il y en a quatre.

— Vraiment ?

— Quelle méthode connais-tu ?

— Ça dépend si on chasse avec des pièges à martre en métal ou si on fabrique nous-mêmes nos trappes dans le bois. Mais je serais curieux de savoir quelles sont les autres façons de les chasser.

— Eh bien! Cet article nous renseigne parfaitement à ce sujet.

— Et qu'est-ce qu'il dit?

— Apprends à lire et tu pourras le découvrir toi-même.

À compter de ce moment, Ernest s'appliqua à déchiffrer mot par mot le contenu de cet article.

— Je finirai bien par le savoir, répétait-il.

— Tu vois comme il est important d'apprendre à lire.

À force de patience, au bout de deux semaines, les mots et les phrases devinrent moins mystérieux pour lui. Il avait déjà reçu une base de lecture auparavant, sans n'avoir jamais fait les efforts nécessaires pour lire. Mais depuis que Jeanne lui avait lancé ce défi, il bûchait dur et progressait rapidement. Jeanne l'encourageait:

— Alors, ce n'est pas si sorcier que ça, pas vrai? Mais tout ce que nous faisons ne te servira à rien si, dans les jours et les semaines à venir, tu laisses tout tomber. Pour apprendre à lire, il faut le faire tous les jours.

Elle vit à ce qu'il s'y efforce. Mais déjà, son esprit était un peu ailleurs. La chasse lui trottait dans la tête. Jeanne parvint cependant à l'inciter à poursuivre en lui remettant continuellement sous les yeux l'article dont il désirait tant connaître le contenu. Elle s'en servait un peu comme un appât, si bien qu'il s'acharna et finit par arriver à le déchiffrer. Toutefois, sa lecture était tellement laborieuse et pénible que le sens des phrases lui échappait complètement. Après bien des efforts, Jeanne le lui lut en entier en guise de récompense. Lorsqu'elle eut terminé, il s'écria :

— Tu avais saprément raison, la belle-sœur ! Être en mesure de lire est très important. Aurais-tu d'autres articles qui parlent de chasse et de pêche ?

— Certainement. Il en existe plusieurs sur la chasse et la pêche à Anticosti, sur la Côte-Nord et le Labrador.

— Vraiment ?

— Je sais que tu meurs d'envie de partir préparer ton territoire de chasse pour cet hiver. Je vais te trouver des articles là-dessus et tu les emporteras. Le soir, tu pourras t'efforcer de les lire. Je suis certaine que tu vas y trouver des conseils qui sauront t'aider.

Parce que Jeanne lui enseignait la lecture, Wilfrid se montrait beaucoup moins exigeant à l'égard d'Ernest. Sous prétexte de se retirer non loin du phare pour lire, il disparaissait durant des heures dès après le dîner pour ne réapparaître qu'au souper. Il disait avoir trouvé un endroit tout désigné pour lire. Il progressait très bien. Jeanne était en train de réaliser un tour de force avec lui.

Le mois d'octobre s'écoula ainsi et les deux premières semaines de novembre suivirent. Jeanne parvint à convaincre Ernest de montrer à quel point il avait progressé dans ses études. Elle l'engagea à lire devant tous, au souper, un texte qu'elle lui remit et où il était question de la vie rêvée. Il releva fort bien l'épreuve. Debout près de la table, il lut :

« Rares sont les endroits chez nous où l'on peut se vanter de trouver tout ce dont on a besoin pour se suffire à soi-même. Il en existe pourtant et j'en sais un qui répond à tous ces critères dans la mesure où on ne craint pas la solitude et on n'a pas peur de relever ses manches. Aimez-vous le grand air, les vastes espaces, la liberté, la pêche et la chasse ? Si oui, vous admettrez que ce sont là autant de conditions nécessaires à la meilleure vie que l'on puisse rêver. Tout cela, vous le trouverez à trois cent quarante milles de Québec, dans cette magnifique île appelée Anticosti. »

Wilfrid n'en croyait pas ses oreilles. Rose était tout émue de constater que son fils pouvait maintenant lire. Laurent et Lorraine félicitèrent Ernest et Jeanne pour cette réussite inattendue. Puis, Wilfrid demanda :

— D'où vient cet article ?

— D'un journal de Québec, répondit Jeanne. Je me suis permis de fouiller dans la pile de vieux journaux et quand j'ai mis la main sur ce texte, j'ai pensé qu'Ernest pourrait nous le lire.

— Il est très intéressant. Est-ce qu'on en connaît l'auteur ?

— Il n'est malheureusement pas signé.

— Ce doit être quelqu'un qui est déjà venu ici. Peut-être bien monsieur Saint-Cyr, cet arpenteur qu'on a vu il y a quelques années.

— Celui qui a tracé le plan d'une future ville pour la compagnie ?

— Celui-là.

— J'ai toujours une drôle d'impression, fit remarquer Lorraine, chaque fois que je passe dans ce coin-là de Baie-des-Anglais. Il a fait dégager les espaces où seraient les rues et il a même pris le temps de les baptiser. Les poteaux sont encore là avec le nom des rues. On dirait une ville fantôme.

— C'est à se demander, commenta le gardien, s'il existera jamais une telle ville à Anticosti. Je pense bien que les propriétaires de la compagnie étaient de grands rêveurs.

— Pour construire une pareille ville à Anticosti, il faudrait beaucoup de travaux préliminaires. Nous n'avons même pas de quai. Comment pourrait-on apporter les matériaux nécessaires ?

— Moi, je pense que ça pourrait se faire, affirma Wilfrid, même si nous n'avons pas de quai. Mais est-ce que ce serait un progrès ? Si jamais une ville se construit sur l'île, nous pourrons dire adieu à notre paix et à notre liberté. Une ville ici, ce serait la fin de notre vie de rêve.

La réflexion du gardien jeta une douche froide. Tout le monde était songeur. On entendait dans l'âtre le crépitement du feu. Dehors brillait la lumière du phare comme un message de paix. Ernest rompit le silence :

—Je ne vous ai pas raconté ce qui nous est arrivé, à Boniface et moi, le jour de la disparition de Bill et Stanley...

—Quoi donc?

—Quand je suis descendu de la chaloupe pour l'amarrer, il y avait comme un filament bleu tirant sur le violet qui courait sur la corde et autour de chaque piquet d'amarrage. Quand je levais les bras, j'avais comme des aigrettes bleues au bout des doigts. Nous avons eu une belle frousse.

—C'étaient des feux de Saint-Elme, dit le gardien.

—Des feux de Saint-Elme?

—Oui, c'est un phénomène électrique qui se produit quand il y a un brusque changement de température.

—Pourquoi ça s'appelle des feux de Saint-Elme?

—Saint Elme est le patron des marins. Il paraît qu'un jour qu'il pêchait, la foudre est tombée près de lui et il a été entouré d'électricité. Il a continué de pêcher comme si de rien n'était.

L'explication du gardien sembla satisfaire Ernest. Après avoir poussé un long soupir, il précisa:

—Maintenant que je peux lire, je vais aussi pouvoir m'adonner à ce qui me fait le plus rêver.

—Si je comprends bien, fit son père, ça te démange de partir chasser. Où comptes-tu le faire cette année?

—Pas à la Jupiter, c'est le territoire d'Horace.

—As-tu une idée où tu peux trouver autant de gibier?

— Le long d'une rivière à l'intérieur de l'île. Vous avez une carte pas loin?

— Sur mon bureau, près du télégraphe.

Ernest s'empressa d'aller la chercher. Il revint en la déployant et la posa sur la table de la cuisine.

— J'aimerais mieux chasser du côté sud.

— Pourquoi?

— Je sais pas trop...

— À ta place, je m'essaierais plutôt vers le nord. Il me semble qu'à l'Observatoire, ça devrait être pas pire, ou encore le long de la rivière à l'Huile ou de la MacDonald.

— Ce ne sont pas les rivières qui manquent non plus au sud. Je ne sais pas pourquoi, mais j'avais idée d'aller à la rivière à la Loutre. Il me semble que j'aurais de belles places pour établir mes lignes de chasse.

— T'es sûr qu'il n'y a personne qui chasse par là?

— Il n'y avait personne l'année passée. Il faut espérer que ce sera pareil cette année.

— La première idée est souvent la meilleure, conclut Laurent. Si ça te tente, vas-y! Tu vas avoir à te construire un campe. Il y a du bon bois dans ce coin-là.

— Comme ça, reprit le gardien, la Loutre te tente vraiment plus que les autres?

— Si je peux y mettre mes lignes, je serai chez moi pour un bon bout de temps. En plus, ce n'est pas à l'autre bout de l'île. Il y a de la martre par là comme sur toute l'île. En lisant un article que Jeanne m'a donné, j'ai appris un nouveau truc pour chasser la martre. J'ai bien hâte de l'essayer. J'ignore si ça va marcher, mais je vous en parlerai à mon retour.

Il partit quelques jours plus tard pour la rivière à la Loutre avec son chien Romulus. Beaucoup de travail l'attendait. Il avait tenu à apporter plusieurs articles de journaux qu'il se proposait de lire avant de se servir du papier pour allumer ses feux. Au fur et à mesure qu'il progressait en pleine forêt, il avait le sentiment que se réalisait ce que disait l'article qu'il avait lu au souper : la vie rêvée existait bel et bien à Anticosti.

# Chapitre 40

# Activités d'automne

Jeanne se plaisait à la maison du phare. Elle avait enfin trouvé une vraie famille. Rose lui apprenait tout ce qu'elle connaissait en cuisine. Auprès de Lorraine et des jumelles, elle se préparait à ce que serait sa vie un jour quand elle aurait des enfants. Pour lors, avec l'automne, elle secondait Rose dans la préparation des provisions d'hiver.

La fin de l'été avait marqué la fin des petits fruits. En juillet, elle avait participé avec Desneiges et Fabiola à la cueillette des fraises. Ce n'était pas ce qui manquait à l'Anse-aux-Fraises, bien entendu, mais il fallait beaucoup de patience pour remplir suffisamment les casseaux afin de pouvoir faire des tartes et surtout des confitures. Rose lui apprit comment les cuire et les conserver.

Les fruits d'automne apparurent enfin. Le jardin de Rose fournit des tomates que les femmes transformèrent en délicieuses marinades. Comme Laurent l'avait laissé entendre, ce fut un plaisir ces jours-là de se promener dans la maison envahie dans ses moindres recoins d'agréables et incomparables parfums.

Laurent profita de cette saison et du passage des oiseaux en migration pour se mettre à l'affût le long des rivières proches et chasser les canards, les sarcelles et autre gibier à plumes. Il revint porteur de dizaines d'oiseaux qu'avec patience, les femmes déplumèrent et firent cuire. Elles firent faisander la viande dans la chambre froide pour en augmenter la saveur et ne manquèrent pas d'en servir aux repas de tous les jours. Toute la maisonnée s'en régala.

Rose et Jeanne s'adonnèrent avec plaisir à ces tâches quotidiennes pendant que Lorraine s'occupait des jumelles. Wilfrid trouva au grenier un carrosse grossiè-rement construit, mais large et solide qui pouvait recevoir les deux petites à la fois. Leur mère prit l'habitude de les promener sur la route étroite entre le phare et l'Anse-aux-Fraises, se refusant de prendre la direction de Baie-des-Anglais.

Pour sa part, Wilfrid, qui passait ses journées au phare, se mit en frais de préparer à l'avance son rap-port annuel tout en surveillant de près tout ce qui tou-chait la navigation en cette période propice à la brume et aux naufrages, et en voyant à ce que la lumière fonctionne en tout temps comme il se devait.

L'automne se fit peu à peu plus incisif avec des froids de plus en plus vifs et la multiplication de nuages de brume. On avait maintenant dépassé la mi-novembre. Dans deux semaines, selon la nouvelle réglementation en vigueur dans les phares de l'île, Wilfrid pourrait éteindre la lanterne. Plus aucun navire n'aborderait à Anticosti. Il n'y aurait plus qu'un moyen de communiquer avec le continent : le télégraphe. De temps à autre, depuis que Desneiges et Fabiola se trouvaient à la Pointe-aux-Esquimaux, Placide Vigneau, le gardien du phare de l'Île-aux-Perroquets, près de Mingan, communiquait avec Wilfrid pour lui donner des nouvelles diverses concernant la navigation. Il avait la gentillesse, chaque fois, de le rassurer par un petit mot, toujours le même, au sujet de ses filles : « D et F se portent très bien. »

Le mois de novembre courait à sa fin quand Wilfrid reçut ce télégramme de Mingan :

*On nous informe depuis la Pointe-aux-Esquimaux qu'une embarcation s'est échouée à Anticosti. Stop. Des pêcheurs de la Pointe-aux-Esquimaux ont récupéré de nombreux effets à la dérive. Stop. Il semble que cette embarcation ait touché l'île non loin de la Pointe-Heath. Stop. Nous ignorons s'il y a des survivants. Stop.*

Wilfrid attendit le 1er décembre et dès qu'il eut éteint la lumière du phare, il se mit en route en compagnie de Laurent à la recherche de ces naufragés. Il avait suffisamment de neige pour se servir d'un cométique. Comme il l'avait fait la fois précédente,

Gabriel Arseneault de l'Anse-aux-Fraises leur loua ses cinq chiens de traîneau. Laurent se méfiait de ces bêtes qui, dès qu'elles se savaient attelées à un cométique, partaient sans attendre, dévorant les milles à grande vitesse. Il avait pris soin de fabriquer un banc qu'il attacha solidement au traîneau et sur lequel son père allait prendre place. Lui-même, adossé au banc, s'était réservé une place à l'avant où, en posant les pieds sur les lisses, il pourrait mieux contrôler la course. Il prit le temps de fixer les lanières de l'attelage à la barre avant du traîneau, tout en s'assurant de ne pas s'exposer à un départ trop hâtif en reliant le traîneau par une lanière à un bouleau. Quand il fut assuré que tout était bien en place, il déposa le fouet près de lui, défit la sangle qui retenait le cométique à l'arbre et lança : « Pouïtte ! Pouïtte ! Pouïtte ! » Le traîneau s'envola.

En trois jours, ils parcoururent l'île de pointe en pointe. Ils se dirigèrent directement vers le dépôt de nourriture mis à la disposition de naufragés éventuels. Sur les arbres le long de la rive, les planches qu'ils avaient clouées l'hiver dernier avaient tenu le coup et indiquaient, sous la forme d'une grande flèche, la direction à suivre. Quand ils y arrivèrent, quel ne fut pas leur étonnement de trouver le petit bâtiment sens dessus dessous ! La porte avait été arrachée et toute la nourriture avait disparu. Les barils servant de contenant à la farine, au lard et aux pois avaient été éventrés et vidés.

— Un ou des ours sont passés avant nous, constata Wilfrid. Regarde les marques de griffes sur la porte et les barils de chêne.

— Quel ravage! déplora Laurent. S'ils sont venus ici, les pauvres naufragés n'ont pu compter sur rien.

Wilfrid examinait les lieux.

— Ils sont venus, assura-t-il. Regarde, les couvertures sont disparues ainsi que les boîtes d'allumettes et des ustensiles, ce qui veut dire que les naufragés ont décidé de chercher refuge ailleurs sur l'île. Ils ont même apporté du bois pour se chauffer.

— S'ils avaient une idée approximative d'où ils se trouvaient avant de s'échouer, ils ont dû se diriger tout naturellement vers le phare de la Pointe-Heath. Toutefois, s'ils se croyaient plus au centre de l'île, et s'ils connaissaient quelque peu les lieux, ils ont sans doute tenté de trouver un autre dépôt vers le sud-ouest.

Ils essayèrent de découvrir des pistes de leur passage dans la neige. Mais la dernière bordée balayée par les vents les avait fait disparaître.

— La première chose à faire, fit Wilfrid, est de prendre information à la lumière de la Pointe-Heath.

Ils s'y rendirent en moins d'une heure. Le gardien n'avait vu personne depuis des semaines. Il ne recevait plus de messages télégraphiques en raison d'un bris sur son appareil. Wilfrid tenta en vain de le réparer. Il promit qu'au retour chez lui, il enverrait quelqu'un avec les outils nécessaires pour remédier à la situation ou qu'il reviendrait lui-même au besoin. S'inquiétant du sort des naufragés, il dit à Laurent:

— Partons pendant qu'il fait encore jour. Peut-être que ces gens ne sont pas très loin ou qu'ils sont encore en pleine détresse.

Ils reprirent à rebours le chemin qui les avait menés jusque-là, mais cette fois en longeant la côte de près. Ils durent se résigner à passer la nuit à la belle étoile ou à tout le moins sous une simple toile leur servant d'abri. Malgré les difficultés d'une pareille expédition, Wilfrid ne comptait pas son temps ni ses efforts. Il se sentait utile. N'était-ce pas le rôle d'un gardien de la lumière de sauver des vies?

Ils ne rejoignirent les naufragés que le lendemain vers midi. Les aboiements du chien de tête leur signalèrent leur présence. Laurent cria: «Ha! Ha! Ha!» Les chiens s'arrêtèrent. Les naufragés, deux hommes et une femme, étaient parvenus à se construire un abri contre un rocher. Un maigre feu et les couvertures dans lesquelles ils s'étaient emmitouflés les tenaient au chaud. Ils étaient épuisés et incapables d'aller plus loin. Ils mouraient de soif et de faim. Laurent sortit les provisions: du lard, du jambon, du fromage et des croutons de pain gelés. Il fit immédiatement un feu sur lequel il déposa un petit chaudron qu'il avait rempli de neige. Il la fit fondre et chacun des naufragés put se désaltérer. Il voulut réchauffer la nourriture au feu, mais n'eut pas le loisir de le faire, car ils s'en emparèrent et l'ingurgitèrent immédiatement. Wilfrid les incita à manger lentement afin de ne pas empirer leur sort. Ils l'écoutèrent à peine.

Calculant que Laurent pourrait se rendre au phare avant la nuit, le gardien décida qu'il y ramènerait la femme. Avant que son fils ne parte, il se fit aider pour tendre la toile sur l'abri des naufragés et chercha tout autour bois sec, mousse, écorce, lichen, tout ce qui pouvait constituer du combustible pour le feu. Il allait passer la nuit en compagnie des deux hommes qui, se sachant maintenant sauvés et ayant de quoi se mettre sous la dent, reprirent bientôt un peu de vigueur.

— Depuis quand avez-vous chaviré ?

— Il y a plus de deux semaines.

— Vous veniez d'où ?

— Des Îles-de-la-Madeleine.

— Comment vous êtes-vous retrouvés à Anticosti ?

— Nous sommes à Anticosti ?

— Eh oui !

— Louis, tu avais raison.

— Je le savais ! Ce qui nous a menés jusqu'ici ? Voilà une longue histoire qui ne devait durer qu'un jour et s'est prolongée jusqu'à aujourd'hui.

— Louis ! Tu veux que je raconte ?

— Vas-y, Marc.

— Nous avions pris le large pour chasser un morse. Nous pensions bien l'avoir facilement.

— Vous étiez seulement vous trois ?

— Nous étions quatre. L'autre était le mari d'Isabelle, celle qui est avec nous.

— Que lui est-il arrivé ?

— Nous avons été pris dans une tempête. Notre gouvernail s'est brisé. On a cargué les voiles et on a été emporté à la dérive. Quand le temps a pris du mieux, Joseph a voulu réparer le gouvernail. Il s'est passé un câble autour de la ceinture. Il a attaché l'autre bout à une bitte d'amarrage sur le pont et s'est laissé descendre à la poupe afin d'évaluer les dommages. Une lame de fond a soulevé l'embarcation. Nous nous sommes précipités pour voir ce qu'il devenait, mais il n'était plus au bout de son câble. On ne l'a jamais revu.

Sous le coup de l'émotion, l'homme se tut. Son compagnon ajouta :

— Nous avons eu toutes les misères du monde à retenir Isabelle de se jeter à la mer.

Le dénommé Marc reprit :

— La barque a continué à dériver. Nous avons tenté de faire le point. La nuit est venue, le vent s'est de nouveau levé. Notre embarcation a tourné et tourné. Nous avons su que nous étions près d'une côte quand nous avons entendu le ressac des vagues. Avant que nous la touchions, la *Marie-Louise* s'est brisée sur un récif. Nous avions passé des gilets de sauvetage. Nous avons été rejetés sur la côte par les vagues. C'est là que nous avons passé la nuit. Le lendemain, nous avons pu récupérer quelques effets de l'embarcation le long de la grève. Il y avait heureusement un peu de nourriture, mais le plus gros des débris avait été repoussé au large par le changement de marée. Nous avons marché jusqu'à ce que nous apercevions une flèche indiquant un petit abri. Il avait été défoncé par des bêtes sauvages et le dépôt de nourriture qui s'y trouvait avait été vidé. À force de patience, nous sommes parvenus à récupérer un peu de farine qui n'avait pas été souillée. Quant au lard, il était gâté. Il ne restait plus un seul pois. Nous avons trouvé des allumettes, des couvertures et un peu de bois qui nous a servi à nous chauffer, et nous sommes partis comme ça à la recherche d'une habitation quelconque. Nous ne savions pas vraiment où nous étions jusqu'à ce que vous nous disiez qu'on est à Anticosti.

— Ce qui me faisait supposer que nous étions sur l'île, confia le dénommé Louis, c'est que nous nous sommes échoués sur des récifs. Y a pas qu'à Anticosti qu'y en a, mais l'île est renommée pour ça.

— Eh bien ! Votre barque s'est perdue près de la Pointe-Heath. Si vous l'aviez su, vous auriez pu vous réfugier au phare. C'est malheureux que vous n'ayez pas pu voir la lumière à cause du mauvais temps. Et le phare n'a pas de canon de brume. Mais là, vous vous dirigiez dans la bonne direction. Nous ne sommes pas très loin de la Pointe-Sud-Ouest. Il y a là un autre dépôt. Nous pourrions nous y rendre, mais mon fils va certainement revenir dès le lever du jour. Demain, nous serons tous à l'abri au phare de la Pointe-Ouest dont je suis le gardien.

— Et vous êtes ?

— Wilfrid Cormier.

❧

Les Madelinots furent heureux de se retrouver au chaud à la maison du phare, mais elle était déjà partiellement occupée par leur compagne Isabelle, Laurent et Jeanne, de même que Lorraine et les jumelles. Wilfrid leur dit :

— Vous savez que vous ne pourrez pas quitter l'île avant la fin avril. Je vous garderais bien avec nous, mais je préfère vous proposer une solution qui devrait vous convenir. Il y a près d'ici, à Baie-Ellis, un dépôt de nourriture prévu en cas de naufrage. L'abri où il se trouve contient des lits et tout ce qu'il faut pour se faire à manger. Vous pourriez vous y installer jusqu'à la reprise de la navigation. Quant à votre compagne, si elle le préfère, et c'est peut-être mieux ainsi, elle peut demeurer chez nous. Elle y sera en bonne compagnie avec mon épouse, ma fille Lorraine et ma bru Jeanne.

Le gardien en profita pour faire les présentations aux nouveaux arrivants. La jeune femme avait déjà fait connaissance.

— Nous ne vous laisserons pas partir, toutefois, sans que vous ayez soupé avec nous, précisa Wilfrid. Et j'espère que vous viendrez faire votre tour à l'occasion. Bien entendu, vous passerez le temps des fêtes avec nous. Je vais expédier des télégrammes pour que vos parents et amis sachent que vous êtes toujours de ce monde.

Dès après le souper, comme convenu, Laurent alla conduire les deux hommes à leur nouvelle demeure. Quant à Isabelle, comme le pensait Wilfrid, elle décida de demeurer à la Pointe-Ouest.

## Chapitre 41

# Les préoccupations
# de chacun, chacune

Décembre avait maintenant posé ses griffes sur Anticosti. Soufflés par le vent de mer, des embruns venaient garnir la côte de leurs dentelles. Quand les Cormier se rendaient à la messe à l'Anse-aux-Fraises le dimanche, les basses falaises le long de la berge leur offraient des spectacles féeriques. Par endroits, les cavités semblaient garnies de toiles d'araignée glacées. Du haut des promontoires, des glaçons formaient en stalactites des portes de prison givrées sur lesquelles le soleil faisait naître des étoiles.

La maison entrait dans sa période annuelle de réclusion. Tout semblait s'être refermé sur elle en même temps que la lumière du phare s'était éteinte. Les jours raccourcissaient et les semaines, par contre, auraient pu paraître longues s'il n'y avait pas eu à préparer les célébrations des fêtes. Rose et Jeanne s'étaient attelées à la tâche de cuisiner tous les plats nécessaires pour satisfaire durant deux semaines les gros appétits des membres de la maisonnée et ceux, non moins impressionnants, des visiteurs.

Coiffant son chapeau de juge de paix et de quasi-maire de l'île, Wilfrid partit s'enquérir, comme il le faisait chaque année, des besoins des quelque quatre cents habitants d'Anticosti. S'il aimait aller visiter les résidants de l'Anse-aux-Fraises et de Baie-des-Anglais, il ne se rendait jamais avec beaucoup d'enthousiasme à l'autre bout de l'île, du côté de Fox Bay, dont les habitants avaient à juste titre une mauvaise renommée. Ils ne respectaient rien ni personne, et Wilfrid, le représentant de l'autorité, s'y sentait plus ou moins le bienvenu. Il remplissait tout de même consciencieusement son devoir, comme il aimait le dire.

Un soir, au retour d'une de ces tournées, il fut reçu par Laurent dont le sourire annonçait une bonne nouvelle.

— Que diriez-vous, p'pa, d'être de nouveau grand-père?

— Peut-on entendre quelque chose de plus agréable?

— Eh bien, vous le serez dans quelques mois. Jeanne est bel et bien en famille.

Wilfrid avait beaucoup d'affection pour sa bru. Il ne manqua pas de la féliciter aussitôt et lui demanda ce qu'elle souhaiterait obtenir pour l'enfant à naître.

— Rien de particulier, répondit-elle, sinon l'affection assurée de tous.

— Cet enfant, dit le gardien, n'aura-t-il pas besoin d'un ber ?

— Il en a déjà un, s'empressa de préciser la grand-mère.

— Si ce n'est pas d'un ber, reprit Wilfrid, une couverte, un bonnet ou encore des langes lui seraient-ils utiles ?

— Nous avons tout ça, assura Rose.

— Tant mieux. Dans ce cas-là, je sais déjà ce que je vais lui donner.

Jeanne se montra étonnée.

— Vous ignorez s'il s'agira d'un garçon ou d'une fille, et vous le savez déjà ?

— Bien sûr !

— Vous pouvez nous le dire.

— C'est mon secret. Vous le connaîtrez quand l'enfant sera né.

Les femmes eurent beau le tourmenter, il ne voulut rien révéler. Pendant les semaines suivantes, il s'affaira dans son bureau à dresser les listes de tout ce qu'il fallait commander afin de s'assurer de ne rien manquer pour l'année qui allait s'amorcer. L'île était isolée du continent pendant six mois. Il fallait donc profiter de la période de la navigation pour y faire venir tout ce qu'on ne produisait pas sur place. Toutefois, comme il travaillait jusqu'à des heures avancées dans la soirée, Rose se dit que les demandes de cette année devaient être beaucoup plus considérables que les années passées.

Ils étaient maintenant huit à habiter la maison du phare. Les petites de Lorraine avaient commencé à marcher. Il y avait autour d'elles, avec la naufragée, quatre femmes pour en prendre soin. Lorraine redoutait le retour éventuel de Bill. Était-il mort? Elle se considérait comme veuve. Son père lui expliqua qu'elle ne pourrait pas songer à se remarier avant sept ans. Tel était le délai de prescription dans le cas d'une disparition. Elle considérait cette situation injuste et ne manqua pas d'en parler à Laurent.

—Ne trouves-tu pas cette loi exagérée? Papa dit qu'il faut attendre sept ans avant de penser à me remarier si Bill ne donne pas signe de vie entre-temps.

—La loi est la loi.

—Si jamais je devenais amoureuse d'un autre homme, penses-tu que j'attendrais sept ans avant d'aller vivre avec lui?

Il la taquina:

—S'il fallait que Bill revienne et te trouve remariée, je pense bien qu'il y aurait un tremblement de terre...

—Crois-tu qu'il est assez sans cœur pour faire croire qu'il a disparu rien que pour me faire pâtir?

—Je n'en sais rien. Il est imprévisible. Peut-être devras-tu laisser filer sept ans avant de penser à quoi que ce soit d'autre.

Elle se rebiffa.

—Sois certain que si l'occasion se présente, que ça fasse sept ans ou pas...

— Il ne faudrait pas que papa t'entende, tu passerais un mauvais quart d'heure. Tu connais son respect pour l'autorité et les lois. Jamais je ne me permettrais, en sa présence, une réflexion contre quelqu'un comme le curé et je crois qu'il cesserait de me parler si je ne respectais pas une loi.

⁂

Rose passait ses journées non loin du poêle. Faire la cuisine, le lavage et le ménage constituait toute sa vie. Elle ne connaissait pas autre chose. Elle avait fait des enfants. Maintenant, elle était toute dévouée à sa famille. On ne l'avait jamais entendue se plaindre. Pourtant, quand tout fut prêt pour célébrer Noël et le jour de l'An, elle osa laisser entendre qu'elle se sentait fatiguée. Jeanne, qui la secondait, lui ordonna de s'asseoir et de se reposer.

— Je m'occuperai de tout.

— Voyons donc ! Dans ton état ? Penses-tu que je ne suis pas capable de me débrouiller ?

— Cette idée ne me passerait jamais par la tête, mais vous avancez en âge. Apprenez à vous ménager. Nous sommes trois cette année à pouvoir vous seconder.

— Jamais je ne demanderai de l'aide à Isabelle. Elle est notre invitée, après tout.

— Oui, mais il y a Lorraine et moi, à part elle.

— Lorraine en a bien assez avec ses deux petites.

319

—Allons! Jamais je ne croirai qu'à trois, nous ne sommes pas capables de vous remplacer un peu? Je ne doute pas que vous nous valez à vous seule, mais tout de même!

La réflexion de Jeanne finit par la convaincre et elle accepta de s'asseoir quelques minutes dans une chaise berçante près de l'âtre.

—Nous allons tous arriver à Noël en même temps et commencer le nouvel An ensemble, conclut Jeanne avec son plus beau sourire.

—Je me demande si Ernest nous fera la surprise de venir dans le temps des fêtes, dit Rose. Il y a assez de Desneiges et Fabiola qui ne le peuvent pas.

—Pour ce qui est d'Ernest, à votre place, je n'espérerais pas trop. Quant aux petites, soyez certaine qu'avec les bonnes sœurs et entourées de leurs amies, elles vont passer de belles fêtes. Aux dernières nouvelles, monsieur Vigneau a laissé entendre qu'elles se portaient bien. Si quelque chose n'allait pas, nous serions les premières à le savoir. Nous pouvons nous compter chanceuses d'avoir le télégraphe ici pour nous l'apprendre.

—Rien n'empêche que cette année, je ne sais pas trop pourquoi, j'ai hâte que les fêtes soient finies.

—Moi pas. Il me semble que ce sera extraordinaire de pouvoir assister à la messe de minuit dans la nouvelle église.

—Peut-être bien... Mais je crois savoir ce qui te fait dire ça.

— Quoi donc ?

— Tu attends un enfant.

Jeanne sourit.

— À bien y penser, vous avez sans doute raison. Laissez-moi vous dire que j'ai hâte de savoir si ce sera un garçon ou une fille. Si c'est un garçon, nous l'appellerons Émile.

— Et si c'est une fille ?

— Émilienne.

# TROISIÈME PARTIE

# LA DISPERSION

## (1895)

# Chapitre 42

# Le temps des fêtes

Pendant tout le mois de décembre, Rose préparait le temps des fêtes. Le cadeau qu'elle faisait aux siens se retrouvait dans les tourtières, le ragoût, les plats de saumon, de jambon, de poulet, de sauvagine, les cretons, les têtes fromagées, le pain fraîchement cuit, les marinades, les confitures de fraises, et la multitude de desserts qui apparaissaient sur la table tout au long de ces célébrations. Mais de tout ce temps des fêtes, ce qu'elle aimait le plus, c'était se retrouver à la messe de minuit le soir de Noël. Elle n'espérait pas de plus beau cadeau.

Elle n'avait pas eu le bonheur d'assister à beaucoup de messes de minuit, parce qu'à l'île, rares avaient été les Noël où il y avait eu un prêtre. Un certain temps, un missionnaire avait accepté de passer l'hiver avec eux. Il ne manquait pas de célébrer la messe de minuit dans la maison de Maxime à l'Anse-aux-Fraises. Les Cormier s'y rendaient avec les enfants encore petits. Pour Rose, c'était chaque fois un enchantement. Puis, des années passèrent sans qu'elle puisse avoir de nouveau ce plaisir parce qu'aucun prêtre ne demeurait à Anticosti et, de toute façon, il n'y avait pas d'église. Mais voilà que cette année, on pouvait profiter des deux. Elle rêvait au bonheur de se retrouver dans la nouvelle église enfin terminée et décorée. Elle sentait par anticipation l'encens mêlé aux odeurs forestières exhalées par les décorations d'épinette.

Quand le grand soir arriva, elle était prête à partir dès huit heures. La nuit s'annonçait belle. L'hiver se faisait doux. Tout autour d'elle, sa fille, son fils, sa bru, son mari et leur invitée vaquaient tranquillement à leurs occupations coutumières. Laurent avait monté la grande table au milieu du salon. Le foyer donnait sa bonne chaleur. Elle se fit aider pour dresser la table. Jeanne y étendit la nappe des grandes occasions. Après s'être assurée que les petites étaient bien endormies, Lorraine à son tour vint donner son coup de main. Des ustensiles apparurent, des assiettes suivirent, puis des bougies, pendant que le centre de la table se garnissait de grands plats.

Après avoir fait le tour de la cuisine et s'être assurée que tout était parfaitement sous contrôle, Rose put enfin s'asseoir. Tout était prêt pour le plus beau soir de l'année.

À dix heures et demie, Laurent se rendit à l'écurie atteler Oliver au long traîneau. Ils seraient cinq à y monter et huit pour le retour, puisque Marc et Louis, les deux naufragés, étaient invités, de même que mademoiselle Claire, l'institutrice. Laurent déposa dans le traîneau quelques couvertures de laine et deux peaux d'ours. Même si on était chaudement habillé, il fallait se prémunir contre le froid durant ces déplacements. Les naufragés en particulier, pas trop bien équipés pour l'hiver, auraient besoin de s'envelopper de couvertures pour garder tout au long du trajet la chaleur acquise à l'église.

À onze heures, tout le monde était prêt. Wilfrid et Laurent avaient enfilé leur casque et leur manteau de fourrure. Assise entre son mari et son fils, enveloppée d'une couverture, Rose, dans sa robe des beaux jours et son manteau de poil, était aux anges. À l'arrière, Jeanne et Isabelle, assises sur des bancs improvisés faits de caisses renversées, chantonnaient pour bien montrer qu'elles étaient de la fête. Seule Lorraine assurait une présence à la maison pour veiller sur les jumelles.

—Pour moi, il va y avoir pas mal de monde, dit Wilfrid.

—J'ai hâte de voir de quoi aura l'air l'église, commenta Laurent.

—Elle va être belle, assura Rose. Il y aura sans doute une crèche et beaucoup de décorations : des cierges, des lampions, de l'encens. Monsieur le curé doit être content.

Pour la circonstance, Laurent avait muni le traîneau des grelots de la carriole. Ils faisaient entendre leurs joyeux tintements à chaque dénivellation du terrain. C'était réellement un soir pas comme les autres.

— Comptons-nous chanceux qu'il ne fasse pas trop froid. Il y a eu des fois, dans le temps du missionnaire, quand on était plus jeune, où il ne faisait vraiment pas bon de se rendre à l'église par des froids à tuer les étoiles. Dans la carriole, on était gelé comme des cretons. On se collait pour se réchauffer. Je me souviens d'un soir en particulier, en revenant de la messe de minuit, vous devez vous en rappeler m'man, où Ernest avait les pieds tellement gelés qu'à la maison, il a fallu les lui faire tremper dans de l'eau glacée. Il hurlait quand ça s'est mis à dégeler.

— Te rappelles-tu, souligna Wilfrid, la fois où tu avais voulu lécher de la neige sur le fer de hache et que ta langue y était restée collée?

— Si je m'en souviens! Je devais avoir l'air fin, la langue sortie pendant qu'on réchauffait la hache pour me la déprendre sans risquer de me l'arracher. Rien qu'à y penser, il me semble que j'ai encore mal!

Ils s'enfoncèrent ainsi tranquillement dans la nuit, en causant paisiblement de choses et d'autres, le cœur léger, attirés vers l'Anse-aux-Fraises comme par un aimant. Quand ils y arrivèrent, il n'y avait pas beaucoup d'attelages près de la porte de l'église : les gens du village s'amenaient à pied vers leur nouveau temple dont ils étaient si fiers.

Rose ne fut pas déçue, l'église était bien illuminée. Aidé de paroissiens charitables, le curé était parvenu à faire une crèche convenable. Il y avait peu de personnages et un seul berger, mais le nouvel enfant Jésus de cire apporté par le curé tendait tellement gentiment les mains ! Pour son sermon, le curé raconta la nuit de Noël de Joseph et Marie. Puis, la grand-messe avec des chants continua pendant que l'esprit de Rose voguait ailleurs. Elle s'étonna de ne pas se souvenir que Maxime Richard avait une si belle voix et aussi un des jeunes à Côme. Elle communia et demanda à l'enfant Jésus du bonheur pour toute sa famille. Puis la grand-messe se termina, suivie de deux basses messes, un peu longues il faut bien l'avouer, mais pendant lesquelles il y eut du beau chant. Tout le monde se leva d'un coup quand le curé dit son dernier *Ite missa est*, le troisième de la soirée. Ensuite, tout se passa très vite. Personne ne s'attarda. Le réveillon était bien mérité.

Ils reprirent à huit le chemin de la Pointe-Ouest. Oliver faisait vaillamment son travail malgré la lourde charge. Les invités se montraient fort heureux de pouvoir fêter Noël dans une vraie famille. Marc s'étonna de ne pas voir Lorraine.

— Quand nous sommes allés chez vous, il me semble que vous aviez une fille ?

— Elle est restée à la maison pour garder les jumelles.

— Ah ! C'est vrai, j'avais oublié, elle a des petites.

Rendus à la maison, ils ne mirent guère de temps à se faufiler à l'intérieur. Ils y furent reçus par une Lorraine toute souriante qui avait mis les plats au chaud. La maison entière sentait Noël. Ils passèrent à table sans plus tarder. Aidée de Jeanne et Lorraine, Rose s'assura de servir tout le monde, voyant à ce qu'il ne manque de rien. Personne ne toucha à son plat avant que Wilfrid n'ait récité un bénédicité. Il n'allait pas changer la tradition. Surtout pas le soir de Noël !

Il y eut, au début du repas, une accalmie parce que chacun avait la bouche pleine. On entendait de part et d'autre des : « Mmm ! Que c'est bon ! » Puis les langues se délièrent. Ce fut Laurent qui le premier lança :

— Avez-vous aimé la messe de minuit ?

— Oui, répondit Louis qui en avait vu bien d'autres aux Îles-de-la-Madeleine, mais les deux suivantes étaient de trop.

— C'est vrai ça, comment se fait-il qu'il y a trois messes la nuit de Noël ? Il me semble qu'une, c'est déjà en masse.

Wilfrid, que ces réflexions semblaient agacer, intervint :

— S'il y en a trois, sans doute que c'est mieux d'même. Les prêtres qui l'ont décidé ne sont certainement pas des imbéciles. Il y a sûrement une raison.

— Que j'aimerais connaître, dit Laurent. On est là à attendre que ça finisse. Je ne sais pas si vous êtes comme moi, mais pendant les deux messes basses, j'avais passablement de tourtières, de poulet et de tartes à la farlouche dans la tête, sans compter…

Wilfrid l'interrompit.

— Si l'Église en a décidé ainsi, c'est d'même que ça doit se passer. Un point c'est tout.

Voyant que son père ne prisait pas ce genre de réflexions, Laurent fit dévier la conversation en demandant à Marc et Louis comment ils s'arrangeaient au dépôt.

Marc répondit pour les deux :

— Nous trouvons parfois le temps long, mais nous bûchons tout autour et on a accumulé plusieurs cordes de bois.

— Les prochains naufragés n'en manqueront pas, assura Louis.

— J'y pense, demanda Marc, vous n'auriez pas, par hasard, un jeu de cartes de trop ?

— Je crois bien que nous n'en avons qu'un seul, répondit Rose, et il commence à être magané.

— C'est dommage, je me serais fait des jeux de patience.

— Pourquoi ne viendriez-vous pas jouer avec nous de temps à autre ? Des fois, il nous manque un partenaire.

— Louis ne joue pas, expliqua Marc, mais moi je ne dirais pas non.

— Bon, si ça vous le dit, vous pourriez passer un soir ou l'autre. On vous garderait ensuite pour la nuit.

— À quoi jouez-vous le plus ?

— Au whist.

— Vous ne me croirez pas, mais je n'ai jamais joué à ce jeu.

— C'est facile, vous allez apprendre vite.

— Dans ce cas-là, j'arriverai un bon soir.

Ils continuèrent à bavarder de la sorte tout en mangeant, se préoccupant de leur amie Isabelle qui ne devait pas manquer de penser à son défunt mari en ce soir particulier. Dès qu'il avait ramené les naufragés au phare, Wilfrid avait communiqué l'information par télégraphe. De la sorte, Louis, ayant femme et enfants aux Îles-de-la-Madeleine, fut bien soulagé de les savoir rassurés. Par contre, Marc, veuf et sans enfant, n'ayant pas de parenté aux Îles, s'était senti moins concerné. Seuls quelques amis auraient éventuellement pu se soucier de ce qu'il était devenu. Quant à Isabelle, elle avait pu faire expédier des dépêches à ses proches et là-bas, tout le monde avait été informé du sort de son mari en même temps que du sien.

Le réveillon tirait maintenant à sa fin, chacun testant sa gourmandise sur les desserts trop tentants. Les beignes saupoudrés de sucre eurent surtout la cote. Puis, la fatigue ayant le dessus, Jeanne fut la première à parler de se coucher. Elle aida un moment Rose et Lorraine à dégarnir la table pendant que les hommes fumaient une dernière pipée tout en dégustant un digestif sans nom, mais fort en alcool.

Finalement, chacun gagna sa chambre. Louis et Marc en partagèrent une à l'étage. Claire fut invitée à se joindre à Isabelle pour la nuit. La maison du phare de la Pointe-Ouest était sans contredit la plus grande maison de l'île et Wilfrid s'estimait chanceux de l'habiter. Il pouvait y inviter beaucoup de gens, la place ne manquait pas. Il ne se privait pas de le faire, comme il se l'était permis en cette nuit de Noël. Rien ne pouvait lui faire tant plaisir que de sentir autour de lui tout le monde heureux. En ce soir de Noël, il avait atteint son but. Il alla se coucher l'âme en paix.

# Chapitre 43

# Les menteries de Zidore

Il y avait longtemps que le conteur Zidore n'avait pas mis les pieds à la Pointe-Ouest. Le temps des fêtes l'y ramena. Il apparut un bon après-midi entre Noël et le jour de l'An. Il était en verve comme toujours. En le voyant arriver, Wilfrid ne put se garder de lui dire :

— Tiens, si ce n'est pas notre menteur invétéré !

L'autre, feignant de s'offusquer, fit mine de repasser la porte. Wilfrid s'empressa de lui confirmer :

— Allons ! On t'aime justement pour tes menteries.

— Dans ce cas-là, répondit-il en souriant, j'ai un tas de nouvelles à vous apprendre.

— Nous ne demandons pas mieux. Tu pourras t'exercer ce soir, car nous serons assez nombreux pour ne pas y croire.

Zidore prit place au salon. Le conteur rapporta les dernières nouvelles d'un peu tout un chacun, les naissances peu nombreuses, une mort subite, les maladies de l'un et les indispositions de l'autre. Toute l'île y passa. Il eut un bon auditoire, car Isabelle et Claire, suivies de Laurent et Jeanne, vinrent se joindre à eux.

Pendant qu'ils causaient, Wilfrid offrit à boire. Il fit circuler la bouteille de gnôle. Les femmes ne succombèrent pas à la tentation. Quand il fut question d'aller chercher des verres à la cuisine, Lorraine étant occupée à amuser les jumelles, Jeanne s'y rendit. Elle en revint quelque peu troublée.

— Rose ne se sent pas bien.

Wilfrid se précipita. Rose était assise dans sa berceuse près de l'âtre et disait être étourdie.

— Tu devrais t'étendre un peu, lui recommanda le gardien. Les fatigues de Noël t'ont rattrapée. Un petit somme te fera du bien. Ça serait dommage que tu ne puisses pas entendre les menteries de Zidore après le souper. Ne t'inquiète pas du repas, les autres sont assez nombreuses pour ça.

Il accompagna Rose jusqu'à leur chambre. Comme il l'avait dit, Lorraine, Jeanne et les invitées s'occupèrent du repas. Ils en étaient au dessert quand Rose parut. Elle avait meilleure mine et mangea avec appétit. Elle rassura tout le monde en déclarant :

— C'était une fatigue passagère, faut croire que je commence à me faire vieille.

— Vous, vieille ? se moqua Zidore. Vous devriez voir la Mathilde à Zéphirin du côté de Fox Bay. Elle a bien proche cent ans et rien l'arrête. On l'a même surprise dernièrement à quatre pattes en train de laver son plancher. En plus de ça, elle chique le tabac, crache dru et se laisse encore chanter la pomme par le premier homme venu.

— Je ne me rendrai pas à son âge, dit Rose.

— Rien ne vous en empêche. Il paraît que pour vivre jusqu'à cent ans, il faut avoir un truc qu'on répète tous les jours.

— Comme quoi?

— Par exemple, rire au moins une fois, mais rire vraiment.

— Zidore, dans ce cas-là, tu vas certainement vivre centenaire.

— Pas de danger! Je fais rire, mais je ne ris pas.

— Où prends-tu tes histoires?

— Là où je les trouve et au besoin je les invente. Parlant de centenaire... Vous connaissez l'ermite Mauzerole?

— Celui qui a donné son nom à la rivière?

— Celui-là. Il disait qu'il allait se rendre à cent ans. Il était bien parti pour ça, mais il est mort il y a deux ans. Son truc pour devenir centenaire consistait à manger un peu d'herbe tous les jours comme les animaux. Mais ça n'a pas marché. Savez-vous pourquoi?

Comme personne ne répondait, Zidore s'écria:

— Parce qu'il en avait pas en hiver, le vieux sacripant.

Sa réflexion les fit bien rire. Il ajouta aussitôt:

— Vous venez d'ajouter une journée à votre vie.

La soirée commençait. On passa de la table au salon. Ayant le plaisir d'avoir Zidore à la maison, on était assuré de passer du bon temps en sa compagnie. Comme pour se mettre en forme, il commença par quelques devinettes qui ne manquaient jamais de faire rire tant la réponse s'avérait imprévisible. Il demanda :

— Comment appelle-t-on un chien pas de pattes ?

Voyant que personne ne réagissait, il s'exclama :

— On ne l'appelle pas, on va le chercher !

À en juger par les rires qu'elle suscita, sa devinette avait fait mouche. Il poursuivit par une nouvelle :

— Comment sait-on qu'une femme va dire quelque chose d'intelligent ?

Comme personne ne risquait de réponse, il lâcha avec enthousiasme :

— Elle commence sa phrase par : "Mon mari a dit...".

Cette fois, les hommes s'esclaffèrent et leurs rires redoublèrent à la vue de l'air contrit des femmes autour d'eux. Zidore poursuivit :

— Jamais deux sans trois. J'ai quatre jambes, trois bras et deux têtes. Qui suis-je ?

Personne ne connaissait la réponse. Zidore, pince-sans-rire, lança :

— Un menteur. Une petite osée pour finir ? Pourquoi les poules n'ont pas de seins ?

Sa question fit froncer les sourcils de Wilfrid et les femmes se regardèrent du coin de l'œil. Le gardien intervint en le priant :

— Ne donne pas la réponse si elle est trop corsée.

— Allons donc, protesta Zidore, personne ici n'est si simple qu'il ne puisse pas entendre ça.

— Je suis curieux de la connaître ! s'exclama Marc.

Zidore lui fit un clin d'œil et lâcha :

— Ma foi du bon Dieu, c'est parce que les coqs n'ont pas de mains.

Laurent et les autres la trouvèrent bien bonne. Wilfrid s'empressa de dire :

— Lâche les devinettes, je préfère tes autres menteries.

Comme il avait parlé auparavant de l'ermite Mauzerol, il y revint en précisant :

— En réalité, ce n'était pas vraiment un ermite. On le surnommait de même parce qu'il vivait tout seul comme un sauvage dans un coin retiré de l'île. Mais rien n'empêche que certains prétendaient savoir qu'il avait été autrefois un moine. On l'avait expédié chez nous, paraît-il, pour le contraindre à expier une faute grave commise dans son pays d'origine. En fait, il était protestant, et très attaché à ses croyances. Il habitait une caverne le long de la rivière qui porte son nom, quand un jour se présenta chez lui un homme tout de noir vêtu, qu'il ne tarda pas à reconnaître comme le diable en personne.

« Mauzerol se vantait depuis quelque temps aux rares hommes qui passaient dans son coin que par ses prières, il sauvait des dizaines d'âmes de l'enfer. C'était la raison pour laquelle le diable était venu le voir. Belzébuth lui dit donc :

«— J'ai une âme en particulier à laquelle je tiens plus que tout, celle d'un évêque.

«Vous savez sans doute que le diable aime bien avoir avec lui un évêque, parce que ça apaise les âmes perdues. Quand elles apprennent qu'un évêque se trouve parmi elles, les âmes perdues se disent: "Il est évident que s'il est ici, ce n'est pas véritablement l'enfer. Comment un évêque pourrait-il y être?" Comme ça, le diable a la paix pendant quelque temps avec ces âmes récalcitrantes.

«Toujours est-il, qu'il tenait tellement à l'âme de cet évêque, qu'il proposa à l'ermite:

«— Laisse-moi cette âme et tu ne le regretteras pas.

«— Je ne crois pas à tes menteries, répondit l'ermite. Tu veux me distraire pour que je cesse de prier pour cette âme. Tu te trompes royalement, je ne cesserai pas de prier.

«— Penses-y, reprit le diable, je te donne dix âmes perdues en échange de celle-là.

«— Dix âmes? Allons donc! Pour cette âme-là, il m'en faudrait bien une centaine.

«— Je te les offre, promit Satan, mais à une condition, que tu fasses le tour de l'île avec moi à la course et que tu gagnes.

«L'offre était alléchante et l'ermite se laissa tenter.

«— Je suis un homme de défi. J'accepte, mais à une condition.

«— Laquelle?

«— Que nous établissions sur papier les règles de la course avant de partir.

« L'ermite, avec raison, se méfiait du diable qui, comme vous le savez aussi bien que moi, est un tricheur et un menteur de la pire espèce. À la demande même du Malin, ils écrivirent les règlements sur une écorce de bouleau. Le diable, s'apprêtant à tricher, y mit le feu dès que l'ermite eut le dos tourné. Ils firent la course, laquelle, selon les règlements, consistait à contourner l'île entière tout le long de ses côtes en parcourant les deux cent quarante milles jusque dans les moindres anses et les plus petites baies. Comme il fallait s'y attendre, le diable voulut tricher en ne suivant pas totalement le contour des baies, mais en les parcourant directement d'une pointe à l'autre pendant que l'ermite longeait la côte dans ses moindres recoins.

« À ce rythme-là, l'ermite aurait perdu la course. Mais il savait une chose que le diable ignorait. À Anticosti, sur les falaises tout autour de l'île, le vent de la mer fait si bien courber les genévriers nains, les ifs rampants, les sapins tourmentés et les épinettes rabougries que ces arbres ont fini par former un tapis épais et serré sur lequel on peut courir comme sur une route bien tapée. L'ermite courut tellement vite que malgré les tricheries du diable, il gagna la course. »

— C'est impossible, protesta Laurent. S'il devait parcourir chaque anse alors que le diable filait tout droit, il n'avait aucune chance de gagner.

—On pourrait le croire, reprit Zidore, mais l'ermite était un homme rusé. Il attendit la journée qui suivait de fortes marées pour faire la course. Le diable tenta bien de filer tout droit d'anse en anse, mais il y avait tellement de bois de grève échoué dans toutes les anses, qu'il fut obligé de contourner ces épaves, ce qui lui fit perdre un temps précieux, de même que la course.

—Est-ce que l'ermite a pu obtenir la centaine d'âmes promises ?

—Il semble que oui. Mais ce fut parce qu'il était rusé. Il se doutait bien que le diable ne tiendrait pas parole. Aussi mit-il à contribution plusieurs habitants de l'île à qui il révéla chaque point de la gageure. Quand la course fut terminée, le diable voulut se défiler. Les hommes engagés par l'ermite se montrèrent et dire au diable : "Si tu ne tiens pas ta promesse, nous ferons connaître cette histoire au monde entier." Le diable n'eut pas d'autres choix que de laisser filer cent âmes hors de l'enfer. Il était si furieux qu'il s'enfonça directement dans la terre non loin de la caverne de l'ermite, si bien que le trou qu'on y aperçoit se nomme le trou du diable. Il paraît que certains soirs, des passants ont aperçu des flammes qui en sortaient.

Zidore se tut. Dans le foyer, les dernières bûches finissaient de crépiter. La maison entière s'était enfoncée dans un silence profond. Wilfrid se leva, les autres suivirent. La nuit se referma sur les menteries du conteur en même temps que le feu s'éteignait. Dehors, le vent tourmentait les arbres. Laurent, qui en avait souvent entendu parler, mais n'avait jamais essayé, se demandait si on pouvait vraiment, comme sur un boulevard, marcher sur la tête des genévriers et des ifs en haut des falaises.

# Chapitre 44

# Des soirées de cartes

Comme il l'avait promis, le naufragé Marc Bourgeois s'amena un soir pour faire une partie de cartes. Rose n'avait pas le cœur à jouer et Wilfrid avait le nez plongé dans les messages télégraphiques reçus au cours de la journée. Isabelle préférait lire les vieux journaux qui n'avaient pas encore trouvé le chemin du foyer. Comme leur invité n'avait jamais joué au whist, Laurent se mit en frais de lui en expliquer les grandes lignes et les principales règles.

— Comme tu vois, le whist se joue à quatre. Tu feras équipe avec Lorraine, et moi avec Jeanne, comme il se doit.

Toujours aussi charmante, Jeanne se permit de commenter :

— Il a absolument besoin de moi pour gagner. Que veux-tu, le cerveau se trouve de ce côté-ci de la table.

Laurent lui jeta un coup d'œil brillant et répliqua :

— Elle a tout à fait raison. Quand elle ne joue pas avec moi, elle perd tous ses moyens et son cerveau devient aussi petit que celui d'une souris.

Lorraine intervint :

— Si vous continuez comme ça, la soirée sera terminée et notre pauvre Marc ne connaîtra encore rien du jeu.

Laurent lui sourit et dit :

— Revenons à nos cartes. L'ordre décroissant de chaque couleur est as, roi, dame, valet, etc. On distribue treize cartes. Celui qui donne les cartes retourne la treizième de son paquet et c'est elle qui indique l'atout pour le coup à jouer. Jusque-là, ça te va ?

Marc approuva d'un signe de tête.

— Il s'agit de fournir obligatoirement à chaque tour une carte de la couleur demandée. Si tu n'en as pas en main, tu peux jouer une carte de la couleur que tu veux et tu n'es pas obligé de couper.

— C'est clair ? s'assura Jeanne.

— À plein ! J'ai hâte de connaître la suite.

— Eh bien ! continua Laurent. Celui qui a joué la plus haute carte fait la levée à moins, bien sûr, que l'adversaire l'ait coupé. Il dépose les cartes devant son ou sa partenaire. On empile chaque levée gagnante sur notre tas en les disposant à demi croisées afin qu'on puisse les compter en tout temps. Ce sont les partenaires qui ont le plus de levées qui remportent la partie.

— Il n'y a rien de plus simple.

Marc se permit un clin d'œil à Lorraine avant de souffler :

— Ils sont cuits. Nous allons leur montrer de quel bois on se chauffe.

Laurent brassa les cartes et la partie commença. Tout de suite, il y eut des exclamations de part et d'autre.

— Jeanne ! Pourquoi n'as-tu pas coupé ?

— Je préférais attendre.

— Marc, tu peux couper quand tu es certain de pouvoir renchérir.

— Ah ! Nous vous avons bien eus !

— Non ! Parce qu'il n'est pas permis de faire ce que tu as fait.

— Dans ce cas-là, expliquez-moi pourquoi.

Ça discutait fort. Les joueurs de cartes animaient toute la maison par leurs exclamations. Ils y allaient si fort que Wilfrid en était contrarié. Il intervint :

— Savez-vous ce que veut dire whist ?

— "Silence", répondit Marc.

— À vous entendre, on ne le dirait pas.

Les parties succédèrent aux parties. Entre-temps, Rose alla se coucher. Isabelle la suivit de peu. Seul Wilfrid continua à fureter dans ses papiers. Il y eut une pause pour donner à chacun la chance de se soulager. Laurent s'informa de nouveau auprès de Marc si leur condition de naufragés ne leur pesait pas trop.

— Nous serons heureux de voir s'arrêter un premier vaisseau à Anticosti. Louis se languit de sa femme et de ses enfants. Heureusement, c'est un excellent sculpteur. Il peut tout faire avec un canif et il en a trouvé un excellent dans le dépôt. Je ne l'entends guère de la journée, occupé qu'il est à sculpter des appelants.

— Il sculpte des appelants? Je vais aller le rencontrer, assura Laurent. Il aura certainement le temps d'en produire quelques-uns pour moi. J'aimerais avoir quelques becs-scie pour la chasse d'automne et peut-être aussi des outardes. Quand j'irai vous voir, je vous apporterai mon criard.

— Ton criard?

— Je l'appelle de même faute d'un autre nom. J'ai réussi à fabriquer une espèce de sifflet avec lequel je peux imiter avec beaucoup de précision les cris des canards. Je m'en sers quand je chasse. Je parviens parfois à attirer quelques canards, mais imaginez-vous avec des appelants! J'ai un peu de peinture. S'il me fait des becs-scie, je vais les peinturer comme des vrais. Je vais les regrouper dans un des étangs salés pas loin d'ici. Pour moi, cette année, j'aurai des chasses comme jamais.

— À part les becs-scie, il y a quoi comme oiseaux?

— Des pluviers, des bécasses et toutes sortes d'oiseaux de rivage de passage, surtout au printemps et à l'automne. Ils sont faciles à tuer. Ils se regroupent en bandes sur les rivages. Tu tires dans le tas et tu ramasses ceux qui restent sur la berge.

— Dans le genre canard, il n'y a rien d'autre ?

— Bien sûr ! Il y a les moyacs, mais ceux-là sont pas mal plus utiles pour leurs plumes que dans notre assiette. Nous les épargnons et quand ils nichent, nous ramassons leur duvet pour les oreillers et même les paillasses. Ils viennent ici par centaines chaque été, un peu plus haut que l'Anse-aux-Fraises.

— Bon ! Est-ce qu'on joue une autre partie ?

— La dernière, précisa Marc. Comme c'est là, on est à égalité et je le dois surtout à ma partenaire qui est une joueuse hors pair.

— Imagine-toi ce que ça sera quand tu connaîtras le jeu comme il faut ! remarqua Lorraine. Je te garantis que comme les canards, il y en a deux qui vont se faire plumer !

Jeanne répliqua :

— Il ne faut pas vendre la peau de l'ours avant de l'avoir tué.

— Comme il ne faut pas avaler l'œuf avant de le casser, ajouta Laurent.

— Tu as bien raison, intervint Lorraine, car tu viens de t'en faire passer un pas écalé !

De l'autre côté de la table, Marc riait aux éclats. Jeanne ouvrait de grands yeux. La pile de levées de Marc et Lorraine montait à vue d'œil.

— Attribuons ça à la fatigue, se défendit Laurent.

— Je pense vraiment que tu es meilleur à la chasse qu'aux cartes, précisa Jeanne.

— Peut-être bien ma chérie, mais avouons que nous venons de passer une agréable soirée. Il faudra recommencer.

— Vous allez me revoir, assura Marc avant de partir.

— Tu n'auras pas de peine à retrouver ton chemin ?

— Avec la pleine lune, on voit presque aussi bien qu'en plein jour. En plus, n'oubliez pas que je m'y connais un peu sur la mer.

Il partit sur ces mots, non sans avoir au préalable remercié en particulier sa compagne de jeu.

— Nous avons formé une équipe gagnante, dit-il. Nous devons absolument recommencer.

— Pas dans deux mois ! insista Lorraine.

— Dans quelques jours, c'est promis.

Il revint trois jours plus tard. Cette fois, son copain Louis l'accompagnait. Dans un sac, il avait glissé deux appelants. Laurent fut enchanté de ce qu'il voyait.

— Il me faut au moins cinq à six becs-scie, l'informa-t-il. Je vais te les payer.

— Vous faites déjà bien assez pour nous.

Satisfait de constater que son travail était apprécié, Louis repartit, laissant les joueurs de cartes commencer leur partie qui, cette fois, fut remportée par Laurent et Jeanne.

— Grâce à mon génie ! lança-t-elle. Vous avez vu comme je suis une joueuse réfléchie et douée. Celui-là, s'il ne m'avait pas !

Laurent s'approcha et la minoucha. Assis près du foyer, Wilfrid ne semblait guère apprécier la scène.

Quand Laurent fut seul avec Jeanne, elle lui en fit la remarque.

—Mon père n'aime pas trop qu'on montre nos sentiments en public. Que veux-tu ! Il n'a pas été habitué à ça…

—Je ne vois pas ce qu'il y a de mal là-dedans.

—Je sais bien, mais pour beaucoup de monde, c'est d'même.

Les parties de cartes se multiplièrent. Il fallait bien tuer le temps et avec lui l'hiver.

# Chapitre 45

# Rumeurs de vente

Janvier avait maintenant tourné la page. Déjà, février était entamé d'une bonne moitié. Anticosti semblait figée au milieu du golfe tel un immense navire échoué. Depuis l'arrivée des Français au pays, l'île avait toujours eu une curieuse destinée. D'abord habitée en 1680 par le découvreur Louis Jolliet qui était parvenu de peine et de misère à y élever quelques bâtiments et rendre l'endroit plus ou moins habitable, Anticosti vit tout ce travail anéanti en quelques heures par le passage de l'amiral anglais Phips, en route pour tenter de prendre Québec. Vingt-cinq ans après la mort de Jolliet, l'île fut divisée à parts égales entre trois de ses enfants : Jean, sieur de Mingan, Charles, sieur d'Anticosti, et Claire, épouse de Joseph Fleury de la Gorgendière.

En 1778, les héritiers de Joseph Fleury de la Gorgendière se disputèrent l'île avec les héritiers de Charles Jolliet d'Anticosti. Neuf vingtièmes de l'île aboutirent entre les mains de William Grant, époux de Catherine de la Gorgendière. Trois ans plus tard, ils étaient huit propriétaires. En 1789, voilà qu'après de multiples transactions, messieurs Grant, Dunn et Stuart purent régner en maître sur la quasi-totalité de l'île. En réalité, la moitié de l'île appartenait à William Grant et passa en 1808, après son décès, entre les mains de Patrick Longan pour la somme de cent soixante-quinze mille dollars. Puis tout stagna pendant plusieurs années, l'autre moitié étant la propriété des Longan, Forsyth et Johnson.

En 1874, les héritiers Dunn et Stuart, l'Honorable Leslie et l'écuyer Forsyth décidèrent enfin de coloniser l'île sous le nom de Forsyth Compagny. On voyait grand. Les projets ne manquèrent pas. Mais au bout de deux ans à peine, tout tourna en eau de boudin. Ce fut le fiasco, à tel point qu'en 1884, les propriétaires vendirent l'île entière aux associés Stockwell. Quatre ans plus tard, ceux-ci cédèrent Anticosti à une société anglaise connue sous le nom The Governor and Company of the Island of Anticosti.

Cette compagnie se contentant de faire l'exploitation du bois, les résidants lui louaient leur terrain et, le cas échéant, leur maison, et se mirent à gagner leur vie à la pêche et à la chasse. Depuis qu'ils s'étaient débarrassés des Stockwell, tout allait pour eux comme dans le meilleur des mondes jusqu'au jour où Wilfrid reçut une dépêche télégraphique de son ami Placide Vigneau, gardien du phare de l'Île-aux-Perroquets, lui annonçant qu'Anticosti aurait été vendue. Vigneau attendait d'en apprendre davantage par les journaux pour lui donner plus de précisions.

Par un mystère inexplicable, malgré le fait que les communications n'y fussent pas faciles, la nouvelle fit le tour de l'île dans le temps de le dire. On répétait que le nouveau propriétaire s'était réservé le droit d'en étudier toutes les possibilités. Qu'allaient-ils tous devenir ? Ils demandèrent au gardien son avis. Ils étaient profondément inquiets. Qu'allait-il se passer ? Et leur quai dans tout ça ?

Wilfrid n'en savait pas plus qu'eux. Il s'efforça dans un premier temps de les apaiser. « Rien ne sert de s'alarmer, leur dit-il. Attendons d'abord de savoir si l'île a bel et bien été vendue, et ensuite à qui. » Les gens se calmèrent quelque peu, mais l'inquiétude demeurait. Wilfrid voulut en avoir le cœur net. Il communiqua avec son ami Vigneau et avec tous ceux susceptibles de le renseigner mieux. Mais les réponses se firent attendre et quand elles arrivèrent, elles étaient plutôt évasives.

Voyant cela, Wilfrid réunit les gens de l'Anse-aux-Fraises pour discuter du sujet. Il fit en tout premier lieu le point sur la question et tenta de son mieux d'apaiser les inquiétudes.

— Vous savez tous aussi bien que moi qu'il y a une rumeur laissant entendre que l'île serait vendue. Si je parle de rumeur, c'est que tout ce que nous savons présentement nous est venu par les journaux. Voici en résumé ce qu'ils disent. Un monsieur Despecher, au nom d'un millionnaire de France, a fait l'achat d'Anticosti le 8 décembre dernier au coût de cent soixante mille dollars auprès du liquidateur de la Governor and Company of the Island of Anticosti. Mais cet achat ne sera définitif que dans dix mois, parce que l'acheteur se réserve le temps de faire une étude plus approfondie à ce sujet. Il désire au préalable vérifier tous les renseignements qu'il possède sur Anticosti, et en mesurer le potentiel et les ressources. Il se propose donc d'y envoyer durant l'été prochain une expédition de reconnaissance de tout le tour et de l'intérieur de l'île. Il veut étudier en particulier quelles sont les possibilités d'y établir des ports. Il ne prendra qu'ensuite la décision d'acheter définitivement l'île ou celle d'annuler le contrat de vente.

Les explications de Wilfrid avaient le mérite d'être claires, mais elles ne dissipaient pas pour autant les craintes. Aussi, il ne s'étonna pas de la première question qui lui fut posée.

— Qui est cet acheteur ?

— Cet acheteur est un Français, que représente monsieur Despecher. C'est déjà une bonne nouvelle. Il parle la même langue que nous, par conséquent nous devrions bien nous entendre avec lui.

— Mais que va-t-il faire de nous puisque nous ne sommes que les locataires des terrains que nous habitons ?

— Tout bon propriétaire a avantage à garder ses locataires. Par conséquent, je pense bien qu'il agira comme l'ont fait ceux qui possédaient l'île avant lui. Il devrait donc permettre que nous puissions continuer à vivre dans nos maisons que nous avons aménagées depuis nombre d'années.

Maxime Richard intervint.

—J'veux pas t'offenser, Wilfrid, mais toé t'es pas en danger. Le terrain du phare appartient au gouvernement. Même s'il voula t'chasser, le nouveau propriétaire pourra pas le faire parce que ce terrain-là lui appartient pas.

—Je sais bien, mais je ne suis pas le seul qu'il ne pourrait pas renvoyer. Il y a prescription pour tous ceux qui habitent au même endroit depuis trente ans. Le terrain où ils vivent est maintenant considéré comme leur appartenant et personne ne peut les en déloger contre leur gré.

La réflexion de Wilfrid fit que tout le monde se mit à parler en même temps. Plusieurs calculaient depuis combien de temps ils habitaient sur l'île. La majorité d'entre eux n'y étaient pas depuis trente ans. Plusieurs déploraient le fait qu'il ne leur restait que deux ou trois ans pour y parvenir. Wilfrid dut s'imposer pour les faire taire.

—N'allez pas trop vite aux conclusions. Attendez au moins de connaître le nom de l'acheteur et de savoir exactement ce que sont ses intentions. Il est trop tôt pour s'alarmer. Tout propriétaire raisonnable voudra garder les locataires que vous êtes. Après tout, il ne pourrait souhaiter meilleure situation. Il se dira sûrement : "Si ces gens-là vivent à Anticosti depuis tellement d'années, c'est qu'ils s'y plaisent. En conséquence, il vaut mieux garder des gens qui aiment y vivre que de risquer d'y amener des mécontents."

Ces paroles de Wilfrid semblèrent calmer le débat. La plupart des gens de l'Anse-aux-Fraises avaient un bon jugement et trouvèrent ses propos fort raisonnables, d'autant plus que monsieur le curé était du même avis. N'était-ce pas un peu ce qu'il avait laissé entendre au sermon de la messe de dimanche en rappelant que, comme ils étaient de bons locataires, le nouveau propriétaire n'aurait aucune raison de les rejeter ? Il se servit d'ailleurs d'un passage de l'Évangile pour leur expliquer : « En effet, dans une parabole, il est raconté que des locataires de vignes ne furent pas inquiétés tant qu'ils respectèrent leur contrat avec le propriétaire. Or, un jour, ils décidèrent de s'opposer à ses volontés et allèrent même jusqu'à tuer le fils du propriétaire. On comprend que ce dernier les fit tous périr ensuite. » Il enchaîna : « Je vous raconte cela pour vous préparer à ce qui s'en vient. Si jamais le nouveau propriétaire a des exigences à votre égard, il faudra vous plier à ce qu'il vous demandera. Si vous vous révoltez, il vous forcera à quitter l'île. En tout temps, il faut respecter l'autorité. Ceux qui s'y opposent attirent sur eux le malheur. »

Wilfrid était en parfait accord avec l'ecclésiastique. Il avait tellement le culte de l'autorité qu'il approuvait en tous points les paroles du curé. C'est ce qui l'avait incité à faire comprendre aux gens de l'Anse-aux-Fraises, comme à ceux de Baie-des-Anglais, qu'ils avaient tout à gagner en se soumettant aux volontés du futur propriétaire.

Heureux d'avoir ainsi accompli son devoir, il se remit paisiblement à ses occupations, attendant comme tout le monde ce que l'avenir leur réservait.

# Chapitre 46

# Le secret de l'institutrice

Malgré ces moments quelque peu inquiétants, la vie se poursuivait sur l'île. Il y avait longtemps que l'institutrice n'avait pas donné de ses nouvelles. Jeanne décida d'aller lui rendre visite. Elle profita de quelques commissions que Laurent avait à faire à l'Anse-aux-Fraises pour être du voyage. Ils prirent la carriole. Elle filait bien sur la neige fraîche. Jeanne aimait se promener ainsi de temps à autre. Ça la sortait de sa routine quotidienne et elle adorait pouvoir profiter de tout ce que la nature offrait de beau, comme, ce matin-là, le spectacle de vapeurs surgissant des glaces échouées sur la berge. Elle se figurait qu'il s'agissait là d'autant de fumeurs géants projetant la fumée de leur pipe vers les nuages. Depuis qu'elle se trouvait à Anticosti, elle avait l'impression de n'être qu'un grain de poussière dans l'immensité qui l'entourait, et son imagination la portait à grossir tout ce qu'elle voyait. Pour elle, cette île était une terre de géants.

Ils arrivèrent à l'Anse-aux-Fraises au beau milieu de la matinée. Pendant que Laurent s'adonnait à ses commissions, Jeanne se rendit à l'école où elle entra discrètement. L'institutrice était occupée à lire à voix haute le texte d'une dictée pour ses élèves de sixième année pendant que les plus jeunes travaillaient, les uns le nez plongé dans leur cahier de devoirs, les autres dans celui d'écriture, et les petits à reproduire un ours sur une feuille blanche toute neuve en s'inspirant du dessin qui apparaissait au tableau noir.

Jeanne se fit très discrète en s'asseyant doucement sur un banc près de la porte. Ça lui rappelait ce qu'elle avait elle-même vécu l'année précédente.

Quelques-uns des enfants s'avisèrent de sa présence et bientôt, toutes les têtes se tournèrent dans sa direction, si bien que Claire dut interrompre sa dictée et s'exclama :

— Voyez, les enfants, qui nous rend visite !

Ils en profitèrent pour dire en chœur :

— Bonjour, mademoiselle Jeanne !

Jeanne s'en voulait d'être la cause de cette interruption. Elle se leva et salua les enfants l'un après l'autre en s'intéressant à tout ce qu'ils faisaient. Claire ne se montra pas offusquée de son intrusion, loin de là. Elle demanda même à Jeanne de continuer la lecture de la dictée, ce à quoi elle se prêta avec plaisir. Claire se permit, en l'honneur de la visite de Jeanne, de devancer la récréation. Quand, comme une volée de moineaux, les élèves eurent disparu dans la cour, Jeanne avoua à Claire :

— Je suis venue te rendre visite parce que tu nous fais trop languir de ta présence. Il me semble que nous ne t'avons pas vue depuis des mois.

— Des mois, c'est peut-être un peu exagéré. J'étais là à Noël.

— Laisse-moi te dire que tu te fais bien rare. Et ne te sers surtout pas de l'excuse que tu es trop occupée. N'oublie pas que l'an dernier, à pareille date, je me trouvais exactement à ta place. Tu sembles te plaire ici ?

— Oui, j'aime beaucoup ce que je fais, mais…

— Mais ?

— J'ai un gros problème présentement dont il faudra que je parle à quelqu'un.

— Quelle sorte de problème ? Si je peux te venir en aide, rien ne me fera plus plaisir.

Jeanne se rendit compte que Claire pleurait. Elle s'approcha aussitôt pour la consoler.

— Qu'est-ce qui ne va pas ?

En indiquant son ventre, Claire lui répondit :

— Ceci.

Jeanne resta interdite.

— Mon Dieu ! Ne me dis pas que tu es…

— Oui, et ça ne sera pas long avant que les élèves s'en aperçoivent, si ce n'est pas déjà fait.

La nouvelle avait tellement pris Jeanne de court qu'elle mit du temps à réagir.

— Pauvre toi, commenta-t-elle. Tu ne pourras pas continuer.

— Je ne pourrai pas, en effet.

— Je ne vois qu'un moyen de t'en sortir. Tu dois disparaître sous prétexte que tu es malade.

— J'y ai pensé, mais le hic, c'est qu'on ne s'efface pas facilement sur une île dont on ne peut pas sortir avant encore quelques mois.

Jeanne ne se laissa pas démonter.

— Il y a une solution à tous les problèmes. Laisse-moi y réfléchir. J'en parlerai à Laurent. Il est de bon conseil. Nous saurons certainement t'aider.

La récréation se terminait. Claire dut sortir pour rappeler les enfants. D'ailleurs, Laurent revenait avec la charrette. Jeanne lui fit ses adieux.

— Ne sois pas inquiète. Dès demain, je reviendrai te donner des nouvelles et te dire ce que Laurent propose.

Sur le chemin de retour, Jeanne parla à Laurent du drame qui se tramait.

— Si elle continue d'enseigner, bientôt toute l'île sera informée de sa situation et ça fera scandale.

— Je ne vois qu'une chose à faire, dit Laurent.

— Laquelle ?

— En parler à p'pa.

— À ton père ? Tu ne crains pas que ça envenime la situation ?

— Non pas. Parce qu'à mes yeux, il n'y a qu'une façon de couvrir la chose. Il faut déclarer que l'institutrice est malade et s'arranger pour la garder chez nous en attendant de pouvoir l'expédier en douce pour son accouchement à Québec dès le début de la navigation.

— Crois-tu pouvoir lui vendre cette idée ?

— Je le pense, parce qu'à mes yeux, c'est la plus raisonnable.

— Que vont devenir les enfants sans institutrice ?

— Voilà une autre question qui elle aussi doit avoir sa réponse.

Dès qu'ils furent à la maison, profitant du fait que son père se trouvait dans la tour, Laurent monta le rejoindre. Wilfrid était occupé avec une chamoisine à bien polir les miroirs de la lanterne. En voyant son fils arriver, il s'informa :

— Tu as trouvé tout ce qu'il nous fallait ?

— Tout.

Puisque Laurent n'ajoutait rien, il lui demanda :

— Qu'est-ce qu'il y a ? Tu me sembles préoccupé.

— Je le suis, en effet. Nous avons un gros problème.

— Quoi donc ?

— L'institutrice est enceinte.

Wilfrid réagit comme quelqu'un qui n'en croyait pas ses oreilles. Les deux bras lui tombèrent.

— Enceinte ? répéta-t-il, incrédule.

— Oui ! De quatre mois environ. Jeanne croit que les enfants ne s'en sont pas encore aperçus, mais que ça ne saurait tarder.

Wilfrid se mit à frotter avec plus de vigueur. Il ne parlait pas, plongé dans une réflexion profonde. Laurent respecta son silence. Il attendit le moment propice pour intervenir. Son père allait s'attaquer à polir un autre miroir quand il insinua :

— P'pa ! Il y a une solution possible. Le mieux, je pense, est de faire croire que l'institutrice est malade.

— C'est bien beau, mais on ne peut pas la faire disparaître.

— Si on l'amenait ici ?

— Ici ?

— À la maison. Il y a une chambre de libre. Elle pourrait rester parmi nous en attendant que nous puissions lui faire prendre un bateau pour Québec.

Wilfrid mit du temps à répondre. Il avait l'air de peser le pour et le contre.

— Comment ferons-nous pour cacher son état pendant encore trois mois ?

— Lorsque quelqu'un viendra à la maison, elle n'aura qu'à se réfugier dans sa chambre.

— Mais quand ça sera le temps de l'expédier à Québec, tout le monde verra qu'elle attend un enfant.

— Pas si nous nous arrangeons pour la mener discrètement quelque part où elle n'est pas connue et de là qu'elle s'embarque pour Québec.

— Ce sera un moyen tour de force. En attendant, il faut parer au plus pressé. Tu iras la chercher demain avec armes et bagages. Mais j'y pense : que vont devenir les enfants ?

—Jeanne m'a dit qu'elle avait une idée à ce sujet.

—Ah, les femmes! grogna Wilfrid. Elles ont toujours des plans pas comme les autres.

⚜

Le lendemain, à la fin de l'après-midi de classe, Laurent et Jeanne se rendirent à l'Anse-aux-Fraises et en revinrent avec une Claire honteuse, mais soulagée de voir qu'elle ne causerait pas un scandale dans toute l'île.

Quand les élèves arrivèrent à l'école la journée suivante, ils furent étonnés de ne pas y voir leur institutrice, mais bien celle de l'année précédente accompagnée d'une autre jeune femme qu'ils ne connaissaient pas. Après qu'ils eurent pris place, Jeanne leur expliqua:

—Votre institutrice est très malade. Nous devons la remplacer temporairement. J'ai avec moi Isabelle Lacasse. Elle n'est pas institutrice, mais elle va s'occuper de vous enseigner de son mieux, et vous apportera les devoirs et les leçons à faire. Je l'aiderai à les corriger. Comme je suis mariée, je n'ai pas le droit d'être votre institutrice, mais je peux, en attendant que la vôtre revienne, m'occuper d'aider quelqu'un à vous faire la classe. Quand vous retournerez à la maison cet après-midi, vous direz à vos parents que c'est l'arrangement que nous avons convenu avec monsieur Cormier pour que vous puissiez continuer à venir à l'école jusqu'au retour de votre institutrice.

Les parents furent si heureux de constater qu'ils n'auraient pas leurs enfants sur les bras pour les semaines et les mois à venir qu'ils n'en demandèrent pas plus. Pendant ce temps, réfugiée au phare, l'institutrice rongeait son frein en attendant que le fleuve se délivre de ses glaces pour qu'elle puisse elle-même se libérer en paix du fruit qu'elle portait.

## Chapitre 47

# La vie au phare

Dès que l'institutrice fut installée à la maison, Wilfrid lui expliqua ce qu'on attendait d'elle.

—Mademoiselle, j'espère que vous êtes bien consciente que c'est une charité que nous vous faisons.

Elle s'empressa de remercier :

—Oui, je le sais et je vous en suis très reconnaissante, monsieur Cormier.

—Vous vous rendez compte de ce qui arriverait si quelqu'un s'apercevait de votre état ?

—Absolument. Les mauvaises langues auraient une belle occasion de se faire aller.

—Ce scandale vous enlèverait toute chance de pouvoir enseigner à l'avenir. Aussi, il vous faudra être attentive, durant tout le temps que vous serez parmi nous, et disparaître dans votre chambre quand nous aurons une visite quelconque. C'est compris ?

—Bien entendu.

—Si jamais, pour une raison hors de notre contrôle, quelqu'un insistait pour vous voir, je pense en particulier à monsieur le curé, il faudrait que vous preniez le lit et que vous jouiez votre rôle. Aux yeux de tout le monde, vous êtes gravement malade et notre maison vous sert en quelque sorte d'hôpital, le temps que nous puissions vous faire monter sur un vapeur se rendant à Québec. Parlant de cela, nous sommes à élaborer un plan pour vous faire quitter l'île dès que nous le pourrons et de telle sorte que personne ne puisse soupçonner votre grossesse. Seuls ceux qui vivent sous mon toit le sauront. Ça vous va?

— Très bien.

— Maintenant, je veux vous faire part de nos habitudes. D'abord, il y a ici mon épouse, mon fils Laurent et Jeanne, ma fille Lorraine avec ses petites, mademoiselle Lacasse que vous connaissez, et moi. Mon fils Ernest, vous l'avez également vu, puisque, si ma mémoire est fidèle, il vous a reconduit à l'école quand vous êtes arrivée. Il est actuellement à la chasse et en reviendra peut-être avant que vous ne partiez. Ce sont les seules personnes susceptibles de se retrouver dans la maison. Voici comment une journée se déroule chez nous. Durant la période de navigation, ce qui n'est pas le cas présentement, mais le sera à la fin d'avril, la journée débute avec le lever du soleil et l'extinction de la lumière. C'est moi ou mon fils Laurent qui nous en chargeons. Comme nous sommes habitués à ce rythme, sachez que nous sommes tous des lève-tôt. Télesphore, le laitier, que vous avez certainement croisé à l'Anse-aux-Fraises, nous arrive deux fois par semaine. Nous n'avons pas à nous en soucier, car il n'entre jamais, se contentant de frapper à la porte pour prévenir qu'il a laissé un bidon de lait. Il est toujours pressé, puisqu'il continue vers Baie-des-Anglais et ne peut guère s'attarder.

« Il ne vient ordinairement personne durant l'avant-midi. Mon épouse et ma bru préparent le dîner. Ma fille s'occupe de ses petites. Elle a pris l'habitude de les promener en traîneau tous les jours du côté de l'Anse-aux-Fraises. Mon fils et moi nous occupons de tout ce qui touche l'entretien du phare et le maintien des approvisionnements de la maison, comme, par exemple, le bois pour le foyer du salon, le poêle et l'âtre de la cuisine. Nous dégageons la neige, nous voyons à ce que notre cheval ne manque de rien à l'écurie, non plus que les poules au poulailler. Pourquoi je vous dis tout cela ? Pour que vous sachiez qu'il s'agit de va-et-vient normaux ici.

« L'après-midi se déroule un peu à l'image du matin. À compter du souper, vous devrez être davantage sur vos gardes. Il nous arrive de recevoir certains visiteurs pour partager notre repas. Une chose est certaine, un homme que vous connaissez, Marc, vient deux fois par semaine jouer aux cartes le soir. Il saura peut-être que vous habitez ici, mais il ne devra pas vous voir.

« Je tiens à ce que, au cours de la journée, vous aidiez ma bru à tenir son engagement envers les enfants en leur fournissant les devoirs et les leçons nécessaires à leurs progrès scolaires. Si par inadvertance, nous vient un visiteur inattendu, je compte sur vous pour qu'il ne vous surprenne pas au salon ou dans la cuisine. Vous n'êtes pas prisonnière ici, mais votre situation nous oblige à agir de la sorte. J'espère que vous le comprenez et surtout que vous l'acceptez. »

La jeune femme acquiesça à tout ce que Wilfrid venait de lui dire. Il ajouta :

—Mon fils Ernest est parti à la chasse avec notre chien Romulus. Je vais voir à nous en procurer un autre qui nous signalera par ses jappements l'arrivée d'un visiteur inhabituel. J'espère que vous serez attentive à ses aboiements.

Les avertissements de Wilfrid ne furent pas vains. Comme il s'y attendait, le curé surgit à la fin d'un après-midi à une heure telle qu'on ne pouvait manquer de l'inviter à souper. Les jappements de Régulus, le nouveau labrador de la maison, annoncèrent son arrivée à tout le monde. Claire disparut dans sa chambre et se mit au lit. Le curé insista pour la voir. Elle fit celle qui était gravement malade et accepta de se confesser. Quand le curé revint au salon, il fit promettre à Wilfrid de le faire prévenir sans faute s'il y avait des changements dans l'état de la jeune fille : il veillerait à lui donner l'extrême-onction.

Pendant le souper, le curé raconta au gardien que certains de ses paroissiens s'étaient fait voler alors qu'ils étaient à la messe le dimanche précédent.

— Vous n'auriez pas vu passer quelqu'un, par hasard, un peu avant la messe ?

— Non, puisque nous étions nous-mêmes en route pour l'église. Ma fille, qui est restée ici pour surveiller ses jumelles et notre malade, pourrait peut-être nous renseigner, car le chien aura certainement aboyé.

Il se tourna vers Lorraine.

— Dimanche dernier, après notre départ pour la messe, te souviens-tu si quelqu'un est passé par ici ?

— Non. À ma souvenance, Régulus n'a pas jappé. C'était très paisible.

— Les voleurs ne pouvaient pas venir par la mer, dit le curé. Il faut donc qu'ils se soient rendus à l'Anse par l'intérieur de l'île. Malheureusement, il a neigé et leurs traces ont disparu avant que nous puissions vérifier.

— Est-ce des vols importants ?

— Toutes sortes d'effets : des chaudrons chez l'un, des outils chez l'autre, un filet de pêche chez un troisième. En somme, des objets utiles à quelqu'un qui veut s'établir quelque part sur l'île.

— Tout cela est bien triste, commenta Wilfrid. Il y a de nos jours des gens malhonnêtes, ce qu'on ne voyait pas quand nous étions jeunes. Mon père ne barrait jamais ni la maison ni le phare. Aujourd'hui, il faut voir à ce que tout soit sous verrou et malgré toutes ces précautions, les voleurs trouvent le moyen de pénétrer et de faire leurs larcins. Comment ont-ils pu entrer dans les maisons de l'Anse ?

— Ils ont forcé les portes au moyen d'une barre de fer.

— Comme c'est moi qui aurais dû le faire par télégraphe, ces vols n'ont donc pas été déclarés aux autorités. De toute façon, nous ne pourrons pas avoir la visite de la police à l'île avant près de deux mois.

— C'était la deuxième raison de ma visite. Nous devons signaler ces vols.

— Je le ferai volontiers si vous me fournissez la liste de ceux qui en ont été victimes.

Le curé fouilla dans sa soutane. Il en sortit une feuille qu'il tendit à Wilfrid.

— Voici les noms et aussi l'inventaire de ce qu'ils se sont fait dérober.

— Je ne mentionnerai que les noms. Quant aux objets volés, les policiers pourront faire leur enquête là-dessus quand ils seront sur place. Je serais bien étonné qu'ils puissent parvenir à les retracer quelque part.

La conversation se poursuivit tout au long du repas. La présence du curé n'était pas sans rappeler au gardien toutes ces années où le missionnaire venait chaque été chez lui passer le mois et demi qu'il consacrait à la visite de ses paroissiens. Profitant de ce repas à la maison du phare, le curé fit une annonce qui réjouit tout le monde :

— Cet été, nous aurons l'honneur de recevoir notre évêque.

Wilfrid s'empressa de déclarer :

— Voilà une nouvelle extraordinaire. Sa présence à l'île sera un grand honneur pour nous.

— Il se propose de procéder à la confirmation des enfants et désire connaître tous les catholiques demeurant à Anticosti.

— Ce sera une grande fête, promit le gardien. Nous allons nous mettre tout de suite à la préparation de sa venue. Il y a si longtemps qu'Anticosti n'a pas reçu un si grand homme !

De satisfaction, le curé bomba le torse.

— Tu as raison, Wilfrid, ce n'est pas pour rien que nous l'appelons Sa Grandeur.

## Chapitre 48

# Le départ de l'institutrice

Deux mois passèrent, et avec eux l'hiver fit place au printemps en même temps que disparut la neige qu'il avait apportée. On vit le fleuve se dégager petit à petit de ses glaces. L'île entière se mit à grouiller d'impatience. Tous ceux qui attendaient ce moment depuis des mois et des semaines scrutèrent le fleuve jour après jour afin d'être les premiers à voir paraître le premier vapeur au large. Grâce au télégraphe, Wilfrid avait pu en annoncer la venue prochaine.

Le navire apportait par les journaux les nouvelles des six derniers mois. Il était chargé des denrées commandées à l'automne. Une fois leur déchargement complété, tous ceux qui désiraient se rendre en ville y montaient. Il continuait son voyage jusqu'à la Pointe-aux-Esquimaux. De là, les voyageurs pourraient trouver un vaisseau apte à les mener à la destination qu'ils avaient choisie, quitte à devoir changer plusieurs fois d'embarcation ou de moyen de transport.

Sans plus tarder, Wilfrid organisa le départ de l'institutrice. Il désirait qu'elle puisse monter incognito sur une goélette devant se rendre à Québec. Une fois là, en raison de son état, elle devrait se rapporter dès son arrivée à une institution religieuse spécialisée où elle demeurerait jusqu'à son accouchement. Il en fit part à la jeune femme.

—Mademoiselle, nous allons faire en sorte que vous puissiez monter à bord de la goélette d'un de nos amis qui se rend à Québec. Sachez que je n'ai pas l'habitude d'agir envers ceux et celles qui enfreignent les commandements de Dieu comme je l'ai fait pour vous, et si je l'ai fait, c'est que j'ai réfléchi à une scène de l'Évangile, celle où Jésus dit à ceux qui voulaient lapider une pécheresse : "Que celui qui n'a jamais péché lui jette la première pierre." Aussi, en raison du bien que vous avez prodigué par votre enseignement à nos enfants, je ne me permettrai pas de vous juger ni de vous condamner. Ma clémence me vient également du fait que mon fils et ma bru m'ont supplié de ne rien révéler de votre état.

—Vous êtes un homme bon, dit Claire. Je n'oublierai jamais ce que vous avez fait pour moi. Vous serez récompensé pour votre charité.

—Nous allons, ce soir à la brunante, vous conduire au large à la goélette de mon ami. Il se rendra à Québec où, dès votre arrivée, vous devrez vous rapporter à l'Hôpital de la Miséricorde. Voici l'argent que nous vous devons pour votre enseignement. Votre salaire annuel devait être de cent dollars. Je vous en remets donc cinquante, considérant que vous avez rempli la moitié de votre contrat.

Elle ne pouvait demander mieux. Toutefois, elle savait qu'une fois à Québec, en se rendant à l'Hôpital de la Miséricorde, tout ce que le gardien avait fait pour cacher sa grossesse ne servirait strictement à rien : sa faute deviendrait publique et les autorités chargées d'embaucher des institutrices seraient avisées de sa condition de fille-mère. Elle en parla à Jeanne.

— Ton père me conseille, en arrivant à Québec, de me rapporter à l'Hôpital de la Miséricorde.

— Tu connais cet hôpital ?

— C'est celui où sont accueillies les jeunes filles célibataires qui, comme moi, attendent un enfant.

— N'est-ce pas l'endroit le meilleur où donner naissance à un enfant ?

— Peut-être bien, mais cet enfant, je ne le reverrai plus jamais…

— Pourquoi donc ?

— Parce qu'on va me l'enlever pour le faire adopter par une famille quelconque. Je ne saurai même pas s'il s'agit d'un garçon ou d'une fille.

— Pour quelle raison ne pourrais-tu pas le garder ?

— Parce qu'on craint que si je ne peux pas m'en occuper, j'en vienne à m'en débarrasser en le tuant.

— Et toi, tu voudrais le garder ?

— Bien entendu !

— Tu en connais le père ?

— Bien sûr !

— Est-il informé de la situation ?

— Non.

— Crois-tu que si jamais il l'apprend, il voudra de cet enfant ?

— Je ne sais pas.

— On t'empêchera d'enseigner s'il est connu que tu as fait un enfant sans être mariée. Comment penses-tu pouvoir le faire vivre ?

— Je saurai bien me débrouiller.

— Aurais-tu déjà en tête une façon de t'en tirer ?

— Oui. Mais ça ne dépend pas juste de moi.

— De qui, alors ?

Comme si elle hésitait à confier son secret, Claire cessa un moment de parler. Émue, Jeanne l'invita à poursuivre.

— Dis-moi… de qui s'agit-il ?

— J'ai une vieille tante à Québec.

— Je suppose qu'une fois rendue là-bas, tu vas tenter de retrouver ta tante ?

— Elle ne me connaît pas vraiment. J'ignore si elle a des sous et où elle vit exactement. Mais je vais tâcher de la retracer. Si je me rends chez elle et que je lui fais part de ma situation, peut-être qu'elle voudra faire quelque chose pour moi.

Jeanne, qui voyait là une chance pour Claire de s'en sortir, ne manqua pas de l'encourager.

— Si j'étais toi, c'est la première chose que je ferais en arrivant à Québec. Tu dois retrouver ta tante. Tu ne sais pas, ce sera peut-être la chance de ta vie.

À la brunante, comme Wilfrid le lui avait demandé, Laurent alla conduire Claire à une goélette qui mouillait au large. Jeanne voulut les accompagner. Laurent hésita à la laisser venir.

— N'oublie pas que tu portes un enfant.

— Claire aussi.

Laurent les aida à monter dans la chaloupe qu'il poussa jusqu'à ce qu'il ait de l'eau presque à la ceinture. Il y grimpa à son tour, se mit aux rames et gagna le large. La goélette devait être dans les parages. Il réussit à la repérer par ses feux. Quand il se fut rangé contre son bordage, tout se passa vite. Un homme fit descendre une échelle de corde. Claire y monta. À bout de bras, Laurent tendit à un homme d'équipage les quelques effets qu'elle emportait. Sur la goélette, on entreprit les manœuvres de la levée de l'ancre et l'embarcation dériva lentement vers la haute mer. Laurent et Jeanne regardèrent ses feux disparaître dans le noir. À bord, une jeune femme jouait son avenir.

# Chapitre 49

# Retour de chasse

Le printemps était maintenant bien installé sur l'île. Avec lui, au phare, on s'attendait à voir revenir incessamment Ernest. Il arriva à la fin d'un après-midi, tout sale, la barbe et les cheveux très longs, le visage tanné par les vents et les froids de l'hiver, mais le sourire aux lèvres. Il avait fait bonne chasse et, surtout, il venait de passer près de cinq mois incomparables à réaliser ce qu'il aimait le plus : chasser. Il rapportait surtout des ballots de fourrures de martre. Il avait dépecé avec minutie chaque bête prise, en avait tendu les peaux sur des cadres de bois afin de les faire sécher et les avait enroulées pour en faire les ballots qu'il rapportait fièrement. Il savait qu'il en tirerait une centaine de dollars et peut-être même plus. Son cométique débordait de toutes ses affaires, et son chien Romulus s'était couché à côté du traîneau dès leur arrivée, comme pour en assurer la garde. Bientôt, Régulus se montra le bout de la truffe. Il allait avoir un compagnon et semblait avoir hâte de faire sa connaissance.

Avant même qu'Ernest pénètre dans la maison, Wilfrid et Laurent étaient déjà là à l'attendre près de la porte. Rose, Lorraine et Jeanne n'étaient pas loin derrière.

— Notre Sauvage qui nous revient! déclara Wilfrid en guise de bienvenue.

— Il le faut bien, répondit Ernest, si je veux aller pêcher dans un mois.

— Prends le temps d'arriver avant de parler de repartir, lui reprocha Laurent. D'après ce qu'on voit, la chasse a été bonne.

— Excellente! De la martre surtout, mais aussi des loutres et quelques renards.

— Tu n'as pas eu de problèmes? demanda le gardien.

— Aucun. J'ai vu personne de tout le temps que j'ai été là-bas. J'ai seulement croisé Horace en revenant. Il a fait bonne chasse du côté de la Jupiter.

— Et toi, en fin de compte, où as-tu installé tes pièges?

— Du côté de la Loutre, comme je me le proposais.

— D'après ce qu'on peut voir, c'est un bon endroit.

— Aussi bon qu'à la Jupiter, sinon meilleur. Je me suis installé un campe à un mille de la rivière.

— Pourquoi si loin?

— Pour éviter les écornifleux.

Les hommes questionnaient pendant que les femmes attendaient impatiemment leur tour. Rose, surtout, avait hâte de serrer son fils dans ses bras.

Quand enfin elle eut la chance de le faire, l'étreinte fut très courte.

— Mais tu sens le vieux bouc ! Tu ne te laves donc jamais ?

— Tous les matins, m'man.

— Ça ne paraît pas quand on te sent.

Lorraine et Jeanne s'approchèrent. Elles furent tout aussi brèves dans leurs épanchements. Ernest rapportait toutes les bonnes odeurs de la forêt, entremêlées à celles moins agréables de la crasse dont il était couvert. La maison commençait à en conserver les relents.

— Vite, dit Wilfrid à ses deux gars, allez décharger le comètique. Rangez-moi ça dans l'écurie. Ernest y fera le ménage après s'être lavé et avoir mangé.

Les femmes avaient déjà commencé à faire chauffer l'eau destinée à la grande baignoire. Quand il en sortit, l'eau était toute grise, pour ne pas dire noire. Lorraine insista pour lui raccourcir la chevelure et lui raser quelque peu la barbe.

— Tu vas avoir l'air un peu moins sauvage, mon p'tit frère. C'est quoi l'idée de ne pas se laver quand on chasse ?

— Je me lave.

— Seulement le bout du nez et des doigts, d'après ce qu'on a vu, et encore…

— Penses-tu un jour nous revenir avec une femme ?

— Il faudrait que ce soit une Sauvagesse. Il n'y a pas une Blanche là où je vais. De vivant et de blanc, il n'y a que les martres que j'attrape.

— Vas-tu rester célibataire toute ta vie ?

— Peut-être bien que oui, peut-être bien que non. Tout va dépendre...

— De quoi ?

— Il n'y a pas grand femmes à marier sur l'île.

— Raison de plus pour ne pas manquer l'occasion quand il s'en présente une.

— Qui te dit que je la manquerai ?

— Tu me sembles bien parti pour ça. Quand tu n'es pas à la chasse, tu es à la pêche, autant d'endroits où il n'y en a pas. Justement, tu viens d'en manquer une. Il me semble que l'institutrice aurait pu faire ton affaire. Tu sais qu'elle vient de partir pour Québec ? Elle était enceinte. Pour empêcher que ça se sache, elle a vécu plus de deux mois avec nous autres. Nous avons pu l'apprécier. C'est une bonne fille qui t'aurait fait une bonne femme.

Ernest ne fit pas de commentaires, même s'il l'avait trouvée bien de son goût. Il avait hâte que sa sœur le libère. Elle le fit quelques minutes avant que tous se mettent à table pour le souper. Ernest fut le centre d'attraction pendant tout le repas. Chacun voulait savoir comment il avait occupé ses mois de chasse. Il ne se fit pas prier pour en parler. Il leur fit part en particulier de la nouvelle méthode qu'il avait employée pour la chasse aux martres.

— Elles sont très nombreuses, et vous savez, on ne les appelle pas des fouines pour rien. J'ai essayé un nouveau truc pour les attraper.

—Qui te l'a enseigné?

—Personne. Je l'ai lu dans une revue que j'ai emportée.

—Tu vois comme c'est utile de savoir lire, ne manqua pas de faire remarquer Jeanne.

—Je le vois ben… En tous les cas, c'est un bon truc que j'ai appris.

—Il consiste à quoi?

—Tu fais un feu et tu laisses traîner quelques morceaux de nourriture tout autour. Les martres les sentent et viennent les manger. Tu fais ça de préférence deux fois, mais toujours après avoir allumé un feu. Ensuite, tu as juste à allumer de l'écorce de bouleau et laisser le vent disperser la fumée dans les bois avoisinants. Tu es certain que les martres vont s'approcher, attirées par cette fumée. Elles vont trouver des morceaux de nourriture dans la neige, mais avec un piège attaché après! T'as qu'à faire le tour de tes pièges. Le lendemain, le vent changeant de côté, tu recommences la même opération. Ça prend à tout coup! T'en captures des dizaines.

—De quoi tu te nourrissais? demanda Rose.

—De poissons, surtout, en pêchant sous la glace.

—Tu n'as pas trop maigri, en tout cas…

—M'man, on ne se laisse pas mourir dans les bois. Il y a toujours de quoi à manger. La grande différence, c'est qu'on ne mange jamais si bien qu'ici. C'est une des raisons pour lesquelles on est heureux de revenir à la maison.

Tout au long du souper, il ne fut question que de chasse. Mais déjà, dans la tête d'Ernest, se profilaient les voiles d'un bateau de pêche. Pouvait-il y avoir plus belle vie que celle-là ?

# Chapitre 50

# Une autre disparition

L'arrivée des premiers vaisseaux avait également marqué le départ des naufragés. Des trois, seule Isabelle avait décidé de demeurer à l'île, le temps de terminer l'année scolaire avec les enfants.

—Je n'ai plus personne qui m'attend, répétait-elle. À quoi bon me presser?

Jeanne avait accepté de l'aider à poursuivre son travail. Isabelle avait fini par se loger à l'école même. Elle s'y rendait chaque dimanche soir, apportant ce qui constituerait le programme de la semaine. Elle en revenait le vendredi soir et s'installait à la maison du phare pour la fin de semaine.

Le départ des naufragés aurait marqué la fin des parties de cartes, mais le retour d'Ernest permit de les reprendre. Lorraine y participait toujours. Elle était la partenaire d'Ernest, mais ce dernier se plaignait, la trouvant trop souvent dans la lune.

Lorraine avait gardé son habitude de promener les jumelles. Elle se servait encore du gros carrosse double que Wilfrid lui avait déniché pour les transporter. Trois semaines plus tard, elle ne revint pas d'une de ses promenades. Elle réapparaissait habituellement avant le dîner. Mais ce midi-là, on dîna sans elle. Wilfrid ne s'en préoccupa pas immédiatement. Il dit :

— Quelque chose l'aura retardée.

Rose, par contre, se montrait plus inquiète.

— Ce n'est pas dans ses habitudes.

— Une fois n'est pas coutume, la rassura le gardien. Elle doit s'être attardée chez quelqu'un à l'Anse.

Toutefois, afin d'apaiser les inquiétudes de Rose, il demanda à Laurent d'aller voir dès le repas terminé.

Comme Lorraine prenait toujours la direction de l'Anse-aux-Fraises, Laurent se dirigea par là. Il était persuadé qu'elle s'était arrêtée chez quelqu'un qui l'avait invitée à dîner. Rendu à l'Anse, il se dirigea droit vers la maison de Maxime Richard. S'il y avait un endroit où l'on pouvait le renseigner, c'était bien là. Les réponses négatives qu'il reçut le consternèrent. Sur le chemin du retour, il fut plus vigilant en scrutant les bosquets et surtout la route elle-même où il espérait découvrir dans le sable le passage du carrosse. Mais il n'y avait strictement rien de ce côté. Quand il fut de retour à la maison, il questionna :

— Vous êtes bien sûrs qu'elle fait toujours ses promenades du côté de l'Anse ?

— C'est dans ses habitudes, assurèrent Rose et Jeanne qui montraient des visages très soucieux.

— Pourtant, il n'y a aucune trace du carrosse d'ici à l'Anse. J'ai bien vérifié.

— Dans ce cas-là, il faut qu'elle soit partie du côté de Baie-des-Anglais, il n'y a pas d'autre chemin.

Le retour de Laurent sans Lorraine avait sonné l'alarme. Ernest et Wilfrid se joignirent aux recherches. Le gardien ne pouvait malheureusement pas quitter son phare trop longtemps. Jeanne aurait voulu aller avec eux, mais vu sa condition, elle dut s'en abstenir. Les trois hommes prirent le chemin de Baie-des-Anglais. Ils avaient parcouru un bon mille quand Ernest leur fit part :

— J'aurais dû amener Romulus.

— Tu as raison, répondit Laurent. Il pourrait nous aider à les trouver. Lorraine ne peut être disparue comme ça avec ses deux petites sans laisser de traces.

Wilfrid et Ernest retournèrent au phare.

— Je vais me rendre à la Baie voir si elle y est, leur cria Laurent. Ernest, tu m'y rejoindras avec le chien.

Il poursuivit son chemin, attentif à toute empreinte sur la route. Il n'aperçut pourtant rien qui révélait le passage d'un carrosse. De son côté, dès qu'il fut au phare, Ernest fit flairer à Romulus une pièce de linge ayant appartenu à Lorraine. Il tenait le chien en laisse, mais dès qu'ils partirent, il dut lutter pour le retenir. Les labradors étant des chiens de traîneau, ils ne sont pas très doués pour ce genre de recherches. Romulus ne faisait pas exception. Il était toujours à tirer au bout de sa laisse, et se dirigeait d'un côté et de l'autre dès que parvenait à son odorat l'odeur d'un gibier quelconque. Il fit lever une perdrix blanche, s'arrêta longtemps au pied d'une série d'arbustes pour flairer le sol et montra des signes d'énervement. Il mena Ernest au terrier d'un renard. Quand, après bien des détours, ils arrivèrent à Baie-des-Anglais, il n'y avait aucun signe de Lorraine et des petites.

Pendant ce temps, Laurent avait mené son enquête auprès des habitants du coin. Personne n'avait vu Lorraine. Laurent se rendit à la maison qu'elle habitait avec Bill. La porte en était verrouillée et personne ne semblait y avoir mis le nez depuis longtemps. Laurent en était là de ses recherches quand il fut rejoint par Ernest. Bredouilles, ils dépassèrent un peu la Baie, attentifs à toute marque dans le sable le long de la berge.

— Il y a quelque chose qui te trotte dans la tête, dit Ernest. Je le sens.

— Je me demande si Bill ne serait pas revenu.

— Tu crois que c'est lui qui les aurait enlevées ? S'il était réapparu, on te l'aurait appris à la Baie.

— Un homme qui disparaît et revient ensuite pour enlever sa femme le fait discrètement. Il ne s'est certainement pas montré au village. Nous allons retourner au phare, mais cette fois, en longeant uniquement la berge. S'il y a des traces à trouver, elles seront quelque part le long du littoral. Si Bill les a enlevées, il l'aura fait en barque.

Ils refirent le chemin à rebours, observant tout ce qui, sur la rive, pouvait ressembler à des pistes quelconques. Romulus traînait Ernest qui avait toutes les misères du monde à s'en faire obéir. Ils revinrent ainsi jusqu'au phare, sans trouver quoi que ce soit. Ils y parvinrent alors que la brunante s'installait tranquillement. Wilfrid avait allumé la lanterne. Malgré ce feu éblouissant, Laurent et Ernest se sentaient en pleine noirceur. Lorraine avait disparu et ils n'avaient aucune idée de ce qu'elle pouvait être devenue.

À leur retour, ce fut la consternation dans la maison. Tout ce que Rose et Jeanne trouvèrent à dire et ne manquèrent pas de répéter au cours de la soirée fut: «Avec les deux petites, elle ne peut être partie loin!» Pour en avoir le cœur net, Laurent et Ernest, se munissant de fanaux, firent le tour de tous les bâtiments autour du phare. Ils visitèrent à fond l'écurie, puis le petit hangar où se trouvait le canon de brume, ensuite un appentis où l'on conservait la peinture et le kérosène, et plus loin, un autre hangar où l'on entreposait la barque et tout un bric-à-brac. Ils terminèrent leur tournée par le cabanon du jardin. Rien. Décidément, s'ils voulaient retrouver Lorraine, il faudrait la chercher ailleurs.

Aux premières lueurs du jour, ils recommencèrent leur battue autour du phare en fouillant le moindre buisson. Puis, élargissant leurs recherches, Ernest du côté de l'Anse-aux-Fraises et Laurent vers Baie-des-Anglais, ils arpentèrent systématiquement la route. Ce fut Laurent qui, à moins d'un mille du phare, découvrit le carrosse glissé dans une mince ouverture laissée par le tapis d'ifs et de genévriers. Il était vide. Lorraine avait dû emporter de quoi abriller les jumelles et également un peu de nourriture.

Retournant aussitôt au phare, Laurent alerta son père. Il se mit ensuite à la recherche d'Ernest et tous trois se rendirent à l'endroit où le carrosse avait été abandonné.

— Il y a certainement des pistes pas loin, annonça Wilfrid.

Ils examinèrent attentivement la route aux alentours. Il avait venté durant la nuit et le sable avait tout effacé. Ils se frayèrent un chemin entre les arbustes et les arbres rabougris qui les séparaient de la mer. Ils examinèrent attentivement le sol de la berge. Laurent finit par trouver le hochet d'une des petites, tombé à cet endroit. Tous trois tournèrent le regard vers le large.

— C'est par là qu'elle a été enlevée, conclut Wilfrid.

Ils revinrent au phare et le gardien alla au télégraphe. Il lança un message signalant la disparition par enlèvement de sa fille Lorraine avec ses jumelles. Quand il eut terminé, il se rendit auprès de Rose et Jeanne en pleurs. Pour les consoler, il ne trouva rien de mieux à dire que :

— Nous les retrouverons.

L'année scolaire était maintenant terminée. Plus rien ne retenait Isabelle à Anticosti. Elle décida de rentrer aux Îles-de-la-Madeleine. Elle s'excusa :

— Je suis désolée de vous laisser dans une situation si difficile, mais l'heure est venue pour moi de retourner vers les miens.

Wilfrid s'efforça de la rassurer :

— Nous n'y voyons pas de faute. Bien au contraire. Vous devez avoir hâte de vous retrouver parmi les vôtres. Merci de ce que vous avez fait pour nos enfants.

— C'est à mon tour de vous remercier de votre hospitalité.

— C'est naturel, assura Wilfrid. S'il fallait que chacun ici ne vive que pour soi, que deviendrions-nous ? La vie est assez rude sur l'île sans qu'en plus, ses habitants se montrent égoïstes. Revenez quand ça vous plaira. Il y a toujours de la place chez moi.

— Si jamais j'ai l'occasion de revenir, je le ferai, promit Isabelle. Toutefois, ce ne sera pas un naufrage qui m'y amènera.

Le lendemain matin, Laurent la conduisit à Baie-des-Anglais. De là, elle monta à bord du *Packet Hole* qui gagnait Gaspé. Laurent ne manqua pas de lui dire à quel point sa présence parmi eux avait été appréciée.

# Chapitre 51

# Jeanne donne naissance

Comme la chose se produit souvent dans la vie, il suffit qu'arrive une disparition pour qu'on assiste à une naissance. Les Cormier pouvaient au moins se consoler en pensant que Lorraine et les jumelles étaient toujours vivantes. Aussi, s'efforcèrent-ils, quand Jeanne creva ses eaux, de laisser paraître leur bonheur à l'arrivée d'une nouvelle vie sous leur toit.

Une fois de plus, l'accoucheuse Anita se retrouva à la maison du phare pour voir à ce que cette naissance se déroule sans problème. Jeanne fit les choses en grand. Les hommes n'eurent pas longtemps à attendre du côté du phare avant qu'Anita vienne les chercher pour leur dire qu'un garçon venait d'ouvrir ses yeux à la vie. Ils défilèrent tous les trois dans la chambre où elle avait accouché. Le père eut le droit de prendre son fils qui lui fit savoir par de hauts cris qu'il n'aimerait pas être dérangé dans l'existence. La mère eut pour le père un sourire avant de refermer les yeux, fière du devoir accompli. Le grand-père et l'oncle du petit se contentèrent de lui chercher des traits de ressemblance. Laurent se chargea de leur rappeler, puisqu'il s'agissait d'un garçon, qu'il s'appellerait Émile. Le choix du parrain et de la marraine ne fut pas long à discuter. C'était le premier petit-fils de Wilfrid. Il allait de soi qu'il serait le parrain. Quant à Rose, qui depuis quelque temps, sans trop se plaindre, devait s'asseoir plus souvent, elle fut heureuse de savoir qu'une fois de plus, elle serait marraine.

L'arrivée de cet enfant se produisait au moment où la famille venait de vivre un drame. Pourtant, Wilfrid mit tout en œuvre pour que l'événement soit souligné de façon convenable. Monsieur le curé poussa la courtoisie jusqu'à accepter de venir baptiser l'enfant au phare. On savait quel jour il viendrait, mais il ne pouvait pas préciser à quelle heure. Aussi les invités arrivèrent de bonne heure. De l'Anse-aux-Fraises, Côme et Anita, de même que Maxime et Rose-Aimée s'amenèrent dans le même équipage, vers les huit heures du matin. Comme s'il sentait les bonnes occasions, Zidore arriva au phare sans qu'on l'ait invité, tel un pèlerin à un sanctuaire.

— Il n'y a pourtant pas de brume à matin, le taquina Wilfrid.

— Je viens aussi quand il fait soleil, répliqua Zidore. Si tu l'ignores, sache que je porte également chance.

— Tu nous en diras tant! Je suppose que tu viens d'inventer cette menterie-là pour la circonstance.

— Moi, menteur ? Attends que monsieur le curé soit là, tu le lui demanderas et il te dira que j'ai plus de qualités que la plupart du monde, et la franchise est la première de toutes.

— Si tu portes vraiment chance, mon Zidore, pourrais-tu transmettre ton don de conteur à cet enfant nouvellement né ?

— Je vais faire mieux que ça, promit-il. Quand le curé va lui verser l'eau sur le front, je vais faire le vœu que le petit devienne centenaire.

— Et il le deviendra ?

— Je ne le sais pas, parce que tous ceux pour qui je l'ai fait jusqu'à présent sont pas mal plus jeunes que moi !

Sur le coup de midi, le curé prit le temps d'envoyer le bedeau au phare afin de prévenir qu'il était si occupé, qu'il ne pourrait venir qu'en fin d'après-midi. Quand, pendant le dîner auquel le bedeau fut convié, Wilfrid annonça la chose aux invités, Laurent poussa Ernest du coude et lui souffla à l'oreille :

— Une fois de plus, le curé s'est invité à souper...

Ernest pouffa. On voulut savoir ce que Laurent lui avait dit. Il répondit qu'il ne pouvait pas le révéler, car ça risquait de porter malchance à l'enfant. Malgré l'inquiétude qui les tenaillait à propos de Lorraine et des jumelles, le repas se déroula dans la bonne humeur et l'après-midi également. Wilfrid ne manqua pas toutefois de faire part en détail aux convives de la disparition de Lorraine.

—Y a du Bill là-dessous, glissa Maxime en hochant la tête.

—Parce que tu crois qu'il vit toujours? Tu ne penses pas qu'il a fait naufrage?

—Tout est possible, d'autant plus qu'la veille, Bill et Stanley avat fêté pas mal fort et longtemps dans la nuite. Ces deux-là aimat passablement la bouteille. J'ai dû ben des fois les inviter à quitter l'aubarge avant d'être obligé d'les porter dehors. Le jour de leur disparition, ils ne devat guère être en état pour prendre le large. Mais qui sat? Y en a comme ça qui préparent leurs mauvais coups d'longue main.

Sa réflexion rendit tout le monde songeur. Zidore intervint pour changer le cours de la conversation comme il savait si bien le faire:

—Figurez-vous qu'un jour, j'ai assisté à un baptême pas ordinaire.

—Vraiment?

—Il est vrai que ce n'était pas à Anticosti, mais bien à Québec, dans la basilique à part ça. Peut-être que vous ne le savez pas, mais les fonts baptismaux dans cette église-là ont la grandeur d'un baril de mélasse. Quand le curé verse l'eau sur le front du bébé, il faut que la porteuse le tienne au-dessus de cette grande cuve. Ne me demandez pas pourquoi ce jour-là, heureusement, elle était pleine d'eau. Pas la porteuse, bien sûr, mais la cuve en question! Quand le curé s'est approché pour verser l'eau, la porteuse a tendu le bébé à bout de bras. Le petit sacripant, en recevant de l'eau sur la tête, s'est mis à gigoter comme un marsouin pris dans un filet. La porteuse l'a échappé et le petit morveux est tombé en pleine face dans la mare. Ç'a éclaboussé le curé, la porteuse, le parrain et la marraine, et éteint d'un coup les cierges allumés tout autour. Le curé a fait ni une ni deux. Il a attrapé le bébé par une patte avant qu'il se noie et l'a sauvé des eaux, comme autrefois je ne me rappelle pas qui a sorti Moïse du Jourdain ou du Nil. Croyez-moi, croyez-moi pas, le curé a été obligé de reprendre le baptême. Ç'a été un bien pour un mal, parce que les parents ont fait baptiser l'enfant Moïse.

Ils continuèrent à placoter de la sorte en attendant que le curé se montre. Vers les cinq heures, il arriva. Wilfrid, qui préparait la chose depuis longtemps, les fit tous monter dans la tour. Le curé soufflait comme un phoque en arrivant là-haut. Le baptême eut lieu dans la chambre de la lanterne. Quand la cérémonie fut terminée, tout le monde redescendit enchanté de cet événement hors de l'ordinaire. Pendant le souper, le curé demanda au gardien :

— Pourquoi as-tu tenu à ce que la cérémonie ait lieu dans la tour ?

Wilfrid prit du temps avant de répondre afin de s'assurer que tout le monde portait bien attention.

— Afin que tout au long de sa vie, cet enfant ne soit jamais privé de lumière.

Laurent et Jeanne n'avaient pas oublié la promesse de Wilfrid de faire un cadeau particulier à l'enfant.

Ils ne manquèrent pas de le lui rappeler. Wilfrid se leva et se dirigea vers son bureau d'où il revint avec un album qu'il remit solennellement aux parents d'Émile.

— Voilà ! dit-il.

C'était un magnifique album de photos, mais il avait quelque chose de particulièrement intéressant. Entre chaque page, un long texte expliquait chacune des photos et faisait la biographie de tous ceux et de toutes celles qui y figuraient. Cet album racontait l'histoire des Cormier depuis leur installation au phare. Toutes les photos qui, depuis les débuts de la photographie, avaient été prises à Anticosti y figuraient. Il y avait également tous les articles parus dans les journaux depuis des décennies. Rose voulut le voir. Laurent lui remit l'album pendant que tous l'entouraient afin de ne rien manquer au fur et à mesure qu'elle en tournait les pages. Ils s'exclamaient à qui mieux mieux, riant, parlant tous ensemble, se remémorant des souvenirs à chaque nouvelle photo. Wilfrid eut le dernier mot :

— Celui-là ne pourra pas se défiler en disant qu'il ne connaît pas l'histoire de sa famille et celle de l'endroit où il habite !

# Chapitre 52

# Le retour

Quand, ce matin-là, Laurent aperçut au large une barque qui s'amenait vers le phare et sur laquelle quelqu'un faisait de grands signes des deux bras, il attela Oliver et s'avança jusqu'à l'embarcation qui s'approchait. Il fut heureux de constater que Desneiges et Fabiola s'y trouvaient, mais son étonnement fut encore plus grand d'y voir Claire Lafrance, l'institutrice. Il se demanda spontanément : « Pourquoi revient-elle ? »

Il fit monter les arrivantes dans la voiture, s'occupa de récupérer leurs bagages, puis dirigea Oliver vers la berge. Comme chaque fois que des visiteurs se précipitaient, la maison du phare s'animait. Quand les filles descendirent de la voiture, de grands cris de joie les accueillirent. Elles se jetèrent dans les bras de leur mère et de Jeanne. Derrière elle, l'institutrice se faisait toute petite. Wilfrid vint du phare souhaiter à son tour la bienvenue à Desneiges et Fabiola qui en avaient long à raconter, tellement que, assise en retrait au salon, l'institutrice attendit que ce déluge soit passé

pour manifester sa présence. Lorsque, enfin, le brou-
haha fut calmé, elle expliqua, comme elle l'avait déjà
raconté sur la goélette les amenant à Anticosti, qu'elle
avait dû se rendre pour affaires à Québec au moment
où l'année scolaire se terminait et qu'elle revenait à
l'île récupérer ses biens.

— Vous n'enseignerez plus à Anticosti l'année prochaine ? s'informa Fabiola.

— Je ne crois pas.

— Pourquoi ? Vous n'aimez pas ça ?

— On me fait une offre plus près de chez moi.
Quand on peut demeurer non loin de notre parenté,
c'est préférable. Vous avez dû vous en rendre compte
cette année et vous deviez avoir hâte d'être chez vous.

— C'est vrai, confirma Desneiges. On s'ennuie toujours un peu, loin de chez nous, et on a tellement hâte
de revoir nos parents !

Voyant qu'elle répondait évasivement à leurs questions, Wifrid, Rose et Jeanne n'insistèrent pas. Quand
Laurent revint de l'écurie, Jeanne le prit à part et lui
glissa à l'oreille :

— Ne demande pas à Claire pourquoi elle revient.
Elle ne veut visiblement pas parler devant les filles.

Ce ne fut que tard en soirée, après que Desneiges
et Fabiola furent couchées, que Claire révéla la raison
de son retour. Elle attendit que Wilfrid, Rose, Laurent
et Jeanne soient là pour parler. Elle demanda d'abord
où se trouvait Ernest.

— Il couche à Baie-des-Anglais parce qu'il fait la pêche à la morue avec le vieux Boniface Savoie.

Satisfaite, elle annonça :

— L'accouchement s'est très bien déroulé. J'ai donné naissance à un garçon.

Wilfrid l'interrogea :

— Il a été confié en adoption ?

— Justement, non ! J'ai pu le garder, parce qu'une fois arrivée à Québec, au lieu de me constituer prisonnière à l'Hôpital de la Miséricorde, je me suis informée à gauche et à droite comment je pourrais obtenir l'adresse de ma tante Appoline. Un homme a sorti le bottin des adresses et j'ai appris que ma tante habitait dans le quartier Saint-Jean-Baptiste dans la rue Claire-Fontaine. Je m'y suis fait reconduire. J'ai frappé à la porte et ma tante est venue répondre. C'est une grande femme vive et sèche comme ses paroles. Elle a demandé :

« — Qui es-tu ?

« — Votre nièce Claire, la fille d'Ernestine.

« — Tu sors du néant ?

« — J'arrive d'Anticosti.

« — C'est tout comme !

« Juste à ce moment-là, elle s'est rendu compte que j'étais grosse. Elle s'est aussitôt adoucie. Il faut savoir qu'étant jeune, elle a eu un enfant alors qu'elle n'était pas mariée, un garçon qui a été adopté par quelqu'un de la famille. Ma tante a été rejetée comme une pestiférée. Tout cela, je l'avais appris un jour par ma grand-mère qui a échappé un mot de trop par inadvertance. Ça m'est revenu pendant que je me rendais à Québec. Dans notre famille, quand il était question de la tante Appoline, on parlait d'elle comme d'une femme de mauvaise vie. Comme j'ai vu qu'elle hésitait et que ma situation semblait la troubler, j'ai été droit au but:

«— Je ne suis pas mariée et j'attends un enfant.

«Je m'attendais à ce qu'elle me réponde: "En quoi ça me regarde?", ce qu'elle aurait été bien capable de faire. Mais non, elle m'a dit:

«— Entre, viens t'asseoir.

«Je n'ai pas attendu qu'elle le répète. Ensuite, elle a été directe:

«— Conte-moi tout depuis le début. D'abord, pourquoi étais-tu à Anticosti?

«Je lui ai répondu:

«— J'enseignais par là et je me suis amourachée d'un homme qui m'a fait cet enfant.

«— Tu es donc institutrice?

«— Oui!

«— Pourquoi es-tu venue ici?

«— Je n'avais nulle part où aller sinon à l'Hôpital de la Miséricorde.

«En m'entendant parler de l'Hospice, elle a réagi fortement:

«— Tu as bien fait de venir. Je suppose que tu connais mon histoire. Eh bien! Je la laisserai pas se produire une deuxième fois.

«Elle m'a ensuite interrogée :

«— As-tu des sous ?

«— Quarante dollars.

«— Ça suffira. Tu vas rester ici et nous allons nous arranger pour que tu accouches ici même.

«Elle avait quelques amies, dont une sage-femme qui l'avait assistée pour son propre accouchement.

«Quand tout a été fait et bien fait, elle m'a demandé :

«— Connais-tu celui qui te l'a fait ?

«— Oui !

«— Dans ce cas-là, pendant que je garde le bébé, tu vas aller le chercher. Si c'est un homme digne de confiance, tu partiras avec lui et vous ferez votre vie ensemble. Cet enfant-là a besoin d'un père.

«Elle m'a donné les sous pour le voyage. Voilà pourquoi je suis revenue à Anticosti.»

Wilfrid, qui tout comme les autres avait écouté sans intervenir, posa la question qui trottait dans la tête de chacun :

— Et le père ? Crois-tu qu'il acceptera tout ça ?

— Je le pense. Il ne sait pas qu'il m'a mise en famille. Mais quand il l'apprendra, je crois qu'il fera son devoir.

— Est-ce qu'il t'aime, au moins ?

— Oui. Il me l'a dit.

— Comment se fait-il qu'il ignore qu'il a un fils ?

— Parce que je n'ai pas pu le lui dire. Même si je l'avais voulu, je ne pouvais pas le joindre.

Wilfrid intervint de nouveau.

— Est-ce trop indiscret de te demander qui c'est ?

— Si je suis ici, c'est pour ça. Le père d'Alfred, c'est le prénom que j'ai donné à l'enfant en le faisant baptiser à Québec, est votre fils Ernest.

Il y aurait eu une explosion dans la maison que ça n'aurait pas fait plus d'effet. Il se fit un très long silence avant que Wilfrid ne promette :

— Dès demain, il l'apprendra.

Deux jours plus tard, Ernest et Claire partaient pour Québec. Quand, au bout d'une semaine, ils réapparurent au phare avec l'enfant, ils furent accueillis avec enthousiasme par toute la maisonnée, y compris Desneiges et Fabiola qui se disputaient pour prendre le bébé. Seul Wilfrid resta de glace.

— Maintenant, fit le gardien, quels sont vos plans pour l'avenir ?

Ernest répondit vivement :

— Nous allons nous installer dans la maison de Bill et Lorraine à Baie-des-Anglais. Après tout, c'est là que je demeure quand je fais la pêche avec Boniface.

— Que vont dire les gens quand ils verront le bébé ?

— Ce qu'ils voudront. Ça ne nous empêchera pas de vivre.

— L'idée n'est pas mauvaise, mais il ne faut pas rendre les choses pires qu'elles ne le sont. Voici ce que je propose. Vous allez rester ici le temps qu'on organise vos noces. Une fois que ça sera fait, vous irez vivre à Baie-des-Anglais.

Quelques jours plus tard, le curé bénissait l'union d'Ernest et de Claire, après les avoir confessés. Comme cadeau de noces, Wilfrid leur donna Romulus.

Tous ces événements avaient beaucoup occupé Wilfrid, mais le moment était venu de trouver une nouvelle institutrice. Isabelle et Jeanne avaient fait du bon travail, les enfants avaient pu continuer leurs études, mais il n'était pas question de recommencer une année semblable.

Il fit comme les années antérieures et expédia un télégramme où il mentionnait qu'on cherchait une institutrice pour Anticosti. Chaque fois, il avait l'impression de lancer à la mer une bouteille contenant un message. Il se demandait si quelqu'un mettrait la main dessus avant le mois de septembre.

Il se passa plusieurs jours, puis une et deux semaines, mais contrairement aux années précédentes, sa demande reçut une réponse positive dans un délai raisonnable. Il en fut tout étonné. Sa surprise fut encore plus grande quand il se rendit compte que la personne désireuse de remplir le poste n'était pas une femme, mais un homme. « Un instituteur, se dit-il, voilà qui va faire changement ! » Il se confia à Rose :

— Peut-être aurons-nous la chance de le garder longtemps.

— C'est très souhaitable, parce tu as vu comme moi ce qui s'est passé avec les deux dernières institutrices.

— En effet, soupira Wilfrid.

— Au moins, on n'a plus de filles à marier…

— Sans doute, sans doute… mais il y en a dans les autres familles.

— Pour ça, si ça arrive, ils s'arrangeront avec leur trouble! conclut Rose.

## Chapitre 53

# Des visiteurs au phare

L'été était bien entamé quand parut au large une embarcation dont la venue avait été signalée à Wilfrid par télégramme. Il expédia Laurent au-devant de ces visiteurs de marque. Ils étaient trois : un monsieur Despecher, octogénaire très affable qui ne broncha pas quand il eut à passer de la barque à la voiture ; un monsieur Combes, petit homme tout rond qui se présenta comme étant journaliste ; et enfin un homme dans la cinquantaine, carré d'épaules, de maintien et de paroles, du nom de Georges-Martin Zédé, tous trois originaires de France.

Wilfrid les accueillit à la maison en leur souhaitant la bienvenue sur l'île. Ils s'installèrent au salon. Wilfrid leur offrit un verre que Rose leur servit, après quoi il s'informa comment avait été leur traversée jusqu'au Canada et s'ils étaient satisfaits de leur séjour depuis leur arrivée. La glace ainsi cassée, monsieur Despecher parla en premier :

— Vous n'êtes pas sans savoir qui nous sommes et ce qui nous amène chez vous. Nous venons ici pour inspecter l'île et en évaluer le potentiel avant de l'acquérir. Nous possédons les droits d'achat, mais vous comprendrez qu'au prix que nous devons débourser, il nous faut connaître à fond ce sur quoi nous mettons la main.

— Ça va de soi, dit le gardien. Je ferais évidemment la même chose.

Monsieur Zédé, qui semblait être le gérant de l'expédition, prit la parole à son tour, pendant que le journaliste notait tout.

— Nous avons constitué une équipe de spécialistes en divers domaines, dont un ingénieur-géologue, un avocat et aussi l'explorateur forestier, monsieur Joseph Bureau, que vous connaissez peut-être. Avec eux, nous avons commencé l'exploration de l'île. On nous a fait bon accueil jusqu'à présent. Nous avons fait la connaissance, entre autres, d'un Jerseyais, monsieur Philippe Leblanc, propriétaire du magasin général à Baie-des-Anglais, et également de monsieur Robinson qui se proclame gouverneur de l'île en tant que représentant de la compagnie qui en est encore propriétaire. Ce monsieur, faut-il le dire, ne nous a pas impressionnés très favorablement, incapable, tant il était ivre, de dire deux mots sensés, et nous recevant en nous offrant un déjeuner, que vous appelez ici le dîner, composé de biscuits de mer et d'une boîte de homard.

—Il ne faut pas trop vous soucier de cet homme, assura Wilfrid. Il adore la bouteille et quand il a appris votre venue, il s'est enivré en disant que vous alliez le chasser de l'île, et il ne dessoûle pas depuis.

—On me dit, poursuivit monsieur Zédé, que vous êtes sur cette île celui qui serait le mieux en mesure de nous informer quant à sa valeur et également au sujet de ses habitants. Éclairez-nous donc auparavant sur le fait que nous ne puissions pas y aborder avec notre vapeur.

—Ce n'est pas pour rien qu'il y a autant de phares sur l'île. Elle est entourée de récifs qui empêchent les navires de s'en approcher. Pour aller pêcher en mer, il nous faut parcourir à la rame et à la voile à peu près cinq milles. Voilà ce qui explique pourquoi il n'y a pas de quai permettant un accostage direct.

—Qu'en est-il des richesses naturelles de cette île ? J'entends par là, en particulier, la forêt et les bêtes qui l'habitent.

—Les compagnies et tous ceux qui furent propriétaires de l'île ont toujours voulu tirer des revenus de l'exploitation de la forêt, car nous trouvons ici des arbres de bonnes dimensions qui peuvent servir à diverses fins et en particulier la construction, comme le sapin, la pruche, l'épinette rouge et le pin rouge. Il y a aussi passablement de bouleaux blancs, quelques hêtres, des trembles et de petits érables. Quant aux bêtes, on y trouve surtout des martres, des loutres, des renards roux et argentés, et aussi beaucoup d'ours noirs. Ces animaux donnent de belles fourrures, c'est pourquoi certains en font la chasse. Parlant de chasse, au printemps comme à l'automne, il est possible de chasser diverses espèces de canards et en particulier des outardes et des becs-scie, sans compter un nombre incalculable d'oiseaux de rivage comme des pluviers et des bécasseaux, et tout au long de l'année les perdrix blanches, dont la chair est délicieuse.

Voyant que ses invités avaient terminé leurs verres, Wilfrid pria Rose de les remplir.

Monsieur Zédé demanda :

— Parlez-nous un peu des richesses de la mer.

— Vous savez certainement que la principale pêche que nous faisons ici est celle de la morue. Nous nous servons de hareng ou de capelan comme appât, sinon d'encornet. Nous pêchons aussi le saumon qui remonte dans les principales rivières de l'île, et, bien entendu, la truite qui s'y trouve en abondance. Il y a aussi de l'anguille, mais également une quantité considérable de homards.

— Fort bien, approuva son interlocuteur. Que pouvez-vous nous apprendre des hommes qui habitent ici ?

— Ce sont en général des gens très travaillants et heureux de vivre sur l'île. Leurs principales occupations sont la pêche et la chasse, en particulier celle du loup-marin en hiver. À l'exception de quelques-uns, ils ne sont que locataires de l'emplacement où ils vivent, devant payer dix dollars de loyer par année.

Les visiteurs avaient réagi à ce qu'il venait d'entendre. Wilfrid se tut, se demandant ce qu'il avait pu dire qui semblait les contrarier. Le vieux monsieur Despecher prit la parole pour demander :

— Quand vous dites que certains ne sont pas locataires, voulez-vous parler de vous-même et des autres gardiens de phare ?

— Il est vrai que les gardiens de phare n'ont pas à louer l'endroit où ils habitent, car ils sont des employés du gouvernement. Les terrains des phares appartiennent au gouvernement et ils ne sont certainement pas inclus dans la vente de l'île.

— Mais y a-t-il d'autres terrains qui n'appartiennent pas à la compagnie ?

— On ne vous en a pas informés ?

— Non.

— Il y a une grande partie de l'île qui n'est pas la propriété de cette compagnie.

— Vraiment ?

— Baie-Ellis en est une.

— Qui en est le propriétaire ?

— Ils sont en fait plusieurs à y détenir des droits de propriété. Ce sont les héritiers du capitaine Setter. Le capitaine est mort l'année dernière et il a de nombreux héritiers dispersés à travers le monde : certains au Canada, d'autres aux États-Unis, en Angleterre et même en Australie.

— Sont-ils vendeurs ?

— Ils le sont certainement parce qu'Anticosti n'intéresse pas un seul d'entre eux. Il s'agit seulement de contacter leur représentant et de négocier avec lui.

— Que demandent-ils pour cette enclave ?

— Six mille dollars, je crois.

Le gardien vit ses interlocuteurs pousser des soupirs de soulagement. Monsieur Despecher s'empressa de dire qu'il pourrait certainement procéder à cet achat.

— Voyez-vous, tant qu'à acheter l'île, il nous la faut tout entière. Puisqu'elle est si vaste, je présume qu'il y a d'autres enclaves similaires.

— Pas de cette taille. À ma connaissance, il doit y avoir en tout et pour tout trois autres individus qui sont propriétaires de leur terrain. Il y a Bradley de la rivière Chaloupe, le gardien du dépôt de provisions du gouvernement et l'opérateur du télégraphe. Il vit là depuis trente ans. Il y a donc prescription dans son cas. C'est la même chose pour le père Allison à la rivière au Saumon et le père MacDonald à la rivière à laquelle il a donné son nom. Ils sont âgés tous les trois et ne demanderont pas mieux que de céder leur terrain contre un montant raisonnable.

Wilfrid vit monsieur Zédé se frotter les mains de plaisir. Il prit le temps de préciser :

— Je dois vous prévenir que vous aurez de la difficulté à déloger les squatters de Rivière-au-Renard, ou si vous préférez de Fox Bay.

— Y sont-ils depuis plus de trente ans ? demanda monsieur Combes.

— Pas à ma connaissance, mais la plupart sont des naufragés qui se sont établis à cet endroit et n'entendent pas y être délogés. Ils ne pratiquent qu'une religion : celle du gain par toutes sortes de moyens plus ou moins honnêtes.

Monsieur Zédé s'empressa de dire :

— Le commandant Wakeman du croiseur *La Canadienne*, qui exerce la police dans le golfe, nous en a touché un mot. Il paraît qu'ils se disent chez eux et soutiennent qu'il y a prescription dans leur cas. Une chose est certaine, il n'y a pas un seul d'entre eux qui y habitent depuis trente ans.

— Sans doute. Cependant, il y en a sûrement qui ne sont pas loin de leur trentième année à cet endroit, fit remarquer Wilfrid. En vérifiant mes notes concernant les naufrages, je pourrais vous le dire.

— Pouvez-vous le faire sans que ça vous demande trop de recherches ?

— Rien de plus simple. Je n'ai qu'à consulter mon cahier des naufrages. Veuillez m'excuser un moment.

Le gardien se leva et partit vers son bureau. Pendant ce temps, les trois visiteurs discutèrent de façon très animée, mais à voix basse. Ils avaient l'air satisfait de ce qu'ils venaient d'apprendre. Ils le furent davantage quand Wilfrid leur apprit que le plus ancien habitant de Fox Bay était un dénommé Walker, le seul survivant d'un naufrage survenu vingt-sept ans plus tôt.

— Si jamais vous achetez l'île et que vous voulez les faire déguerpir, précisa-t-il, vous avez tout intérêt à agir rapidement.

— Nous y verrons, assura monsieur Zédé, et cela d'autant plus que nous savons que ce sont des fauteurs de troubles. Nous avons justement emmené un policier, monsieur Simard, demandé d'urgence par monsieur Robinson afin de régler un problème survenu avec ces squatters. Nous ne vous volerons pas plus de votre temps. Vos renseignements sont très précieux et nous seront fort utiles.

Les trois hommes se levèrent sur ces mots. Ils semblaient contents de leur visite. Wilfrid leur offrit de souper avec eux. Ils refusèrent poliment l'invitation. Ils avaient encore beaucoup à faire. Laurent se chargea de les reconduire à leur barque restée pendant tout ce temps à l'ancre dans la baie. Les deux hommes d'équipage qui la pilotaient mirent le cap vers le vapeur sur lequel ils étaient venus. Du haut de la tour, à l'aide d'une lunette d'approche, le gardien put en lire le nom. Il s'agissait de l'*Eureka*. Wilfrid ne put s'empêcher de penser : « En voilà trois qui semblent avoir trouvé ce qu'ils cherchaient. » Il redescendit à la maison et se dirigea droit vers la pièce lui servant de bureau. Il fouilla dans ses papiers et en sortit la dépêche annonçant qu'un acheteur s'était manifesté pour Anticosti. Il la relut. C'était bien ça. Cet acheteur mystérieux, qui pouvait-il être ? Il se donnait un an pour ratifier l'achat. Wilfrid calcula mentalement. Anticosti risquait fort de changer de propriétaire avant la fin de l'année. La venue de ces hommes ne passerait pas inaperçue. Wilfrid s'attendait à voir arriver au phare une délégation de l'Anse-aux-Fraises ou de Baie-des-Anglais venue aux nouvelles. Il se désolait de n'avoir rien de plus à leur dire que quelques mois auparavant.

⸙

Il se passa quelques semaines, puis, dès que le vapeur *Eureka* eut disparu des parages de l'île, à l'instigation de Maxime Richard, tous les habitants de l'Anse-aux-Fraises furent convoqués à une réunion tenue à l'auberge. On pria Wilfrid de s'y rendre. On voulait savoir de quoi il avait été question avec les visiteurs. Chose certaine, ces hommes avaient parcouru l'île d'une pointe à l'autre. Ils ne s'étaient pas privés d'interroger les uns et les autres. Robinson, le représentant de la compagnie, demeurait muet comme une carpe quand on lui demandait si l'île allait être vendue. Si on insistait, il finissait par se fâcher et répondait infailliblement : «J'en sais rien, vous verrez en temps et lieu.»

Monsieur le curé Villeneuve s'était tenu éloigné de ces visiteurs qu'il ne semblait guère priser. «Ce sont des catholiques, assurait-il. Ils sauront certainement être justes. Mais ils ne sont pas d'ici et moi, les étrangers…»

Wilfrid s'amena un peu à contrecœur à la réunion. Qu'allait-il pouvoir dire? On ne tarda guère à le questionner.

— J'ai appris, avança Eudore Bouchard, que l'offre d'achat de l'île faite le 8 décembre dernier est de cent soixante mille dollars. La compagnie la donne ni plus ni moins, elle qui l'a payée un million.

Wilfrid précisa :

— Elle devait en effet la payer un million au cours des années et surtout en offrant différentes parts à des acheteurs éventuels, mais elle n'a pas trouvé preneurs, c'est pour ça qu'elle veut s'en départir.

— Et se débarrasser de nous autres en même temps, lança quelqu'un d'une voix courroucée.

Un petit homme fit remarquer :

— Cent soixante mille piastres, c'est beaucoup d'argent. Il y a plus de chances que ce soit une autre compagnie qui rachète l'île qu'un particulier. Il faudrait qu'il soit millionnaire.

— Il y en a, soutint son voisin.

— Aux États-Unis et en France, mais pas ici…

— Justement, c'est un Français qui veut acheter, dit un autre.

Wilfrid voulut calmer le jeu.

— Pour le moment, l'île n'est pas vendue. Ceux qui veulent l'acquérir, vous l'avez vu comme moi, semblent des gens sérieux. Ils ont commencé par bien connaître la situation avant d'agir. Nous devons leur faire confiance.

— S'ils décident d'acheter, ça se fera quand ?

— Avant le 8 décembre de cette année.

Constatant qu'une fois de plus, cette réunion ne mènerait à rien, les gens se dispersèrent en grognant. Wilfrid poussa un long soupir. Il était grand temps que quelque chose se finalise.

# Chapitre 54

# La visite de l'évêque

Les temps s'avéraient incertains. Fort heureusement, une nouvelle plus réjouissante fit le tour de l'île à savoir que monseigneur Michel-Thomas Labrecque, évêque de Chicoutimi, allait venir sur l'île. Cette annonce contribua à changer quelque peu l'atmosphère. Partout, et plus particulièrement à l'Anse-aux-Fraises et à Baie-des-Anglais, on se prépara à sa venue. Pour recevoir ce dignitaire le mieux possible, on se concerta pour savoir ce qu'on devait mettre en œuvre.

Au phare, cette visite attisa l'intérêt de tout le monde. Laurent demanda :

— P'pa, si monseigneur vient, croyez-vous qu'il va s'arrêter chez nous ?

— Je n'en serais pas étonné.

Jeanne s'approcha avec son bébé qu'elle allaitait.

— S'il s'arrête ici, est-ce qu'il va rester à coucher ? Et qu'est-ce qu'il faudrait lui préparer à manger ?

—Il faudra décider ça ensemble, avec Rose. C'est certain qu'il y aura du homard et du saumon frais sur la table.

—Je ne sais pas s'il aimerait du canard… et peut-être aussi de la perdrix…

—Une chose est sûre, lança Wilfrid, nous allons l'accueillir en tirant du canon.

—Quand est-ce qu'il doit arriver ?

—Nous ne le savons pas encore. Il a commencé ses visites sur la Côte-Nord. Je suis de près ses déplacements. Mes amis m'expédient des télégrammes pour m'en informer. Je le saurai à temps.

❧

Au début de juillet, Wilfrid prévint tout son monde que l'évêque était en route pour Baie-des-Anglais. Aidée de Jeanne, Rose voulut que la maison soit impeccable au cas où il s'arrêterait à la Pointe-Ouest. Ce serait un grand honneur de le recevoir. Elle prépara ses meilleurs plats de poisson et de gibier. Elle y avait mis tant d'ardeur qu'elle fut contrainte de se coucher en plein jour. Elle ne se sentait pas bien. Anita qui s'y connaissait en herbes vint lui préparer diverses tisanes susceptibles de lui redonner des forces. Finalement, le grand jour arriva. De la Pointe-aux-Anglais où il avait été livré du lait, Télesphore les prévint que monseigneur s'apprêtait à se rendre à l'Anse-aux-Fraises. Wilfrid s'informa :

— Qui te l'a appris?

— L'abbé Huard qui l'accompagne. Il a dit : "Sa Grandeur va maintenant rencontrer les paroissiens de l'Anse-aux-Fraises."

— Est-ce qu'il t'a laissé entendre s'il avait l'intention de s'arrêter chez nous?

— Ça, il n'en a pas parlé.

Toute la journée, du haut de la tour, Wilfrid surveilla tout mouvement du côté de Baie-des-Anglais, tant par terre que par mer. Vers l'heure du dîner, il vit un yacht contourner la pointe de l'île. Il sut tout de suite que ce ne pouvait qu'être l'embarcation de l'évêque. Il descendit prévenir Laurent de tenir Oliver prêt. Il se permit même de préparer le canon afin de célébrer dignement la venue du prélat. Mais il fut tout étonné de voir arriver les dignitaires en charrette par voie de terre. Il fit quand même tonner le canon et toute la famille fut dehors devant la maison pour accueillir Sa Grandeur.

On aida monseigneur à descendre de voiture. Le jeune abbé qui l'accompagnait le présenta à Wilfrid, Rose, Laurent et Jeanne. Tous mirent un genou à terre pour baiser sa bague. Monseigneur les bénit et on entra dans la maison. Sa Grandeur fit des compliments sur la belle tenue des lieux. On lui offrit en guise de rafraîchissement un verre de jus de cerise.

Rose et Jeanne se précipitèrent à la cuisine. Dans la salle à manger, la table était déjà dressée. Pendant que les femmes s'affairaient, l'évêque, bien assis au milieu du divan du salon, fit en ces termes le récit de son arrivée à Baie-des-Anglais :

— Nous nous souviendrons longtemps de notre visite sur votre île. Imaginez que nous avons quitté la Longue-Pointe pour nous rendre à Anticosti à bord du yacht *Aida*. Comme il ne ventait pas, nous avons dû sortir du havre à la rame. Puis enfin, une brise aidant, nous voilà en route pour Baie-des-Anglais. Mais soudain, des vents contraires s'élèvent et notre embarcation est repoussée loin de sa destination. Tout de même, au matin, nous longeons la côte de l'île. Le capitaine nous dit : "Nous sommes à dix milles de notre destination." Mais le vent d'ouest se met de nouveau de la partie et nous n'avons pas d'autre choix que de chercher un endroit où jeter l'ancre, ce qui, vous êtes bien placés pour le savoir, n'est pas facile à cause des récifs. Nous pouvons enfin nous immobiliser dans l'anse des Trois-Ruisseaux. En raison des grands vents contraires, nous sommes emprisonnés à cet endroit. Comme je dois avoir terminé mes visites pour le 24 juillet, je dois faire vite. Le capitaine, monsieur Allison, m'assure que nous ne sommes plus qu'à quinze milles de Baie-des-Anglais. Je décide donc de les parcourir à pied sur la grève.

— Vous étiez audacieux de tenter l'expérience, fit remarquer Wilfrid, avec la berge qui regorge de bois de grève.

— Si j'avais su qu'en réalité nous nous étions éloignés, non pas de quinze, mais de près de trente milles de la Baie, je ne m'y serais jamais risqué. Mais bon, j'ai l'habitude, depuis que j'ai été séminariste, de marcher pour de très longues promenades, et tout cela aurait été un moindre mal s'il n'y avait pas eu tant de moustiques. Il y en avait des milliers et nous étions dévorés tout rond. Regardez, j'en porte encore les marques.

À ces mots de l'évêque, Wilfrid se leva.

— Veuillez m'excuser un moment. Je suis de retour tout de suite.

Il se dirigea vers son bureau et une minute plus tard, il en revint en tenant un petit pot dans lequel il y avait une pommade rose. Il le donna à monseigneur.

— Je m'excuse de cette interruption, mais comme il faut battre le fer pendant qu'il est chaud et qu'il était question de moustiques, j'ai pensé vous offrir cet onguent fait d'un mélange de saindoux et d'acide carbonique. Il est très efficace pour éloigner ces petites bêtes voraces.

Monseigneur le remercia et promit de l'utiliser. Puis, voulant revenir à son récit, il demanda à l'abbé :

— Où en étais-je, déjà ?

— Vous nous racontiez, monseigneur, comment vous avez été incommodé par les moustiques dans votre marche vers Baie-des-Anglais.

— C'est bien vrai. Où avais-je l'esprit ? Je ne fus pas indisposé simplement par les maringouins et autres insectes du genre, mais le cœur me leva si bien, sans doute faut-il le dire, après l'infecte nourriture ingurgitée au souper sur le yacht, que je fus victime d'une indigestion.

— C'était mal parti, risqua Laurent.

— Oui, mon fils, car malgré ce malaise, j'ai continué de marcher et voilà qu'à trois reprises, j'ai perdu connaissance. J'étais épuisé. Le capitaine, mon seul compagnon d'aventure, fit un bon feu et je dormis sur des branchages à même la plage. Comme je me sentais en meilleure forme à trois heures de la nuit, j'ai décidé de poursuivre notre chemin et c'est ainsi que nous sommes arrivés à Baie-des-Anglais à huit heures du matin.

— Pas vrai ! Vous y avez passé la nuit ?

— Eh oui ! Monsieur Savoie, que vous connaissez sûrement, m'a reçu chez lui et je suis resté toute la journée au lit. Ce n'est qu'à huit heures du soir que j'ai pu parler aux gens réunis dans la chapelle. Vous comprenez que ce voyage restera gravé longtemps dans mes souvenirs.

Le dîner était prêt. Les dignitaires furent invités à passer à table. Les deux femmes furent requises pour servir. Elles restèrent près de la table à l'affût du moindre désir de leur visiteur. Desneiges et Fabiola offrirent de les seconder. Les aînées préférèrent tout faire elles-mêmes.

— Vous savez, monseigneur, que cette maison a eu longtemps l'honneur de servir de refuge aux différents missionnaires venus chaque été nous apporter les sacrements, rappela Wilfrid.

— On me l'avait mentionné et je sais que tous ces prêtres furent toujours fort bien accueillis et très satisfaits de leur séjour. Qui étaient-ils?

— Il y a eu pendant plusieurs années l'abbé Rioux et aussi l'abbé Bourque. L'abbé Villeneuve, notre curé actuel, n'a pas logé ici cependant.

Le repas se passa de la sorte à rappeler quelques anecdotes concernant ces prêtres missionnaires, puis les visiteurs se préparèrent à poursuivre leur route vers l'Anse-aux-Fraises. Monseigneur, avant de partir, ne manqua pas de prévenir:

— Après notre séjour à l'Anse, nous reviendrons loger chez vous avant notre départ. La nourriture y est si bonne que je m'en voudrais de ne pas avoir le plaisir de déguster un autre repas en votre compagnie!

Le surlendemain, l'évêque revint à la Pointe-Ouest. Wilfrid vit à ce qu'il soit reçu avec tout autant d'honneur. Comme les vents étaient défavorables, l'évêque et l'abbé demeurèrent deux jours de plus chez les Cormier. Ils y étaient traités comme des princes. Wilfrid leur fit visiter le phare. Il expédia et reçut même des dépêches pour monseigneur. Il en reçut d'ailleurs une qui le réjouit particulièrement. Il y avait crise à Ottawa au sujet de la question scolaire et trois ministres canadiens-français venaient de démissionner en guise de protestation. Monseigneur insista pour leur expédier des télégrammes de félicitations. Wilfrid n'était guère chaud pour se servir de son télégraphe pour ce qu'il considérait comme des insignifiances, mais comme c'était monseigneur qui le lui demandait...

Au bout de quelques jours, les vents étant enfin favorables, les dignitaires quittèrent en voiture la Pointe-Ouest pour reprendre leur yacht à Baie-des-Anglais. Ils étaient enchantés de leur visite, mais Wilfrid montrait de l'inquiétude : Rose était épuisée. Elle prit le lit et il lui fallut plusieurs jours pour récupérer. Les tisanes d'Anita ne semblaient pas très efficaces contre le mal qui la rongeait.

# Chapitre 55

# Des nouvelles de Lorraine

La disparition de Lorraine n'avait pas cessé d'habiter l'esprit de chacun. Passant par-dessus le principe rigoureux de n'utiliser le télégraphe que dans le cadre de son travail, Wilfrid se faisait fort d'expédier le même message pratiquement tous les jours.

*Disparue. Stop. Jeune femme yeux bruns et cheveux noirs. Stop. Avec deux petits enfants. Stop. Jumelles un an et demi. Stop. Récompense promise pour tout renseignement sérieux. Stop.*

Bien entendu, les premiers jours, quelques réponses lui étaient parvenues. Des gens prétendaient les avoir vues aussi loin qu'à Montréal. Puis, après quelque temps, il ne reçut plus rien. Wilfrid ne désespéra pas. Il continua d'envoyer son message tous les jours. Il en fut finalement récompensé quand, au début du mois d'août, arriva une dépêche provenant d'Albert Laflamme, le gardien du Rocher-aux-Oiseaux.

*Capitaine certifie avoir transporté jeune femme et jumelles. Stop. Deux semaines passées. Stop.*

Pour une fois, l'information semblait sérieuse. S'il s'agissait d'elles, Lorraine et les petites étaient toujours vivantes. Wilfrid voulut obtenir plus de précisions. Il expédia aussitôt un message au Rocher-aux-Oiseaux.

*Merci pour informations. Stop. Quel navire ? Stop. Provenant d'où ? Stop.*

La réponse mit un peu de temps à lui parvenir, ce qui rendit Wilfrid quelque peu anxieux. Puis, juste à l'heure du souper, l'information entra.

*Capitaine Richard. Stop. Vapeur* Stella Maris. *Stop. Îles-de-la-Madeleine. Stop.*

Ainsi donc, Lorraine était aux Îles-de-la-Madeleine ou, en tout cas, elle y avait séjourné. Wilfrid attendit que Desneiges et Fabiola soient au lit avant d'annoncer la nouvelle pendant la soirée. Elle fut accueillie avec de profonds soupirs de soulagement.

—Nous n'en resterons pas là, dit-il. Dès demain, je communiquerai aux Îles avec Jacques Harvey, le gardien de l'île d'Entrée. Je vais lui demander d'enquêter afin de savoir si une jeune femme, mère de jeunes jumelles, a été vue par là. C'est beaucoup moins grand qu'ici et tout le monde sait ce qui s'y passe. Nous devrions en avoir le cœur net.

Bien qu'il ait confirmé avoir reçu la dépêche de Wilfrid, le gardien de l'île d'Entrée mit quelques jours à répondre. «Il doit faire son enquête», conclut le gardien. Puis, au bout de près d'une semaine, il reçut la réponse laconique suivante :

*Jeune femme repartie. Stop. Destination inconnue. Stop.*

Wilfrid eut beau tenter d'en savoir plus, il dut se contenter de cette réponse. Maintenant qu'on la savait vivante, il ne restait plus qu'à espérer que Lorraine finisse par donner des nouvelles.

— Si elle est avec Bill, prévint Laurent, il ne faut pas s'attendre à ce qu'elle puisse communiquer avec nous. Il va la surveiller de près pour que nous ne sachions pas où elle se trouve.

— En plus, souligna Wilfrid, elle n'a pas un sou. Comment pourrait-elle nous écrire?

Jeanne intervint:

— Je ne veux pas être défaitiste, mais nous ne sommes même pas certains qu'il s'agit d'elle.

— Peut-être, mais il ne doit pas y avoir beaucoup de jeunes femmes qui se promènent avec des jumelles de cet âge. Il faudrait vraiment que ce soit une curieuse coïncidence.

— Si c'est elle, je suis certaine qu'elle trouvera le moyen de nous écrire, assura Jeanne.

La fin d'août vit Desneiges et Fabiola regagner leur pensionnat de la Pointe-aux-Esquimaux. L'automne progressait sur l'île. On songeait déjà à s'approvisionner en tout pour l'hiver. Ce n'était pas facile d'être isolé du reste du monde pour six mois. Ce fut par le dernier voyage du vaisseau de la poste que leur parvint la lettre tant attendue:

*Chers parents,*

*Je sais que je vous ai causé beaucoup d'émois et d'inquiétude et je vous demande pardon d'être disparue sans même laisser un mot pour vous expliquer ma décision. Soyez assurés qu'avant d'agir comme je l'ai fait, j'ai longuement réfléchi. Si je vous écris aujourd'hui, c'est pour vous rassurer sur mon sort et celui de mes enfants. Je vous prie de tâcher de comprendre ma situation.*

*Vous savez comment mon mari me maltraitait. Sa disparition a été, au tout début, un grand soulagement, mais ensuite, la crainte de le voir revenir a pris le dessus et m'empêchait de vivre. Je ne pouvais plus rester à Anticosti. J'y étais devenue malheureuse et profondément craintive. De plus, sachant que je devrais y demeurer en veuvage pendant sept ans, je ne pouvais pas l'accepter. Aussi en suis-je venue à la décision que le mieux à faire pour moi était de quitter l'île pour me faire oublier. Pour y arriver, je me suis fait aider.*

*Il y a des gens qui ont le cœur assez grand pour s'occuper des autres dans leur détresse. C'est grâce à eux que j'ai pu quitter Anticosti sans trop de risques. Le voyage pour me rendre là où je vis présentement a été long. Mais j'ai toujours reçu l'appui nécessaire au bon moment pour y parvenir. Vous n'avez pas à vous inquiéter pour moi ni pour l'avenir des jumelles qui grandissent très bien, puisque je vis avec un homme généreux qui m'aime et que j'aime également. Nous ne manquons de rien. Il possède un bateau et c'est un excellent pêcheur. Les gens d'ici nous croient mariés. Nous le serons vraiment dès que les six années qui restent encore seront passées. Nous vivons à un endroit où les gens ne posent pas de questions et où les curés ne viennent pas continuellement nous embêter avec leurs menaces et leurs péchés.*

*Vous perdrez votre temps à essayer de savoir où nous habitons et c'est le cœur serré que je dois vous informer que vous ne recevrez plus de mes nouvelles avant que la prescription de sept ans, touchant la disparition de Bill, soit terminée. Si j'agis de la sorte, ce n'est pas par manque de confiance en vous, mais bien pour préserver la situation dans laquelle je vis, car je sais fort bien que si certains l'apprenaient, ils ne manqueraient pas de me dénoncer, soit par envie, soit par jalousie.*

*Vous connaissez désormais la vérité. Je sais que vous serez discrets et que tout cela demeurera un secret de famille. Soyez assurés, toutefois, de me voir revenir vers vous, dès que sera écoulé le temps prescrit. Je m'empresserai alors de régulariser ma situation et ce sera avec beaucoup de bonheur que je vous retrouverai.*

*Votre fille aimante, Lorraine*

Cette lettre eut le mérite d'apaiser les inquiétudes au sujet de Lorraine, mais elle ne fut pas reçue avec grand enthousiasme par Wilfrid. Il y voyait un défi à l'autorité et aux lois, tant civiles que religieuses. Il avait peine à croire que sa fille aînée ait pu agir de la

435

sorte et il élaborait déjà le scénario de ce qui se passerait lorsqu'elle reviendrait. Il se disait que jamais il ne lui pardonnerait.

Il fit part de ses cogitations à Rose, Laurent et Jeanne. Il laissa même entendre qu'il avertirait les autorités compétentes que sa fille vivait dans une situation illégale. Il ne se faisait toutefois pas d'illusion sur la possibilité de la retrouver avant le temps prescrit. De plus, il ne voulait pas qu'Ernest et Claire, et encore moins Desneiges et Fabiola, entendent parler de cette lettre de Lorraine. Son attitude fut perçue, tant par Rose que par Laurent et Jeanne, comme beaucoup trop rigide. Par solidarité, Rose ne discuta pas. Jeanne, par contre, n'eut pas la même retenue.

— Je n'approuve pas ton père, confia-t-elle à Laurent. Il fait passer la loi avant sa famille. Son amour pour Lorraine et ses enfants devrait être plus fort que son sens de l'ordre et du devoir. Ton père attache vraiment trop d'importance aux lois. D'après moi, l'amour doit primer sur tout.

— Que veux-tu! C'est un homme droit et honnête jusqu'au bout des ongles. Il a été élevé d'même. Nous ne le changerons pas à son âge.

— Moi, je pense que si nous n'avons pas revu Ernest depuis son mariage, c'est justement à cause de la rigidité de ton père. Il n'y a pas longtemps, nous étions plusieurs dans cette maison. Bientôt, nous y serons seuls. J'ai beaucoup d'affection pour Ernest et Claire. Je trouve ça bien dommage.

## Chapitre 56

# La maladie de Rose

Il y avait déjà quelques mois que Rose ne se sentait pas bien. Elle ne se plaignait pas et souffrait en silence. Plus les jours passaient, plus le mal dont elle était atteinte gagnait du terrain. Il lui fallait de plus en plus souvent laisser son ouvrage pour se reposer. Cette maladie arrivait à un bien mauvais moment de l'année. Bientôt, Anticosti serait isolée du continent.

Wilfrid déplorait le fait qu'après le départ du docteur l'année précédente, il n'était pas parvenu, malgré toutes les démarches qu'il avait tentées, à obtenir qu'un médecin vienne passer l'année à Anticosti. Rose étant malade, il mesurait à quel point il était important d'en avoir un, fût-il un ivrogne.

Il n'attendit pas que la navigation cesse totalement avant de prendre la décision de partir pour Québec avec Rose. Il était grand temps qu'elle voie un médecin et reçoive les soins appropriés. Conscient qu'en partant de l'île à ce temps de l'année, il leur serait impossible de revenir avant six mois, il prévint Laurent :

—Je te confie la bonne marche du phare. Je vais faire part aux autorités à Ottawa de la situation et voir à ce que tu sois officiellement nommé gardien de la lumière durant mon absence.

—Pour quelques mois, il ne sera pas nécessaire que j'aie un aide, mais quand je devrai remettre le phare en marche au printemps, ça m'en prendra un.

—Tu as quelqu'un en vue?

—Peut-être que Côme voudra m'aider, le temps que vous reveniez de Québec. De toute façon, je saurai bien trouver quelqu'un.

Wilfrid ne voulut pas quitter le phare pour une si longue période sans avoir établi au préalable la longue liste de tout ce qu'il y avait à faire et à commander. En compagnie de Laurent, il fit le tour du phare et de toutes ses dépendances afin de s'assurer que rien ne manquerait pour l'hiver et, surtout, que le ravitaillement serait complet au printemps.

—Tu verras à tenir le journal fidèlement tous les jours. N'oublie pas d'inscrire à quelle heure exactement tu as allumé la lumière et à quelle heure tu l'as éteinte. Vérifie bien quotidiennement le canon de brume. Assure-toi qu'il est toujours prêt à fonctionner. Note la température et aussi le passage des navires au large. Si quelqu'un vient au phare, fais-lui signer le registre. Tu éteindras définitivement la lumière le 1er décembre. Ne manque pas, au début de décembre, de faire le tour des dépôts et de voir s'il n'y a pas des naufragés quelque part sur l'île. Profites-en pour remettre en état les flèches indiquant où se trouvent les dépôts. Tu prépareras tout ce qu'il faut pour repeinturer le phare dès les premiers beaux jours du printemps. Ensuite, tu en feras autant pour l'écurie et les dépendances. Tu noteras toutes les dépenses, les achats, les entrées de matériel et surtout la consommation de kérosène chaque jour. Tu commenceras à préparer le rapport pour l'inspecteur, et si jamais quelque chose se brise, tu t'arrangeras pour le réparer.

Laurent le laissait parler. Il connaissait sur le bout des doigts les obligations d'un bon gardien de phare. Il fit remarquer :

—Je pourrai toujours vous joindre au besoin par le télégraphe. Vous me ferez savoir où vous serez et on vous fera suivre les dépêches. Jeanne s'est mise à l'étude du morse. Elle va s'habituer à capter les messages et aussi à en expédier. Elle deviendra certainement aussi bonne que mademoiselle Pope.

—Tu me fais penser qu'il me faut prévenir les autres gardiens de l'île de mon départ pour Québec tout l'hiver.

Une fois satisfait de sa tournée et assuré que la lumière serait bien gardée, Wilfrid s'occupa de ses bagages et de ceux de Rose. Ils n'apportaient pas beaucoup de choses, parce que Wilfrid se promettait de se procurer à Québec ce qu'il leur manquerait.

—Où comptez-vous demeurer ? s'enquit Laurent.

—Il y a une pension rue Sainte-Anne, dans la Haute-Ville. Je pense bien que nous allons vivre là.

Si ta mère a besoin d'aller à l'hôpital, nous n'en serons pas loin.

Wilfrid s'arrêta de parler un moment, le regard au loin, et il reprit à l'intention de son fils :

— J'y pense, tu n'as jamais eu l'occasion d'aller à Québec. J'aurais bien dû t'y emmener. Je crois que c'est une des plus belles villes du monde.

Pour la première fois de sa vie, Wilfrid quittait Anticosti pour une longue période.

Laurent conduisit ses parents en charrette au-devant de la chaloupe qui les amenait à la goélette mouillant au large. Jeanne était restée seule sur la berge, vis-à-vis du phare. Elle tenait son fils dans ses bras. De temps à autre, à la demande de sa mère, Émile agitait la main. Régulus était attelé à la petite voiture dans laquelle il promenait l'enfant. Laurent revint, puis mena Oliver par la bride jusqu'à l'écurie. Il rejoignit Jeanne demeurée au bord de l'eau avec le bébé. Elle scrutait le fleuve dans la direction où la goélette s'éloignait. Quand Laurent fut près d'elle, se tournant vers lui, elle murmura :

— Aujourd'hui, une page de l'histoire de la lumière de la Pointe-Ouest vient de se tourner.

Laurent la serra contre lui. Quand il voulut l'embrasser, il se rendit compte qu'elle avait les yeux remplis de larmes.

Chapitre 57

# Ernest et Claire

Laurent avait profité du passage du laitier Télesphore en route pour Baie-des-Anglais pour lui remettre un message à l'intention d'Ernest. Il lui avait annoncé le départ prochain de leurs parents pour Québec, souhaitant qu'il vienne les saluer avec Claire et le petit Alfred. Il espéra les voir paraître jusqu'à la dernière minute. Quand il fut assuré qu'ils ne viendraient pas, il se rappela les réflexions de Jeanne au sujet de la rigueur de Wilfrid. « Elle avait raison, pensa-t-il. Maintenant que p'pa est parti, il va falloir faire savoir à Ernest que nous désirons lui parler. » Le nouveau message laissé par Télesphore fit son effet, car deux jours plus tard, Ernest arrivait au phare avec femme et enfant. Ses paroles furent :

— Comme ça, ils sont partis pour les six prochains mois ?

— En effet, confirma Laurent. Maman est vraiment malade. Tu la connais comme moi. Si c'était pas grave, elle serait ici dans la cuisine, occupée à nous faire la vie bonne.

— Il faut l'admettre, elle n'y a jamais manqué.

— Tu aurais dû venir la voir avant qu'elle parte.

Ernest se rebella. Il haussa le ton :

— Tu sais très bien pourquoi et à cause de qui je ne suis pas venu.

Peu habitué à entendre parler fort, Émile se mit à pleurer. Jeanne se précipita pour le consoler.

Laurent en profita pour faire dévier la conversation.

— Comment tu t'arranges à la Baie ?

— Aussi bien que je le peux. Nous n'avons pas à nous plaindre. Demande à Claire.

— Je ne doute pas que tu saches te déprendre. Tu es débrouillard... J'aimerais savoir ce que tu comptes faire au cours de l'hiver.

— J'irai à la chasse comme d'habitude.

— Et Claire ?

— Elle restera à la Baie.

— Seule avec l'enfant pendant trois ou quatre mois ?

— Il le faudra bien. Je dois gagner des sous pour continuer à mettre du pain sur la table et si possible du beurre dessus.

— Tous ceux qui ont le cœur bien placé ont ce souci. Quand comptes-tu partir ?

— Vers la mi-décembre.

— Jeanne a pensé à quelque chose. Voilà pourquoi nous tenions à vous voir.

Laurent appela son épouse en grande conversation avec sa belle-sœur.

— Dis donc à Ernest ce qu'il t'est venu à l'idée au sujet de Claire.

— Pourquoi ne viendrait-elle pas passer l'hiver avec nous?

Jeanne retourna à la cuisine. Ernest sembla un moment pris de cours par son offre.

— Nous n'avons pas besoin qu'on nous fasse la charité.

— Pourquoi le prends-tu d'même? Tu as déjà oublié que nos parents ouvraient leur porte à tout le monde? Cette tradition ne doit pas se perdre dans la famille. Ça nous ferait grandement plaisir d'accueillir Claire et ton fils chez nous. Jeanne aurait une compagne avec qui placoter et l'hiver passerait plus vite ainsi pour nous tous. Tu pourrais partir tranquille, sans toujours te demander comment ça se passe à la Baie.

— Il faudrait que j'y pense.

— On doit manger sa soupe pendant qu'elle est chaude. Demande donc à Claire son avis.

Ernest n'eut pas d'autre choix que de s'exécuter. Il alla trouver Claire qui causait paisiblement avec Jeanne dans la cuisine.

— As-tu entendu ce que Jeanne et Laurent proposent?

— Quoi donc?

— Que tu passes les mois d'hiver ici avec Alfred.

Le sourire qui se dessina sur les traits de Claire assura que la proposition lui plaisait d'emblée. Elle ne s'imaginait pas passer tout le temps des fêtes et l'hiver seule à la Baie, et cela d'autant plus qu'on la regardait avec un certain mépris. N'avait-elle pas donné naissance à un enfant hors mariage? Il est vrai qu'elle et Ernest avaient régularisé le tout, mais ça ne suffisait pas aux yeux de certains, surtout ceux qui se croyaient parfaits et à qui de telles choses ne pourraient certainement jamais arriver...

Devant la réaction de Claire, Ernest se laissa convaincre. Laurent avait également autre chose à lui demander.

—J'ignore quand nos parents reviendront de Québec, mais ils ne pourront guère le faire avant la fin avril. Or, tu sais qu'au début d'avril, je dois allumer la lanterne. Je ne pourrai pas tenir le phare seul. Il y a trop d'ouvrage à faire au moment de l'ouverture. Je devrai peinturer la tour et les bâtiments. Accepterais-tu de venir me seconder durant cette période? Ta femme et ton enfant seront ici, ça ne sera rien de compliqué pour toi. Si tu veux, après la chasse, tu n'auras qu'à t'amener directement ici.

—Je viendrai à une condition, celle de repartir avant que p'pa revienne.

—Je comprends, dit Laurent. Tu pourras partir à ta guise. De toute façon, il va nous prévenir de leur retour.

Ernest faisait mine de s'en aller. Jeanne intervint:

— Il est si rare que nous ayons le bonheur de vous voir, vous allez rester avec nous pour dîner.

Laurent s'approcha d'Ernest. En lui posant la main sur l'épaule, il lui proposa :

— Un p'tit coup avant de manger ?

Il n'attendit même pas sa réponse. Se dirigeant vers la cuisine, il revint avec une bouteille de rhum et deux verres.

— Pour nous réchauffer le chrétien, et aussi pour te faire avaler ce qu'il me reste à te dire.

Ernest le regarda, les yeux pleins d'interrogations.

— P'pa nous a défendu de t'en parler. Il faudra que ça reste entre nous. Lorraine est toujours vivante, elle a même écrit.

— Elle est où ?

— Ça, je ne peux pas te le dire parce que je ne le sais pas plus que toi. Mais attends un peu !

Il se dirigea vers le bureau de son père et revint avec la lettre.

— Tu sais lire ! Eh bien, je te laisse en prendre connaissance.

Quand Ernest eut terminé, il demanda à Laurent :

— Pourquoi p'pa ne voulait pas que je le sache ?

— Je l'ignore. Mais moi, je tenais à t'en informer. Tu fais tout aussi bien partie de la famille que moi.

— Est-ce que je pourrai en parler à Claire ?

— Tu feras comme tu voudras. Je ne sais pas ce que les femmes se sont dit pendant que nous causions entre nous, mais peut-être bien qu'elle le sait déjà.

—Ah, les femmes! s'exclama Ernest en prenant une gorgée. Il y a bien des choses qu'elles savent, et dont nous entendons parler des mois ou des années plus tard. Ça, au moins, je l'ai appris.

La réflexion d'Ernest les fit rire. Le dîner était maintenant servi. De la cuisine, Jeanne les appela. Ils s'installèrent à la table.

— Ce que je sens, lança Ernest, me rappelle quelque chose que j'ai déjà mangé et qui sentait pas mal pareil.

— C'est une soupe au poisson, révéla Jeanne. Et de qui j'ai appris à la cuire? De ta mère. Et imagine-toi qu'il y en a une ici qui veut que je lui montre la recette.

Elle s'arrêta, puis poursuivit d'un ton espiègle.

—Je ne sais pas si tu seras d'accord avec moi, Ernest, mais après quelques mois passés avec nous, peut-être qu'elle aura appris.

Claire réagit en riant:

—Dis donc! Veux-tu me faire passer pour une dinde? J'aurai appris à la condition que j'aie une bonne institutrice, mais ça n'est pas garanti en toute.

Les piques qu'elles s'envoyèrent ensuite firent bien rire tout le monde.

— Les élèves sont en général ce qu'en font les bonnes institutrices. Mais il y a des causes désespérées.

— Et vice-versa, s'écria Claire en s'esclaffant. Certaines institutrices ne sont pas à la hauteur de leurs élèves les plus doués. N'est-ce pas, Ernest? Combien elle a pris de temps déjà pour t'apprendre à lire et à écrire?

Ernest entra dans le jeu.

—Des mois! Alors que ça aurait dû prendre quelques jours...

—Tu vois, Jeanne? Ton beau-frère est pourtant le plus doué des hommes. Qu'as-tu à dire pour ta défense?

—Rien du tout, sinon qu'il fait bien de partir à la chasse. Comme ça, je pourrai te montrer à faire de la bonne soupe au poisson et on ne lui dira pas qu'il t'a fallu trois mois pour l'apprendre.

Le dîner se déroula sur ce ton. La soupe fut suivie par une omelette dans laquelle il y avait des oignons, du jambon, un peu de fromage et du persil. Ils s'en régalèrent en salivant déjà devant la tarte aux pommes qui les attendait pour le dessert.

Quand leurs invités eurent repris la route de Baie-des-Anglais, d'un geste affectueux, Laurent attira Jeanne contre lui.

—Viens! dit-il. Il est grand temps que nous fassions un petit frère ou une petite sœur à Émile.

# Chapitre 58

# Laurent, gardien de la lumière

Comme il l'avait laissé entendre, Ernest gagna la forêt à la mi-décembre. Claire s'amena au phare avec Alfred. Laurent fut heureux de la venue de sa belle-sœur. Il se demandait sérieusement comment il se serait arrangé pour faire la tournée des dépôts en laissant Jeanne seule avec Émile.

Cette période de l'année s'avérait peu propice aux communications. Il pouvait toutefois partir le cœur tranquille parce que Jeanne savait faire fonctionner le télégraphe. Il promit, si tout allait bien, d'être de retour dans quatre jours au plus tard.

— Je t'expédierai un message quand je serai à un phare. Comme ça, tu pourras suivre mes déplacements sur l'île.

— Promets-moi de ne pas t'attarder.

— Je ferai ce que j'ai à faire. S'il n'y a pas de naufragés, quatre jours me suffiront amplement, sinon, ne sois pas inquiète, je t'informerai de ce qu'il en est.

Il partit comme il le faisait chaque année, mais pour la première fois, seul. Il faudrait encore beaucoup de temps pour que son fils aîné puisse l'accompagner dans ce genre de tournée. Il passa par Baie-des-Anglais chercher les chiens de traîneau. Il ne s'attarda pas. Il savait que, le soir même, il aurait visité le dépôt non loin du phare de la Pointe-Sud-Ouest et qu'il pourrait profiter de l'hospitalité des Pope.

Il s'arrêta au phare. Grace Pope le reçut. Il se rendit compte qu'elle était très soucieuse. Le gardien était au lit depuis quelques jours et on craignait même pour sa vie. Il sympathisa avec ces gens qui, malgré l'inquiétude qui les tenaillait, l'accueillirent pour la nuit. Contrairement au phare de la Pointe-Ouest, la tour de celui-ci, quoique moins haute, était beaucoup plus large. On pouvait y loger aux différents étages. Les Pope couchaient au dernier étage, juste sous la lumière. Leurs enfants, au nombre de dix, avaient leur dortoir un étage plus bas. Ils accommodaient leurs visiteurs dans une vaste pièce située au-dessus de la cuisine, de la salle à manger et du salon au rez-de-chaussée. Laurent dormit jusqu'au petit matin. Déjà, au-dessus de lui, la tour commençait à s'animer, bien que tout là-haut, le patriarche se portât de plus en plus mal. Comme il n'y avait pas de médecin sur l'île, la famille s'efforçait de lui prodiguer les meilleurs soins possible. Le vieil homme dépérissait. Il avait pris froid. Le mal avait atteint ses bronches et maintenant la pneumonie dont il souffrait risquait de l'emporter.

Laurent fut désolé de devoir quitter ses hôtes en pleine détresse. Il ne pouvait rien faire pour le vieux gardien et il se devait de poursuivre sa mission. Peut-être que quelque part sur le littoral, des naufragés attendaient son aide.

❧

Au phare, Jeanne put s'entretenir librement avec sa belle-sœur. Claire lui apprit que la vie n'était pas toujours facile avec Ernest.

— Il est bon, mais certains jours, il devient grincheux et s'impatiente facilement.

— Je crois, dit Jeanne, qu'il n'aime guère être contrarié. Il est prompt et désire vivre sa vie comme il l'entend. Par contre, le fait que vous ayez eu un enfant sans être mariés ne semble pas l'avoir trop affecté.

— Il adore son fils et il se moque bien de ce que les autres peuvent penser.

— C'est un homme entier que tu devras toujours savoir apprivoiser. Il a la nature dans le sang. Il ne semble bien qu'en pleine mer ou en pleine forêt.

— Tu as raison, il est fougueux. Tu te souviens que c'est son père qui lui a demandé de me reconduire à l'école de l'Anse dès mon arrivée ici? Il a commencé peu après à me faire sa cour. Je ne l'ai pas encouragé, mais je l'ai écouté, ravie. Il me plaisait vraiment. Il passait l'avant-midi à la pêche, puis m'arrivait en cachette à la tombée du jour. Au début, il retournait coucher au phare, puis il a prétendu que ce serait plus simple pour lui de dormir à la Baie chez le vieux Boniface. Mais en réalité, il passait la nuit avec moi en promettant de ne pas me toucher. Je lui ai résisté pendant un certain temps, puis je lui ai donné ce qu'il voulait. Tu connais la suite. Quand est venu le temps de la chasse, il est parti, mais déjà son fruit en moi grandissait.

— Après qu'il a su qu'il était le père de ton fils, t'a-t-il fait des misères ?

— Pas une seconde. Il a tout de suite accepté de venir avec moi à Québec chercher Alfred. Ma tante nous attendait et je crois qu'il a su lui plaire dès qu'elle l'a vu. Tu ne sais pas ce qu'il a dit ?

— Quoi donc ?

— "Madame, maintenant que je vous vois, je sais que vous avez un cœur grand comme le monde. Je vous remercie pour ce que vous avez fait pour Claire et notre enfant. Sans vous, un des plus grands bonheurs de la vie m'aurait échappé." Ma tante a été conquise. Nous avons passé chez elle deux beaux jours où elle n'a fait que nous gâter.

— Je suis bien contente pour vous.

— Imagine-toi que quand nous sommes revenus à l'île, Ernest m'a avoué que ce qu'il a dit à ma tante, il l'avait répété des dizaines de fois dans sa tête. Il a ajouté d'ailleurs qu'elle le méritait bien.

— Ça, c'est du Ernest tout craché. Froid à l'extérieur et tout chaud en dedans. Et vous vous arrangez bien dans la maison de Lorraine ?

— On y est comme chez nous.

— Si Bill n'était pas vraiment disparu et qu'il revenait ?

— On verra si jamais ça arrive, mais pour le moment, il n'y a rien à craindre. La seule chose qui est déplorable, c'est l'attitude de certains à notre égard. Il y en a qui nous tournent le dos carrément.

— Nous ne pouvons pas plaire en même temps à tout le monde.

— Les plus malheureux, au fond, ce sont eux.

— Pourquoi donc ?

Claire sortit son plus beau sourire avant de dire :

— Parce qu'ils ne savent pas ce qu'ils manquent en ne me connaissant pas.

— Comme tu as raison ! répondit Jeanne en riant.

# Chapitre 59

# Wilfrid et Rose

L'automne avait mis pour de bon sa patte colorée sur l'île, puis les arbres s'étaient dépouillés de leurs feuilles comme autant de larmes versées, donnant à tous le signal de se préparer à une hivernation de plusieurs mois. Bientôt, plus aucun navire ne vint à l'île. Les glaces se formèrent le long des berges. Anticosti se figea dans le golfe comme un grand vaisseau gelé sur place.

Désireux de savoir comment les choses tournaient à Québec, Laurent expédia plusieurs dépêches sans obtenir de réponse.

— Ça m'étonne que p'pa ne réponde pas à mes messages.

— Il est sans doute trop occupé.

— Qu'est-ce qui peut tant prendre tout son temps?

— Si ta mère est à l'hôpital et qu'il reste auprès d'elle durant la journée, peut-être qu'il ne peut pas envoyer de messages le soir. En ville, ce n'est pas comme ici. Quand les gens ont fini leur journée de travail, ils ferment les bureaux et s'en vont à la maison. Ici, le télégraphe est toujours en marche.

— Il me semble que nous recevons parfois des messages le soir.

— Mais il faut savoir de qui. Des autres gardiens de phare qui sont toujours en alerte, jour et nuit? J'imagine qu'à Québec, on attend au lendemain pour transmettre les messages qui ne sont pas urgents.

Jeanne avait raison, car une dépêche arriva dans laquelle Wilfrid expliquait que Rose avait été hospitalisée à l'Hôtel-Dieu pendant plus de trois semaines, mais qu'elle se portait mieux et qu'il ne fallait pas s'inquiéter. Laurent fut soulagé d'apprendre cette nouvelle et s'empressa de prévenir Placide Vigneau à l'Île-aux-Perroquets. Il en informa aussi Fabiola et Desneiges qui s'inquiétaient au sujet de leur mère dans leur pensionnat. Desneiges avait eu à écrire une composition française sur ce thème. Elle l'avait intitulée: « Une mère, ça ne se remplace pas ». Elle en avait fait parvenir une copie au phare avant que ses parents ne partent pour Québec. Desneiges y démontrait tout son talent d'écriture.

*Rien n'égale sur terre l'amour d'une mère. Qui est la première debout le matin? Qui s'occupe de nourrir toute la famille? Qui voit à ce que nous ne manquions de rien? Qui devine nos peines et sait les apaiser? Qui sait soigner nos bobos et a toujours les paroles pour nous réconforter?*

*Une mère ne calcule jamais son temps. Elle cherche toujours à nous faire plaisir. Même quand elle n'a rien, elle parvient à nous faire des cadeaux. Une mère, c'est comme la lumière qui éclaire notre route même lorsqu'elle est loin de nous. Une mère, c'est comme un puits qui ne se dessèche jamais parce qu'il y a toujours au fond beaucoup d'amour. Nous sommes sans cesse dans ses pensées et elle cherche constamment à inventer quelque chose qui fera notre bonheur. Une mère, c'est un feu qui ne s'éteint jamais et réchauffe le foyer durant les plus grands froids. Une mère, c'est quelqu'un sur qui on peut toujours compter. C'est la lumière vers laquelle nous nous dirigeons tout droit dans nos peines. C'est le port qui nous reçoit s'il nous arrive de faire naufrage. Une mère, c'est le rocher immuable que nous sommes toujours certains de trouver. Pour toutes ces raisons, une mère, ça ne se remplace pas. C'est pourquoi nous nous devons de dire : nous vous aimons maman.*

Rose avait été très touchée. La lettre était restée sur la commode dans la grande chambre. Jeanne, tout comme Claire, l'avait également lue, car si Desneiges avait écrit ce texte pour sa mère, il était tout aussi valable pour elles. Après cette lecture, Claire eut la réflexion suivante :

— Ne trouves-tu pas, Jeanne, que nous sommes tombées dans une bonne famille ?

— À qui le dis-tu ! Les Cormier sont des gens tellement généreux. Tu vois, la maison est ouverte à tout le monde. Après tout, nous ne sommes que les épouses de leurs fils et c'est tout comme si nous étions leurs enfants. J'ai été orpheline toute petite, et j'ai trouvé ici ma vraie famille.

— Nous pouvons nous considérer chanceuses. Nous avons chacune un bon mari. Ernest est certainement plus indépendant et moins stable que Laurent, mais il a du cœur et fait tout ce qu'il peut pour que nous ne manquions de rien.

Jeanne écoutait attentivement. Elle ne put cependant faire autrement que de déplorer l'attitude d'Ernest envers Wilfrid.

— C'est bien dommage qu'il ne s'entende pas avec son père.

Claire secoua la tête. Une moue de dépit se dessina sur ses lèvres. Elle précisa :

— Je n'ose pas aborder ce sujet avec Ernest. Dès qu'il est question de son père, il se ferme comme une huître.

— Je pense, ajouta Jeanne, que c'est parce qu'ils se ressemblent trop tous les deux. Ce sont des hommes fiers, bien arrêtés dans leurs idées.

— Ernest est très différent de son père pour tout ce qui concerne les règlements. Il a de la difficulté à s'y plier. Il est heureux quand personne ne lui fait obstacle. Là-dessus, je crois bien qu'il n'y aura jamais moyen de les mettre au même diapason.

Les deux jeunes femmes continuèrent à bavarder sur le même ton. Jeanne appréciait d'avoir sa belle-sœur à ses côtés.

— Plus une maison est grande, dit-elle, plus il devrait y avoir de monde dedans. Tu vois, comme je le disais à Laurent, plus ça va, moins nous sommes à l'habiter. Elle s'est vidée rapidement. Il n'y a pas si longtemps, nous étions plusieurs à y vivre. Il y avait monsieur et madame Cormier, Lorraine avec ses petites, Ernest, Laurent et moi, de même que Fabiola et Desneiges. Puis, sans même qu'on s'en rende compte, en l'espace d'un an, je me suis retrouvée seule avec Laurent et notre Émile. Heureusement que tu as accepté de venir avec Alfred, parce que je pense bien que j'aurais trouvé l'hiver très long.

La présence de Claire à la Pointe-Ouest fut bénéfique pour les deux jeunes mères. Pour elles, le temps passa plus vite. Il fallait continuer à vivre et tout allait se dérouler comme il en avait toujours été depuis des années. Les pêcheurs se transformeraient en chasseurs de loups-marins et à leur retour, au début du printemps, ils prépareraient tout ce qu'il fallait pour réaliser des pêches miraculeuses à la morue et au saumon. Les deux femmes, savourant leur bonheur tranquille, n'avaient aucune idée du malheur qui allait bientôt pointer le bout de son nez. Car pendant ce temps, à Québec, se mettait en place le piège qui allait transformer leur vie à jamais.

## FIN DU TOME PREMIER

# Table des matières

DEUXIÈME PARTIE
## LA VIE RÊVÉE
### (1894)

TROISIÈME PARTIE
# LA DISPERSION
## (1895)

Suivez-nous

Achevé d'imprimer en octobre 2013
sur les presses de Marquis-Gagné
Louiseville, Québec